盛永康海门山歌选

盛永康 著

苏州大学出版社

图书在版编目(CIP)数据

盛永康海门山歌选 / 盛永康著. —苏州：苏州大学出版社,2015.12
ISBN 978-7-5672-1584-9

Ⅰ.①盛… Ⅱ.①盛… Ⅲ.①山歌—作品集—新宁县 Ⅳ.①I277.264.4

中国版本图书馆 CIP 数据核字(2015)第 278853 号

书　　　名：	盛永康海门山歌选
著　　　者：	盛永康
策　　　划：	海门市文化广电新闻出版局
责任编辑：	储安全　方　圆
装帧设计：	吴　钰　张正忠
出版发行：	苏州大学出版社(Soochow University Press)
社　　　址：	苏州市十梓街1号　邮编：215006
印　　　刷：	苏州恒久印务有限公司印装
网　　　址：	www.sudapress.com
邮购热线：	0512-67480030
销售热线：	0512-65225020
开　　　本：	787 mm×1 092 mm　1/16　印张：17　字数：383千
版　　　次：	2015年12月第1版
印　　　次：	2015年12月第1次印刷
书　　　号：	ISBN 978-7-5672-1584-9
定　　　价：	42.00元

凡购本社图书发现印装错误,请与本社联系调换。服务热线：0512-65225020

序一：海门山歌泣

　　序，本可以不命题的。可笔者还是为《盛永康海门山歌选》这本具有浓郁江海地方文化特色和深厚海门故土情结的"草根之作"的序加了这个凝重的题目。故人云：泣，情也。悲伤可泣，喜乐可泣，情深更可泣。

　　刘鹗在《老残游记》自序中说：《离骚》为屈大夫之哭泣，《庄子》为蒙叟之哭泣，《史记》为太史公之哭泣，《草堂诗集》为杜工部之哭泣；李后主以词哭，八大山人以画哭，王实甫寄哭泣于《西厢》，曹雪芹寄哭泣于《红楼梦》。曹之言曰："满纸荒唐言，一把辛酸泪；都云作者痴，谁解其中意？"吾人生今之时，有身世之感情，有家国之感情，有社会之感情，有种教之感情，其感情愈深者，其哭泣愈痛：此鸿都百炼生所以有《老残游记》之作也。由此看来，我们不知是否可以这样理解，盛永康先生的这本山歌选就是盛永康先生为海门山歌而泣，也是海门山歌为盛先生之泣。海门山歌之于盛先生是情深意切、终生喜欢、无怨无悔，以至在生命行将结束时，他把一生的创作稿件整理筛选，结集成册，为海门山歌做最后一次贡献。海门山歌为之哭泣！

　　记得2014年初冬，盛永康先生提着满满的一袋资料到文广新局办公室找到我们，说他听到局里准备对海门山歌剧的音乐、文学、戏剧程式化表演等方面的内容做理论性总结。他说很高兴，这是一项十分有意义的工作，是传承海门山歌的一项重要举措。他说这是一件功德无量的好事。经过一个多月的辛苦，他将自己几十年来收集、创作的海门山歌（剧）音乐及一些关于海门山歌的文字稿件整理成册，希望出一本专辑，以对他自己心爱的海门山歌做一个交代，也可以给我们这次挖掘总结海门山歌剧理论工作提供一些参考。厚厚的一大沓，几十首歌曲，再有几十篇有关海门山歌、海门地方民俗风情的随笔文章。这些作品对我们研究海门山歌很有益处，对弘扬地方优秀传统文化起到了积极的作用。

　　考虑书的结构与篇幅，我们建议他删除一些内容，使这本集子能体现山歌的精髓，能客观地反映他对海门山歌的理解和在海门山歌音乐领域创作的艺术水准，他欣然采纳了我们的意见。不到半个月时间，他拿着修改过的原稿又到了我们办公室。那时已是寒冬腊月，考虑其年事已高，又朔风萧瑟，我们叮嘱他不要太着急，慢慢来，有事电话联系商量或将稿件邮寄，天这么寒冷不要来回奔波，伤了身体不好，待春暖花开时，我们肯定能把这事情搞定。他说没关系，自己身体结实着呢，把这本书早点弄好也算完成了他一个最大的心愿。其实他那时的面容比前两次我见到时的情形已有些消瘦，且略带憔悴。我们真的很感动，为他的执着，为他对海门山歌的一片痴情！

2015年春节过后一段时间,按盛永康先生的急性脾气,应在农历正月底或二月初来找我们。却不然,大约在清明前一两天,我们未接到任何信息的情况下,意外收到一个快件。打开一看,是盛永康先生再次修改过的样书,附了优盘和一便函,说他自己身体很差,无法完成该书出版的全部工作了。交代了有关该书出版编排的事宜,请我们帮忙把余下的工作做完,以实现他的梦想。又过了大约一周,突然接到盛永康先生逝世的不幸消息,惊愕之余倍感痛惜。海门山歌又倒下了一位虔诚的耕耘者,海门山歌音乐一曲悠扬的笛声休止了。呜呼哀哉!

也许,盛永康先生创作的山歌只代表他自己的一种风格、一种对生活的理解和对人生目标的追求,只代表他自己的艺术观和价值观,但无论怎样,他的作品保持了海门山歌的原汁原味,饱含了对海门家乡这片热土的炽热感情。现在再来细细品赏他的每一首歌、每一篇短文,我们不难发现他在"平淡的叙述中常常渗透着朴素的思想;细致的描写里往往寄托着真挚的情感;美妙的旋律中显露出对地方民俗音乐的独到见解"。

海门山歌与江海大地同在源远流长。作为国家级非物质文化遗产,它已不只是海门的文化财富,而是国家非物质文化遗产中的一颗明珠,因此传承弘扬海门山歌,是我们每个海门人特别是每个海门文化人的责任。由此想来,为盛永康先生出版他的海门山歌选,不只是为告慰盛永康先生对海门山歌的一往情深,也是在为海门文化建设添加一块小小的基石。我们应该为海门山歌喜而泣,为海门文化喜而泣。

编者 江海一笛

于2015年4月26日

序二：山歌音乐人——盛永康印象

笔者第一次听到盛永康这个名字，那是在 20 世纪 70 年代。

那时笔者是广阔天地里一个很光荣且又很无奈的知青，幸好笔者有点"墨水"，成为四甲区文化站一名创作骨干，站长是吴秉扬先生。那回是讨论赴县会演的事，于是就说到了节目的作曲，站长说，请盛永康吧！笔者说盛是何许人也，站长说，他是县山歌剧团的编曲，专业头挑。站长是很敬业的文化人，人脉最旺：一年一度的会演，站长不会含糊。

后来，笔者就在县里听到了盛永康为我们谱的山歌曲子，悠扬抒情，如行云流水，听来让人回肠荡气，获得了满堂喝彩。由此感到盛永康确实不简单。

二十多年后的某一天，在图书馆工作的笔者，见试听读物室的管理员位置上，坐了一个陌生人，甚感蹊跷。走近，见是一个老者，身旁一只 20 世纪 70 年代流行的人造革手提包，别致的是包中透出一支笛子，值班同志告诉笔者，他是盛永康，山歌剧团的老编曲。

噢，昔日的记忆使笔者眼睛一亮，再一打量，平常的相貌，平常的穿着，甚至背微微有点佝偻，由于年岁的缘故，举手投足亦显出一点儿迟钝。在笔者看来，剧团的人，尤其是创作和编曲的人，应该是风流倜傥，气度不凡，即使老了，亦应有昔日的气质，这与笔者的想象大相径庭；笔者想大概岁月久远，这该是个被艺术淘汰的人，或者早已疏远了艺术，就像他随身的手提包一样。笔者看着那支笛子，带点揶揄的口吻说，你会玩笛？

他忽地眼里闪出光彩，也不推辞，抽笛，贴唇，一曲脆亮的海门山歌曲就从笛管里缓缓飘扬出来，像淙淙的三月桃花水，如悠悠的夏夜穿河风，听来让人心旷神怡。读报的、看杂志的、借书的，一个个探头聆听，音乐的力量，使他形若两人。他身手自如，眉飞色舞，完全沉浸在音乐的意境里。

他说这是他自己编的曲子，他最得意的是当年给陆先生的山歌剧《采桃》编曲，读着陆先生的山歌剧台词，便有了灵感，音乐的旋律便像泉水似的从心底里流淌出来了。《采桃》后来上了国家级的《剧本》杂志，在省内外久演不衰。

笔者知道，陆先生即陆行白，当年笔者从知青到县文化馆创作组就职，得便翻阅以前的创作资料，即有幸拜读了陆行白先生的《采桃》，那真是让人折服的美文。笔者曾通过各种渠道领略古今中外许多剧本和民歌，但行白先生的剧本却是另一种境界，那种浓郁的沙地人的生活气息,那种富有地方特色的语言风范,那种诗一般的戏剧氛围,让人感叹。盛永康即是当年行白先生的山歌剧及一些凤毛麟角的新山歌的编曲。说着说着,盛便情不自禁地哼唱起当年的曲调来。

真是不识庐山真面目,交谈中,笔者知道他一直很活跃,经常参加县市和乡镇的一些创作、演出活动,长期住在平山乡下,很少露面县市的主流艺术活动。

从此以后,盛便经常到图书馆来,随身还是那只人造革包,只是每次都会从包里掏出一两篇稿件来,缘于笔者在文化局和文联主编着一份文化小报。

他的经历和阅历都很丰富,经常写一些过去的文化人物与轶事,写一些与自己专业联系的剧评之类。给笔者印象最深的是他常评论不平之事,由于常年不在县市,而县市的写手又常常慕名请他作曲,于是演出评奖和编辑所谓"集萃"出版,人不在或消息不通就免不了"吃亏",或者干脆把他忘了。但不平之事评论的文章就出来了,有的竟在《南通日报》、《江海晚报》等刊物上发表。

有一回他真的动了气,缘于《采桃》在国际小戏艺术节上获奖,但编曲竟不是他盛永康,看看新编的曲子与他的旧曲似曾相识,于是气不打一处来,愤怒出文章,把一篇连夜急就的质疑檄文送到笔者这边来。笔者悉心去开导他,笔者说,你的老搭档陆先生晚年也并不如意,甚至维权诉讼缠身,以致心力憔悴,若当时想开点,也许不会走得这么早了;历史的经验值得注意,要保重身体啊!

他毕竟还是想得开的人,以后照常频繁地投稿,让笔者提一些意见,笔者发觉他尝试写散文了,而且出手不凡,那种轻描淡写、娓娓道来的风格,就像清风明月,行文显得实在老辣。读他的散文,就像在听传统悠长的山歌曲调,优美而隽永。

有一回,笔者偶然见《江海晚报》副刊一篇精短的小文章《麦笛》,感到好奇,是否儿时把玩的那种麦草秆做的笛儿?一读,果然是。那种美妙的叙述,让人感到一种艺术的享受:"麦笛的声音极为美妙、空灵,有点像唢呐,但没有唢呐的悲哀;有点像竹笛,却又比竹笛流畅。麦笛音质清澈,基调悠扬,它不似如影随形的柔女子,更像一位勇往直前的小伙子。我用麦笛吹奏民间乐曲《小放牛》……在这首悠扬的乐曲陪伴中,我宛似一只春燕,轻盈地飞翔于家乡充满春色的大地上,那里是一幅麦笛成片、桃李争妍、鸟语花香的画卷。放牛娃在自由自在地欢笑,似银铃洒下一串,不是天籁,胜似天籁,笛音随着春风从我的心里流出,跌进花丛,送出一片烂漫春光,令人闻到了碧绿肥嫩的麦苗儿的清香。"短文结尾又让人回味无穷:"现时孩子们吹奏的乐器,也日新月异,竖笛、竹笛、长笛、双簧管……然而,我的童年是在麦笛的陪伴中度过的,那纯净如诗的悠悠笛声,似乎又从很远很远的麦田轻轻飘来,如一股春风……引起我对那美好未来无限的遐想。"笔者想,如此手笔出于文学圈子内哪位"仁兄"之手呢!再一看,即是盛永康。笔者感到惊讶,于是笔者又与他的音乐生涯联系在一起了,艺术是相通又相融的,这也许是一种"相映成趣"的注解。

这不由你不敬佩！一个健力的跋涉者，执着而不歇，踏着海门山歌的乡音，吹着乡土的麦笛，孜孜不倦，追求美的旋律；身体力行，展示生活和艺术的美感。

哦，这是人生的晚唱，激越而感人。

夏　秋
2009 年 7 月刊于《南通日报》

（为让读者更加全面地了解盛永康先生，我们将夏秋(许乃平)先生的这篇文章增为本书的第二个序。——编者）

目 录

◆ **第一部分　原创海门山歌选曲**

1. 熬鸡汤(1961年《红嫂》选段) (3)
2. 花当中顶好是牡丹王(1962年《采桃》选段) (5)
3. 荒山上会生灵芝草(1962年《采桃》选段) (7)
4. 勤俭节约牢记心(1960年《决算以后》选段) (9)
5. 打麦号子(1962年《槐树庄》合唱曲) (12)
6. 青蛙打鼓闹声喧(1964年《银花姑娘》选段) (14)
7. 红梅赞(1964年《江姐》主题歌) (16)
8. 穷人的孩子早当家(1968年《红灯记》选段) (17)
9. 临行喝妈一碗酒(1968年《红灯记》选段) (18)
10. 爹爹给我无价宝(1968年《红灯记》选段) (19)
11. 海蓝蓝　天苍苍(1968年《海岛女民兵》选段) (21)
12. 紧握钢枪永向前(1968年《海岛女民兵》选段) (22)
13. 一轮红日照胸间(1968年《龙江颂》选段) (26)
14. 百花盛开春满园(1968年《龙江颂》选段) (28)
15. 一年不见亲人面(1969年《奇袭白虎团》节选) (32)
16. 安平山上彩虹现(1969年《奇袭白虎团》选段) (33)
17. 见婆母遭惨害痛心绞肠(1969年《奇袭白虎团》选段) (34)
18. 争做时代的新闯将(1970年《龙江颂》改谱) (36)
19. 定能战胜顽敌渡难关(1970年《沙家浜》选段) (38)
20. 今日路口迎新人(1970年《金训华之歌》选段) (41)
21. 眼前大道宽又广(1970年《金训华之歌》选段) (44)
22. 毛泽东思想闪金光(1970年《金训华之歌》选段) (47)
23. 必须要时刻勤擦手中枪(1970年《杜鹃山》选段) (50)
24. 金银山上歌声脆(1973年海门山歌对唱) (52)
25. 我们怀念周总理(1976年海门山歌) (56)
26. 贫下中农爱唱歌(1977年海门山歌) (59)
27. 山歌插上金翅膀(1978年海门山歌) (63)
28. 公主莫把奴错怪(1980年《巧姻缘》选段) (66)
29. 小平同志听仔喜盈盈(1985年首届山歌会唱选送曲目) (70)

30. 山歌勿唱忘记多(1985 年首届山歌会唱选送曲目) (73)
31. 约好情郎在外头(1985 年首届山歌会唱选送曲目) (74)
32. 金门谣(1987 年对台广播) (76)
33. 日出东方放红光(1990 年发表于《海门文艺》) (77)
34. 山歌一曲飘香港(1997 年海门山歌女声独唱) (79)
35. 打不尽豺狼决不下战场(1998 年《红灯记》选段) (82)
36. 血债还要血来偿(1998 年《红灯记》选段) (84)
37. 看彩照(1999 年山歌童声独唱) (86)
38. 山歌调(1999 年笛子独奏) (88)
39. 声声山歌颂家乡(2002 年中国首届民间艺术节选送曲目) (90)
40. 唱支山歌给党听(2002 年海门山歌) (94)
41. 秋姑娘(2002 年山歌童声齐唱) (96)
42. 非典预防歌(2003 年海门山歌) (97)
43. 海门春来早(2003 年第四届山歌会唱选送曲目) (99)
44. 金鸡歌唱天明亮(2003 年海门山歌) (101)
45. 再唱山歌给党听(2011 年海门山歌) (102)
46. 滨海女儿董竹君(2012 年海门山歌) (104)
47. 风清气正得人心(2014 年海门山歌) (107)
48. 果园里的爱(2014 年海门山歌) (109)

第二部分　笔谈海门山歌选萃

49. 把海门山歌送到台湾去(1987 年对台广播) (113)
50. 纵谈海门山歌的句式特征(1994 年《中国民间文化》) (114)
51. 手拿笛儿吹起来(1998 年《海门日报》) (119)
52. "小珍姑娘"六十岁——记著名山歌演员季秀芳(1998 年《海门日报》) (120)
53. 德艺双馨贺戊寅(1998 年《海门日报》) (121)
54. 越坛唱进山歌苑——记山歌剧团副团长陈桂英(1998 年《海门日报》) (122)
55. 老导演俞适(1999 年《海门日报》) (123)
56. 诗人难忘"四句头"——卞之琳与海门山歌(2002 年《卞之琳纪念文集》) (125)
57. 三易其稿诉衷情——我与海门山歌《唱支山歌给党听》(2012 年《海门日报》) (130)
58. 难忘的《棉乡儿女怀念周总理》——记优秀山歌手钱志芳(2013 年《海门日报》) (131)
59. "小平同志听仔喜盈盈"——市首届山歌会唱回眸(2013 年《海门日报》) (132)
60. 海门春来早——琐忆四届海门山歌会唱情景(2004 年《海门日报》) (134)
61. 试论山歌伴奏特色(2004 年《南通文化》) (136)
62. 山歌小戏《采桃》(2005 年《南通日报》) (138)

63. "红灯高举闪闪亮"(2005年《海门日报》) (139)
64. "此曲只应天上有"——浅谈《采桃》的音乐创作(2005年《南通广播电视报》) (140)
65. "再好的山歌手也没有陆行白好"(2006年《南通日报》) (142)
66. 悠悠扬扬棉山歌(2006年《江海晚报》) (143)
67. 忆《银花姑娘》(2008年《南通日报》) (144)
68. 回眸《淘米记》(2008年《南通日报》) (145)
69. 永远怀念陆行白(2008年《海门日报》) (146)
70. 山歌还他真面目——忆山歌戏《唐伯虎与沈九娘》(2008年《东洲戏苑》) (148)
71. 难忘的春节慰问演出(2009年《江海晚报》) (149)
72. 《中国海门山歌集》补遗(2009年《海门日报》) (151)
73. 美酒飘香"青龙角"(2009年《东洲戏苑》) (153)
74. 从《欢送老吉》说开去(2009年撰稿) (155)

◆ 附录一

75. 可贵的《一路笑声》(2009年撰稿) (161)
76. 施雪芳领衔主演《余丽娜之死》(2009年改稿) (163)
77. 山歌苑中"一枝花"——记山歌剧团主演胡瑞兰(2009年改稿) (165)
78. 贴近生活自然美——记山歌"丑星"陆建平(2009年《海门日报》) (167)
79. 乡村"牡丹王"——记民间山歌手龚素芳(2009年《海门日报》) (169)
80. 化腐朽为神奇——《淘米记》由毒草变香花(2009年《东洲戏苑》) (170)
81. "山歌王"宋陈礼(2011年《江海晚报》) (172)
82. 余音缭绕赞"山歌王"(2011年《海门日报》) (174)
83. 悠悠麦笛(2011年《大江东流海门宽》) (176)
84. 茅镇业余剧团与《淘米记》(2014年《海门政协》) (179)
85. 江海蚕歌与蚕俗(2012年《江海晚报》) (182)
86. 门外的山歌传承人(2012年《补天戏苑》) (185)
　　附：新山歌振奋我的心 (186)
87. 海门方言·山歌(2012年《南通日报》) (187)
88. 赏笛随想(2012年《南通日报》) (188)
89. 山歌代表我的心(2012年《南通日报》) (190)
90. 乐此不疲献余热(2012年《海门视听》) (191)
91. 被遗忘的山歌功臣姚志浩(2013年《海门政协》) (192)
92. 沙地谚语回旋美(2013年《江海文化研究》) (194)
93. 海门民间文艺一览(2014年《江海文化研究》) (197)
94. 苏北垦区的海门山歌(2014年《海门日报》) (201)
95. 亦俗亦雅《茅镇旧景》(2013年《青山》) (205)

96. 《风清气正得人心》创作杂谈(2014年撰稿) ... (206)
97. 难忘的书信情结(2014年撰稿) ... (207)
98. 创办海门山歌学馆正当时——从伶工学社说开去(2014年《张謇研究》) ... (209)
99. 珍贵的沙地民间节日文化(2014年《青山》) ... (211)
100. 六十春秋山歌缘(2014年撰稿) ... (214)
101. 深切缅怀陆秀章(2015年撰稿) ... (218)

◆ 附录二

102. 郁钧剑家的老宅(2011年《江海晚报》) ... (220)
103. 千年碰着海瞝玩——海门民谚撷趣(2011年《海门日报》) ... (222)
104. 又到芦苇青青时(2011年《海门日报》) ... (224)
105. 难忘的广电情谊(2012年《海门视听》) ... (225)
106. 骑行江海二等车(2012年《江海晚报》) ... (226)
107. 葱姜田螺香喷喷(2012年《海门潮》) ... (228)
108. 金花与春天——写在海门金花节之际(2012年《海门视听》) ... (229)
109. 接港(2012年《青山》) ... (230)
110. 珍贵的《乡村音乐老师王叶》(2012年《海门视听》) ... (232)
111. 沙地"寄亲"习俗探寻(2013年《江海文化研究》) ... (233)
112. 沙地家筵礼仪(2013年《海门日报》) ... (236)
113. 沙地人盖房上梁仪式(2014年《江海文化研究》) ... (238)
114. 沙地庙会(2014年《江海晚报》) ... (244)
115. 悠悠长兴石桥(2014年撰稿) ... (248)
116. 沙地稻作生产及其习俗(2014年撰稿) ... (250)
117. 秋夜簖蟹(2014年《江海晚报》) ... (255)
118. 老白酒味道悠悠长(2015年《海门日报》) ... (257)

◆ 后　记 ... (258)

第一部分

原创海门山歌选曲

1. 熬鸡汤

(1961年《红嫂》选段)

胡瑞兰 唱

(1961年谱曲)

(1997年入选国家科研重点项目,收录于《中国戏曲志·江苏卷》。)

2. 花当中顶好是牡丹王

（1962年《采桃》选段）

陆行白　词
胡瑞兰　唱

1 = F 2/4
中速　赞美地

（乐谱略）

花当中顶好是牡丹王，人当中第一要算河南埭上李祥郎。

第一是，三锄头、六铁塔、丢落车子拿扁担，摸黑起，到夜晚，一双手里勿空闲，一个勤勤恳恳的种田汉。

第二是，眉清目秀、唇红齿白、身强力壮、勿长勿短，标标致致一个好后生。

第三是，稳稳当、勿轻佻、对别人、有礼貌，讲说话、轻轻叫、未曾说、先带笑，老老实实性情好啊！第四是，天生一条好喉咙，肚里山歌数勿清，高唱三声金鸡叫，低唱三声凤凰鸣，八哥听见低下头，黄莺听见勿作声，一个哼哼唱唱的唱歌郎。我心里厢数过、扳指头算过、一算算到、南村北埭、方圆一带、小伙子呒有一个比得上伊哎，伊个人影子就像染坊里印花印在我的心里厢，心里厢。

（1962年7月谱曲）

（20世纪六七十年代演出于大江南北，省台录音播放。）

3. 荒山上会生灵芝草

（1962年《采桃》选段）

陆行白 词
施雪芳 唱

盛永康海门山歌选

梦里再好
总要觉,娃头再好也要心事揿老话讲 男大当婚
哪里舍得嫁出门去,拨勒公公 婆婆,姑娘 小叔,当石 怨 怪,
背后 挑唆,吃尽苦头受 煎 熬。

所以是,那怕 人家百万 家 私

渐快
也勿贪 恋,一心想 有 个 勤勤恳恳、老老实实、乌乌斋斋、

标标致致 好小伙子,抬进门来 养 我 老。

（1962年7月谱曲）

4. 勤俭节约牢记心

（1960年《决算以后》选段）

张汉江、花世奇 词

1 = F 2/4
山歌 中板

(2·5 3 2 1 2 7 | 6 1 5 7 6 1 2) | 3·5 3 2 | 5 6 5 3 2 |

（灵）小红娘你欠思忖，

稍慢

(3·5 3 2 1 2 6 1) | 5 3 5 5 3 2 | 6 1 3 | 2 1 6 (3 2 1 6) |

铺张 浪费勿该应。

1 1 6 6 5 3 | 2 2 1 6 1 | 1 (2 3 5 3 5 6 | 1·6 5 6 3 | 5 6 3 5 6 |

你我 都是 苦出身啊， 千万 不 能

3 6 5 6 3 | 5 3 2 5 3 | 2 3 5 3 2 1 | 2·(3 5 | 6 - | 1 - | 5 7 |

忘掉 本。

6 0 6 | 5 7 6) | 6·1 5 6 2·7 | 6·5 | 5 3 5 | 5 3 2 | 1·6 1 6 1 2 |

想 从 前，在刁黑心家里当长

3·(2 1 7 6 1) | 2 3 5 2 3 1 | 6 2 7 2 7 6 | 5·(3 2 3 5) |

工， 做牛 做马受欺 凌，

2 3 5 2 3 1 | 3·2 1 7 6 1 | 2·(1 7 6 5) | 6 1 2 7 6 5 |

吃 的 是 猪 狗 食， 住的是

慢

2 5 2 5 3 2 | 1·(2 1 6 1 2) | 3 2 1 6 | 6 (1 2 1 2 3) | 5·3 2 3 1 |

滚龙 厅。 那一年 你我准备

2 3 5 3 2 1 | 3 2· | 2·1 6 1 | 6 1 2 1 3 3 2 1 | 1 3 5 6 1 2 7 6 |

要 结 婚， 指望来年舒点工钿拼拼凑凑各人做身

5·(3 2 3 5) | 1 3 2 2 5 3 | 6 5 6 5 6 5 2 3 | 3·5 3 2 |

新， 那知这年 刀家磨姑嫁，硬要逼着我们

1 6 1 2 3 0 1 | 6 1 2 7 6 5 | 3 6 5 3 2 | (2·3 5 5 3 1 2) |

送 礼品，把一年的工 钿全扣去，

你我的希望变泡影。

（叔）当时候仇恨难消气难平，拖了扁担就跟财主拼。狗财主一声唤，来了狗腿子一大群，又是皮鞭又是棍，打得他遍体伤痕血淋淋。（灵）穷兄弟们把他救回家，小红娘心胆裂碎泪湿襟啊！

慢　　　　　　　　　　　　　　　　　　　　　　　紧拉慢唱

（哭声）（叔）阶级仇

（婶）血泪恨，　　　　　（叔婶）万恶旧社会天地昏。　　　　　　　（叔）天地昏

（20世纪60年代谱曲）

（20世纪60年代，山歌剧《决算以后》是赴省参加会演的优秀创作剧目。）

5. 打麦号子

(1962年《槐树庄》合唱曲)

1 = C 2/4
热烈地

(领)嗨 唷 (女)嗨唷 嚯哎
(男) 嗨唷 嚯哎

嗨唷 嚯哎　　　　嗨唷 嚯哎　　嗨唷 嚯哎
嗨唷 嚯哎　　嗨唷 嚯哎

嗨 嗨 嗨唷 嗨唷 嗨唷 嗨唷 (领)嗨
嗨唷 嚯哎 唷 唷 嗨唷 嗨唷 嗨唷 嗨唷 (合)

金黄 麦子 堆满 仓唷，　　　　　　嗨
千条 水渠 结成 网唷，　　　　　　嗨

嗨 堆满 仓唷，
嗨 结成 网唷，

集体 生产 威力 强唷，　　　　　　(女)勤俭
百年 旱地 泛绿 浪唷，　　　　　　贫下

嗨 威力 强唷，(男)
嗨 泛绿 浪唷，

（1962年10月谱曲）

（1964年，省里专家观摩该剧演出，评价此号子特色浓郁，气氛热烈。）

6. 青蛙打鼓闹声喧

(1964年《银花姑娘》选段)

南通地区创作组 词
高扬原 曲
盛永康 整理

1=G 2/4

慢对花

(5 6 i 6 5 4 3 | 2·3 | 2 3 5 3 2 7 6 | 5·7 6 1 2 3 | 1·2 3 5 3 2 1 6 |

2·3 2 5) | 5 5 6 5 3 3 5 3 2 | 1·6 1 6 1 2 | 6 5 3 5 3 1 | ³2·(3
　　　　　　青　蛙　　　打　鼓　　　闹　　　声　　　　喧，

5·6 3 5 3 2 1 6 | 2 3 5 2 3 5) | 6·5 3 2 3 | 1 6 1 2 3 | 3·5 3 2 1 2 3)
　　　　　　　　　　　　　　　　闹得我　心　中

　　　　　　　　　　　　　　(5·6 5 3 |
5·3 2 3 | 2 1 2 7 2 6 | ¹5 — | 2 3 2 1 7 6 | 5·7 6 1 2 3) |
焕　　　　　　　　燥　　　　添。

1 1 6 1 | 2 3 5 2 (6 1 | 2 3 5 2) 6 | 5 3 5 6 1 | 6 5 3 2 | 1·3
青蛙　啊，　　　　　　　　　　你何　必幸灾乐祸将

2 3 2 1 6 | 2 3 2 1 6 | 2·1 2 3 | 6 3 2 1 | 1·3 5 6 | 1 2 7 2 6 |
我　　扰，　　　　我正在　回忆往事一　　件

(5 6 i 6 5 4 3 |
5 — | 2·2 2 2 2 1 2 3 | 2 3 5 3 2 7 6 | 5·6 5 3 2 3 5) |
件。

转中板

2·3 5 6 | 3 3 5 3 2 | 1·2 3 5 3 1 | 2 (3 5 5 3 1 2) | 3·5 3 5 3 2 |
夺高产　车是　党　号　召，　　　　　　　堵漏洞

1 1 2 3 | 6 3 5 2 3 2 6 | 1·(6 1 2 3 | 5·5 5 5 2 3 5 |
必须　狠抓盐碱　　　　田。

转快板

6·6 6 6 6 1 6 5 | 3 6 4 3 2 3 1 6 | 2 5 3 5 2 3 5) | 5·6 5 3 |
　　　　　　　　　　　　　　　　　　　　　　　　到　明天

(1964年,《银花姑娘》参加省现代戏观摩演出,《新华日报》等给予高度评价。笔者是此剧的作曲之一,此段唱腔原作是高扬,因找不到原谱,故做了整理。)

7. 红 梅 赞

(1964年《江姐》主题歌)

1 = F 4/4

坚定、乐观

歌词：
红岩上红梅开，千里冰霜脚下踩。三九严寒何所惧，一片丹心向阳开，向阳开。红梅花儿开，朵朵放光彩，昂首怒放花万朵，香飘云天外；唤醒百花齐开放，高歌欢庆新春来，新春来。

(1964年谱曲)

8. 穷人的孩子早当家

(1968年《红灯记》选段)

姚志浩 唱

1 = F 2/4
中板

(0 0 0 1 6 | 3 5 6 1 6 5 3 | 2 5 3 2 1 2 7 | 6·1 5 6 1 2) | 3 1 6 5 |
　　　　　　　　　　　　　　　　　　　　　　　　　　　　　　　　　　　　提 篮 小 卖

6 1 6 3 5 | (5 1 6 5 3 5 2 3) | 1·6 1 2 6 5 | (3 5 3 2 1 2 3) 5̇3 | 0 |
　　　　　　　　　　　　　　　　　拾　　煤　　　　渣，

1 5 1 6 5 3 5 | 5 1 6 | 6 5 6 5 3 | 5 3 2 (1 2 | 3 5 6 1 6 5 3 |
担 水 劈　　柴　　也　靠　　她。

2 3 5 2 1 2) | 3 1 6 5 3 | 6 6 1 5 | 2 5 5 3 2 1 6 | 2 3 2 3 |
　　　　　　　里 里 外 外　一 把　手，穷 人 的 孩　　子

5·6 6 5 3 5 | 6 - | 6 0 1 5 6 | 7 2 7 6 5 6 7 | 6 - | 7 2 7 6 5 3 |
早 当　　家。

(6·6 6 5 |
5 6 7 2̇ 6 0) | 6 5 6 3 5 | 5 6 1 6 5 3 | 0 2 3 5 | 6·1 5 3 |
　　　　　　　栽 什 么 树 苗 结 什 么 果，　　撒 什 么 种

2·(3 2 3 5 6) | 1 6 6 5 3 5 | 6·(7 | 6 7 6 5 3 5 | 6 0 0) ‖
子　　　　　　　开 什 么　花。

(1968年谱曲)

9. 临行喝妈一碗酒

(1968年《红灯记》选段)

1 = F 1/4

姚志浩 唱

山歌 紧板

(6.7 6 5 | 3 5 6) 3 1 | 6 5 3 | 5.3 | 6 1 6 3 | 5 (1 6 5 | 3 5 2 3 |
临 行 喝 妈 一 碗 酒,

(1. 1 1 1 | 1 2 6 5)
5) 3 | 1 6 | 5 3 5 6 | 1 | 1 | 3 1 | 7 6 5 | 6 (7 6 5 |
浑 身 是 胆 雄 赳 赳。

3 5 6) | 1 1 | 6 1 3 5 | 6 5 3 | 2 | 5 5 3 | 2 1 | 2 5 | 2 5 3 2 |
鸠 山 设 宴 和 我 交 "朋 友", 千 杯 万 盏 会 应

1 (3 2 6 | 1) 5 | 3 2 | 1 6 3 | 2 | 5 5 3 | 2 1 2 3 | 5 (6 5 3 | 2 1 2 3 |
酬。 时 令 不 好 风 雪 来 得 骤,

5) 5 | 3 2 | 1 2 7 6 | 5 | 5 1 1 | 1 6 | 6 3 | 2 | 2 1 2 | 6 | 6 (7
妈 要 把 冷 暖 时 刻 记 心 头。

6.7 6 5 | 3 5 6 | 0 7 | 2.2 2 2 | 2 1 7 6 | 5.5 5 5 | 5 2 3 5 | 6 1 5 7 |

稍慢
6 0) | 5 6 1 | 6 5 3 | 2 3 5 | 2 3 1 | 5.3 | 6 1 6 3 | 5 (6 5 3 | 2 3 5) |
小 铁 梅 出 门 卖 货 看 气 候,

2 3 5 | 2 3 1 | 2 3 5 | 6 5 3 2 | 1 (2 3 5 | 2 6 1) | 1 1 2 | 7 6 5 |
来 往 "账 目" 要 记 熟。 困 倦 时

3 6 | 6 5 | 1 6 1 2 | 3 0 | 2 3 5 | 2 3 1 | 1 2 | 7 6 5 | 3 5 6 1 |
留 神 门 户 防 野 狗, 烦 闷 时 等 待 喜 鹊 唱

6 5 3 | 5 3 2 | 2 (3 5 | 6 5 6 | 3 6 5 3 | 2 0 | 2 3 5 | 3 2 1 6 |
枝 头。 家 中 的 事 儿 你 奔 走, 要 与 奶

廿 2 - 5.3 5 6 7 6 5 3 …… 3 0 ‖
奶 分 忧 愁。

(1968年谱曲)

10. 爹爹给我无价宝

(1968年《红灯记》选段)

胡瑞兰 唱

盛永康海门山歌选

(1968年谱曲)

11. 海蓝蓝 天苍苍

(1968年《海岛女民兵》选段)

"月月节"女声合唱

海蓝蓝呀天苍苍，姑娘巧手织鱼网，识鱼网。

梭儿飞呀线儿长，阵阵渔歌传四方，传四方。

肩背钢枪送落月，飞梭迎朝阳，迎朝阳。

一手拿梭一手拿枪，姑娘爱武装，爱武装。

(1968年6月谱曲)

12. 紧握钢枪永向前

（1968年《海岛女民兵》选段）

1 = F 2/4

胡瑞兰 唱

（海霞）同心岛解放那一天，你紧握钢枪冲在前。

稍快

红旗下重相见，万语千言如涌泉。

你说道跳出苦海跟党走，深体

盛永康海门山歌选

$\underbrace{6}_{\cdot}(1\underbrace{6123}_{\cdot}|1)555|6532\underbrace{0}_{\cdot}|1\underbrace{35}_{\cdot}|\underbrace{1.2}_{\cdot}\underbrace{7276}_{\cdot}|$
会　　　　　枪杆子方　能　换　来　新　人

$(\underbrace{5.5556165}_{\cdot}|$

$\overset{\frown}{\underset{\cdot}{5}}$ 　— 　|$\underbrace{3643}_{\cdot}\underbrace{2316}_{\cdot}$|$\underbrace{2535}_{\cdot}\underbrace{235}_{\cdot})$|$\underbrace{5556165}_{\cdot}$|
间。　　　　　　　　　　　　　可就是革命形势

$\underbrace{1231}_{\cdot}2$|$\underbrace{5.5}_{\cdot}\underbrace{532}_{\cdot}$|$\underbrace{2326}_{\cdot}1$|$\underbrace{561}_{\cdot}\underbrace{3532}_{\cdot}$|$\underbrace{1235}_{\cdot}\underbrace{216}_{\cdot}$|
日　日　好，你抓工作渐渐偏，埋头一心　忙　生　产，

$(\underbrace{5.551}_{\cdot}|$

$\underbrace{3.5}_{\cdot}\underbrace{2123}_{\cdot}$|$\underbrace{5.53}_{\cdot}$|$\underbrace{2357}_{\cdot}\overset{\frown}{6}$|$\overset{\frown}{\underset{\cdot}{5}}$　—　|$\underbrace{6165}_{\cdot}\underbrace{3561}_{\cdot}$|
仿佛世　间　息硝　烟。　　　　　　　　

$\underbrace{55}_{\cdot}\underbrace{061}_{\cdot})$|$\underbrace{235}_{\cdot}\underbrace{6532}_{\cdot}$|$\underbrace{1231}_{\cdot}2$|$\underbrace{0532}_{\cdot}$|$\underbrace{3.5}_{\cdot}\underbrace{1612}_{\cdot}$|
倘若都把　敌情忘，哪来这海防长

$(\underbrace{5.55566535}_{\cdot}|$

$\underbrace{3.23}_{\cdot}$|$\underbrace{535}_{\cdot}\underbrace{6561}_{\cdot}$|$\overset{\frown}{\underset{\cdot}{5}}$　—　|$\underbrace{21235}_{\cdot})$|$\underbrace{561}_{\cdot}\underbrace{5532}_{\cdot}$|
城　磐石　坚；　　　　　　　　倘　若钢花

$\underbrace{1.3}_{\cdot}\underbrace{231}_{\cdot}$|$\underbrace{216}_{\cdot}(\underbrace{6321}_{\cdot}$|$\underbrace{6}_{\cdot})\underbrace{321}_{\cdot}$|$\underbrace{6.5}_{\cdot}\underbrace{321}_{\cdot}$|$\underbrace{135}_{\cdot}\underbrace{1276}_{\cdot}$|
都　生　锈，　　　怎能够有备无　患把　敌

稍慢
$\underbrace{5}_{\cdot}(\underbrace{0323}_{\cdot}5)$|$\underbrace{235}_{\cdot}\underbrace{3165}_{\cdot}$|$\underbrace{1231}_{\cdot}\underbrace{20}_{\cdot}$|$\underbrace{5535672}_{\cdot}$|
歼；　　　　倘若人民武装丢脑后，怎能

$(\underbrace{5.5555553}_{\cdot})$

$\underbrace{6.1}_{\cdot}\underbrace{65}_{\cdot})$|$\underbrace{6.1}_{\cdot}\underbrace{23}_{\cdot}$|$5.$　$\underbrace{53}_{\cdot}$|$\underbrace{235}_{\cdot}\underbrace{2326}_{\cdot}$|$1.$（$\underbrace{23}_{\cdot}$|
保　红色江　山　　万　万　年。　　　

$\underbrace{1.6}_{\cdot}\underbrace{123235}_{\cdot}$|$\underbrace{2352326}_{\cdot}$|$\underbrace{1.276}_{\cdot})$|$\underbrace{2.3}_{\cdot}\underbrace{5365}_{\cdot}$|
　　　　　　　　　　　　　　　　　　双　和

盛永康海门山歌选

叔　　　　　海防线卫国重任大　如

天，　这情景叫乡亲　　怎不焦急

心　如　　煎。

（老方）海霞她　一番话　动人心　弦，

道出了　群众的　　　　　期望万

千。　　　胜利中头脑得清醒，你却是

忘乎所以蒙双眼。双和同　志，休只看　年龄长幼

职务　高低资历深　浅，　　　革命者　要紧跟

快一倍 流水板

毛主席的革命　路　　线。

世间红旗

未插　　遍，　　　时刻　把阶级斗争

记心间，豺狼虎豹不灭尽，　继续

24 ▲ 第一部分　原创海门山歌选曲

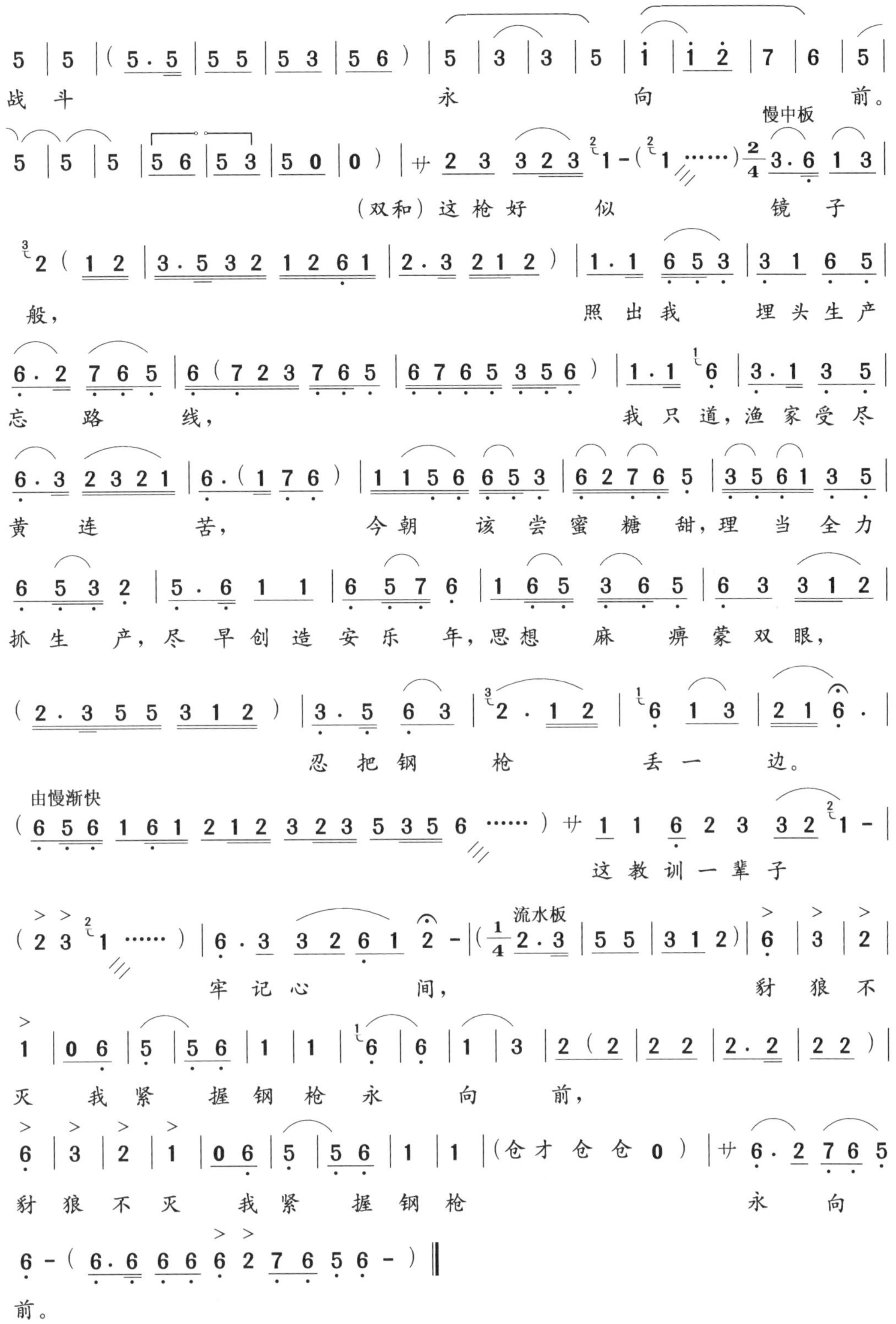
战斗 永 向 前。
慢中板
（双和）这枪好 似 镜 子
般， 照出我 埋头生产
忘 路 线， 我只道，渔家受尽
黄 连 苦， 今朝 该尝蜜糖甜，理当全力
抓生 产，尽早创造安乐 年，思想 麻 痹蒙双眼，
忍把钢 枪 丢一 边。
由慢渐快
这教训一辈子
流水板
牢记心 间， 豺狼不
灭 我紧 握钢枪永 向 前，
豺狼不灭 我紧 握钢枪 永 向
前。

（1968 年谱曲）

13. 一轮红日照胸间

(1968年《龙江颂》选段)

施雪芳 唱

山歌 中板 深情地

(1968年谱曲)

14. 百花盛开春满园

(1968年《龙江颂》选段)

施雪芳 唱

1=F 2/4
慢速

(乐谱略)

歌词：

(江)几年前这堤外荒滩一片，是咱们用双手开成良田，冒冬雪迎春寒长年苦战，才使这荒滩变成米粮川。

(李)为垦荒

盛永康海门山歌选

(1968年谱曲)

盛永康海门山歌选

15. 一年不见亲人面

（1969年《奇袭白虎团》节选）

邱笑岳 唱

（崔）一年不见亲人面，往事历历在眼前。抗美帝安平里浴血奋战，在我家养重伤情逾骨肉相依相关。想战友盼杀敌你归心似箭，伤未愈上前线叫我常挂心间。

（严）阿妈妮养重伤你为我昼夜不眠，一口水一口饭细心照……

16. 安平山上彩虹现

（1969年《奇袭白虎团》选段）

17. 见婆母遭惨害痛心绞肠

（1969年《奇袭白虎团》选段）

樊玉兰 唱

1 = F 1/4

见婆母遭惨害　痛心绞肠　　（哭声）绞肠；　你英勇不屈丧敌手，仇恨在心头似倒海翻江。乡亲们我巍然国土三千里，英雄人民志气刚，宁愿站着刀下死，决不屈膝当驯羊，血海深仇永不忘，冲破黑暗

稍慢
(1. 1 | 1 1 | 1. 6 | 1 2) | 3 | 3 2 | 3 5 | (6. 6 | 6. 6 | 6 5 | 3 5 |
6 | 6 | 6 | 6 |
迎　曙　光。

6 | 2 | 7 6 | 5 | 6 | 6 | 6 | 6) ‖

(1969年10月谱曲)

18. 争做时代的新闻将

(1970年《龙江颂》改谱)

1 = C 2/4

(5 6 1 5 3 5 6 | 1. 1 1 1 | 2 3 2 1 6 5 6 1 | 2. 2 2 2) | 2 3 2 1 6 |
　　九　龙

2 3 2 1 6 | 5. 6 1 | 1 3 5 6 — | (6 5 6 1 3 | 5. 6 5 4 3 2) | 3. 2 1 |
江　上　摆　战　场，　　　　　　　　　　　　　　　　　　　　　　　相　互

2. 1 6 5 | 3. 5 | 2. 3 5 1 | 6 5 6 3 2 | 1 6 1 | 2 1 2 3 2 | 1 — |
支　援　情　谊　　　长，　情　谊　　长。

1 6 1 2 3 3 | 3 2 1 6 2 0 7 | 6 7 2 3 7 6 5 | 6 6 5 6 1) | (1. 1 1 1 | 2. 2 2 2 | 2 — |
　　　抬

2. 2 2 2) | 2 — | 3. 5 3 2 | 1 7 6 1 | 2 3 2 | 2 — | 2 3 2 1 6 5 6 1 |
　　　　　　　　　　　头　　望

2 3 1 2 0) | 6. 3 2 1 | 0 5 3 5 | 6 0 6 5 6 | 1. 2 6 5 | 3 — | (3. 3 3 3 |
　　　　　　　　十　里　长　堤　人　来　往，斗　地　战　天

3 — | 6. 1 2 3 | 1 0 (5 3 | 2 3 2 1 6 1 2 3 | 1 2 7 6 5 6 1) | (1. 1 1 1) |
　　　　志　气　昂。

3 2 3 1 6 | 5 (5 6 7 6) | 5 3 5 1 | 1 — | 1 5 1 | 2. 1 6 3 |
我　立　志　　学　英　雄，　重　担　挑　肩

(1970年5月改谱)

19. 定能战胜顽敌渡难关

(1970年《沙家浜》选段)

1 = F 4/4

山歌 调慢快 沉思地

贺戌寅 唱

(6 7.2 7 6 5 3 2 3.5 3 2 1 7 | 6.1 2 3 1 2 7 6 0 1 5 6 7 6) |

6 6 5 3 5 6 6 5 3 2.(3 | 1 7 6 1) 2.5 3 5 3 2 3 1 6 1 |

风 声 紧 雨 意 浓

1.(6 1 2 3 2 3 2 3 5) 6.5 6 1 6 5 3 | 2 3 5 1 7 6 1 2 3 2 (1 2 |

天 低 云 暗,

3.5 3 2 3 1 7 6 1) 2.3 5 6 3 5 3 2 3 | 6.(1 2 1 2 1 2 3) 5 6 1 6 1 6 6 1 6 5 |

不 由 人 一 阵

3 (5 3 2 3 2 3) 5 3 5 6 5 1 | 5 0 6 6 5 3 5 3 2 1 7 |

阵 坐 立 不 安。

6 0 1 5 6 2.7 6.(1 2 3 1 2 7 | 6 0 5 1 2 3 5) 6 5 6 6 5 3 |

亲 人

2 1 2 (1 7 6 5) 6 1.2 7 6 5 | 2 3.5 3 2 1 1.1 6 1 6 1 6 3 |

们 粮 缺 药 尽 消 息

5 (0 4 3 2 5 3 5 1 6 5 6 3 2) | 1 1.6 1 2 3 5 3 2.(3 5 1 6 5 6 4 3) |

断, 芦 荡 内

5.3 2 5 3 2 3 1.(2 3 5 3 2 6 1) | 3.5 3 5 1 2 6 5 6 5 3 5 5 6 7 6 5 6 |

怎 禁 得 浪 激 水

转中板

7 - 7.2 | 7.2 7 2 7 2 7 6 5 3 5 3 5 6 7 | 2/4 6.(6 6 6 6 5 3 5 |

淹!

6.6 6 6 6 5 3 2 | 1 2 3 5 3 2 1 7 | 6 1 5 7 6 0) |

盛永康海门山歌选

```
6  5  6  3 | 3 3 5 3 2 1 | 5 6 1 6 1 6 3 | 5.(3 2 3 5) | 1 1 6 1 2 3 2 |
他 们 是 革命 的    宝  贵 财   产，       十 几 个 人

5 3 5 6 1 6 5 | 3 5 3 6 5 3 2 | 1(2 3 5 2 6 1) | 6 1 2 7 6 5 |
和 我 们 骨肉 相   连，           联 络 员

5 3 2 1(2 3 5 | 6 6 3 5 3 1 | 2(2 2 2 2 1 6 1 | 2.3 5 5 3 1 2) |
肩 负 着   千 斤 重 担，

3 1 6 5 3 2 | 1 6 1 2 3 | 3 3 5 2 3 1 | 2 1 6(3 2 1 6) | 5 5 3 2 1 |
程书记 临行 时托咐 再 三。         我岂能

3 1 6 3 5(2 3 | 5.3 2 3 4 | 3.4 3 2 3) | 5 6 3 2 1 6 5 |
遇 危 难   一筹莫 展，     辜 负 了

2 1 2 3 5(4 3 | 2 3 5 6 5 3 2 | 1(2 3 5 2 6 1) | 6 1 1 3 6 5 3 |
党 对我  培 养 多 年。            昨夜里赵镇长

2 3 2 6 1.3 | 5 6 5 6 3 | 2  2 3 5 | 2 1 6(2 1 2 3) | 5 3 5 5 3 2 |
与 四 龙 去送炒  面，为什 么              到如今

1 1 6 1 2 3 5 | 5 3 2 2 7 | 6.7 2 3 | 7 2 7 6 5 6 7 | 6.(3 5) |
不 见回  还？

6 5 6 6 5 3 | 6 5 6 5 3 2 | 1/4 1 1 6 | 2 3 5 3 | 2 5 3 2 | 1 0 3 |
我本当去把 亲人来 见， 怎奈是难脱身 有鹰 犬。那

5.5 5 5 | 2 3 2 1 | 2/4 2 3 5 1 6 1 2 | 3 0 | 6 6 1 5 6 | 2 2 3 1 2 |
刁德一他派了岗哨 又  扣  船，怎么 办？怎么办？

6 6 1 5 6 | 7.(5 6 | 7.7 7 7 7 6 5 3) | 2 3 5 5 3 2 | 5.3 5 6 7 |
怎 么  办？           事到 此 间 好为

6 5 3 5 3 | 2 0 3 7 6 5 | 6 - | (6 1 2 3 5 3 5 6 | 1 1 2 | 5.6 |
难，
                    （耳边仿佛响起"东方红"乐曲）
```

(1970年6月谱曲)

20. 今日路口迎新人

(1970年《金训华之歌》选段)

施雪芳 唱

盛永康海门山歌选

战天斗地开新宇,革命靠他来指引;
破私立公判修铲,革命靠他来指引。
愿你们永远与工农相结合,扎根农村脚跟稳。
风里雨里迈大步,艰苦创业树雄心,
立足双河怀天下,
沿着毛主席的革命路线向前进,

（山歌剧《金训华之歌》是 20 世纪 70 年代从沪剧移植而来，其中"今日路口迎新人"这段唱腔，当年观众好评如潮。）

21. 眼前大道宽又广

(1970年《金训华之歌》选段)

端木东 唱

1 = F 2/4
山歌 慢中板

眼前大道宽又广，满怀激情话沧桑。老沙皇强占江东四扩张，眨时间家乡成了杀人场。先辈们披荆斩棘开出这条路，强忍仇恨来此重把家园创。旧恨未消新仇添，来

盛永康海门山歌选

了鬼子蒋匪帮，这路上碉堡林立胜魔窟，白骨堆满万人坑，雁过拔毛吃尽人民血，多少家破人又亡。

六月天兵征腐恶，来了救星共产党，红太阳照亮了我们前进的路，革命道路越走越宽广。

这路上开来了千台拖拉机，这路上运走了万担丰收粮，

第一部分　原创海门山歌选曲　▲　45

(1970年谱曲)

22. 毛泽东思想闪金光

(1970年《金训华之歌》选段)

施雪芳 唱

山歌 慢中板

1=C 2/4

(乐谱及歌词)

我父亲是猎户,性烈志刚,聚同伴拒强暴奋起反抗,血战中负重伤撤离过江。参加了义和团重上战场,舞大旗挥刀枪所向披靡,杀得那帝俄兵四窜逃亡。恨清庭屈膝降辱国丧邦,壮志未酬含冤死,留下此枪。

盛永康海门山歌选

$\overset{>}{3}\,\overset{>}{6}\,\overset{>}{5}\,(\overset{>}{5})$ | $\dot{2}\cdot\dot{3}\,7\,6\,5$ | $6-5\cdot6\,7\,\dot{2}$ | $6----$ | ($6\,6\,7\,6\,5\,3\,2\,3\,5$ |

民 族 恨， 世 世 代 代 不 能　　　　 忘。

$\dot{1}\,\dot{1}\,\dot{2}\,\dot{1}\,6\,5\,3\,5\,6$ | $\dot{2}\,\dot{2}\,\dot{3}\,\dot{2}\,\dot{1}\,6\,\dot{1}\,\dot{2}$) | $6\,6\,\dot{1}\,3\,5$ | $3\cdot5\,6\,\dot{1}\,5\,0$ |

　　　　　　　　　　　　　　　　　　　　　黑 夜 留 枪 传 火 神，

($\dot{2}\cdot\dot{2}\,\dot{2}\,\dot{2}$ | $\dot{2}\,\dot{2}\,6\,\dot{1}$ |

稍慢　$6\,3$ | $3\cdot\dot{2}\,\dot{1}\,6$ | $\dot{2}-$ | $\dot{2}-$ | $\dot{2}\cdot\dot{1}\,\dot{2}$ | $\dot{3}\,\dot{3}\,\dot{3}$ | $\dot{3}\,\dot{2}\,\dot{1}\,6$)

迎 来 日　 出

($6\cdot6\,6\,6$ | $6\,\dot{1}\,\dot{2}\,\dot{3}$ |

$\dot{1}-$ | $\dot{1}\,\dot{2}$ | $5\cdot3\,5\,6$ | $\dot{1}\cdot\dot{2}\,\dot{1}\,6$ | $5\cdot6\,7\,\dot{2}$ | $6-$ | $6-$ | $\dot{1}\,5\,\dot{1}\,\dot{2}$ |

东　方　亮。　　　　　　　　　　　　　　　　　　　　　　　　慢一倍

$\dot{3}-$ | $\dot{3}\cdot\dot{2}\,\dot{3}$ | $\dot{1}\,5\,6\,3$ | $\dot{2}-$) | $6\cdot\dot{1}\,\dot{2}\,\dot{3}\,\dot{2}$ | $\dot{1}\,6\,5\cdot3$ | $3\cdot5\,6\,\dot{1}\,5\,6$ |

　　　　　　　　　　　　　　　　　毛 主 席　共　产

($\dot{1}\cdot\dot{2}\,\dot{3}\,\dot{5}$ |

$\dot{1}-$ | $\dot{1}\,7\,6\,\dot{1}\,\dot{2}$) | $\dot{3}\,\dot{2}\,\dot{1}\,6\,\dot{1}$ | $\dot{2}\,\dot{3}\,\dot{2}\,6\,\dot{1}$ | ($\dot{1}\,6\,\dot{1}\,\dot{2}\,\dot{3}\,\dot{2}\,3\,5$ |

党，　　　　救 我 们 穷 人 出 火 炕，

$\dot{2}\cdot\dot{3}\,\dot{2}\,\dot{1}\,6\,\dot{1}\,\dot{2}$) | $\dot{1}\,6\,3\,5\cdot5$ | $5\,3\,\dot{1}\,\dot{1}$ ($5\,6$) | $\dot{1}\,5\,6\,\dot{1}\,6\,3$ |

　　　　　　　　　 我 的 儿 又 拿 起 了　　这 支

5 ($2\,3\,5\,6\,5\,6\,\dot{1}$) | $\dot{2}\cdot\dot{3}\,\dot{1}\,0$ | $\dot{2}\,\dot{1}\,6\,5\,0$ | $6\cdot6\,5\,5\,6\,7$ |

枪，　　　　　 镇 压 了 邱 剥 皮 这 个 活 阎

$6\cdot$ ($6\,6\,6\,5\,6\,\dot{1}\,\dot{2}$) | $\dot{3}\,\dot{2}\,\dot{1}\,6\,\dot{1}$ | $\dot{2}\,\dot{3}\,\dot{2}\,6\,\dot{1}\,0$ | $\dot{3}\,\dot{1}\,\dot{1}\,6\,5$ |

王。　　　　　　　 枪 杆 子 里 面 出 政 权，毛 泽 东 思 想

($\dot{2}\cdot\dot{2}\,\dot{2}\,\dot{2}$ | $\dot{2}\cdot\dot{2}\,\dot{2}\,\dot{1}$)

$5\cdot6\,\dot{1}\,\dot{2}\,6\,\dot{1}\,{}^{\vee}$ | $\dot{2}-$ | $\dot{2}\cdot\dot{1}$ | $6\,\dot{1}\,5\,6\,\dot{1}\cdot7$ | $6\,\dot{1}\,6\,5\,3\cdot5$ |

闪　金　　光。

$6\,6\,5\,6\,7\,\dot{2}$ | $6-$ | $6-$ ‖

(1970 年谱曲)

23. 必须要时刻勤擦手中枪

(1970年《杜鹃山》选段)

邱笑岳 唱

$1=\flat B \quad \frac{2}{4}$

(0 3 2 3 | 5.3 | 2 3 5 7 6 | 5.6 5 3) | 2.3 5 6 5 | (3. 1 2 1 2 3) 3 — |
　　　　　　　　　　　　　　　　　　　　　　　杜　鹃　　山

5.5 3 2 | 1 1 6 | 3.5 3 2 1 | 2. 5 3 | 2 3 5 2 1 6 1 | 2.(3
青竹吐翠蓬勃　向　　　　　　上，

6 5 6 1 2 1 2 3 | 5.5 3 2 | 1 5 3 2 3 7 6 | 5 6 1 6 5 3 5 | 2.2 2 2)|

1 2 1 2 3 5 | 5 3 2 | 1 6 1 2 3 0 | 2 3 5 | 2 3 5 7 6 | 1 5 1 |
自　卫　军　　整训忙　扩进　武　　　　装。

6 5 3 5 6 1 | 5.(1 | 6 1 6 5 3 5 6 1 | 5 5 0 6) | 5 6 1 0 | 0 5 3 2 |
　　　　　　　　　　　　　　　　　　　　　　　　打土豪　　分积谷

1.2 3 5 | 2 3 2 1 6 | 6.1 2 3 | 7 6 5 0 | (6 1 6 1 2 5 3 2 |
群　情　欢　　畅，旌旗卷　战歌壮，

7 2 7 6 5 0) | 5.3 2 3 1 | 2 3 5 2 3 2 6 | 1.(6 | 5 6 1 2 3 5 3 2 |
　　　　　　　　标　语满　　　　　　　　　　墙。

1 1 6 | 5 6 1 2 3 5 3 2 | 1 5 1 0) | 2.3 5 6 | 5 5 3 2 | 1.2 3 5 3 1 |
　　　　　　　　　　　　　　　虽然是　冰消雪化春　雷

2.(3 2 1) | 3 5 3 2 | 1 6 1 2 3 | 2 3 5 2 3 2 6 | 1.(2 7 6) |
响，　　只怕　春　寒有　严　　　　霜，

5.6 1 1 | 5 5 3 | 2.1 6 0 | 0 3 5 3 | 2.(2 2 2) | 6 3 2 1 |
谨防隔山烟尘　涨，　　　必须要　　　　　　时刻勤擦

$\widehat{3\cdot 5}$ $\dot{\widehat{2\ 3}}$ | $\dot{5}\cdot\dot{3}$ | $\dot{\widehat{2\ 3}}\dot{\widehat{5}}\ 7\ 6$ | $\dot{1}\ 5$（6 | $5\ 6\ \dot{1}\ \dot{2}\ \dot{3}\ 5\ \dot{3}\ \dot{2}$ | $\dot{1}\ 0\ 0\ 5$ |

手　中　枪，　　手　　中　　枪。

$\dot{1}\ 0\ 0$）‖

　　　　　　　　　　　　　　　（1970年谱曲）

24. 金银山上歌声脆

（1970年海门山歌对唱）

海门县三厂区创作组作词
施天雄 盛永康 编曲

第一部分 原创海门山歌选曲 53

盛永康海门山歌选

(1973年12月此曲由江苏人民出版社出版。1974年唱红南京人民大会堂。1975年笔者被抽调去南艺黄瓜园专门加工此曲,准备参加华东歌舞调演,当时因作品中有"金山哥、银山妹"涉嫌情歌而被禁唱。)

25. 我们怀念周总理

(1976年海门山歌)

韦树森 词

盛永康海门山歌选

$\mathbf{\dot{1}}\ \widehat{6\ 1\ 6\ 5} | \widehat{5\ 3}\cdot \widehat{2\ 3\ 5}\ \widehat{5\ 3\ 2} | \widehat{1\ 2\ 3\ 6\ 5}\ \widehat{1\cdot 6}\ \widehat{1\ 2\ 3\ 5} | \widehat{5\ 3\ 2\ 2\ 7} |$

周总　　理，　人民的　　好总理万代　　　颂，

周总　　理，　人民的　　好总理万代　　　颂，

$(\widehat{6\cdot 7\ 2\ 3}\ \widehat{7\ 6\ 5}|$

$\widehat{6\cdot 7\ 2\ 3}\ \widehat{7\ 6\ 5}|6\ -\ |\widehat{6\cdot 1\ 5\ 7\ 6})|\widehat{1\ 1\ 2}\ \widehat{7\ 6\ 5}|\widehat{2\ 5\ 3\ 2\ 1}|$

万　　代　　颂。　　　　　　　你是那　伟大的

万　　代　　颂。　　　　　　　你好比　高山的

$\widehat{3\cdot 1\ 6\ 5}|\widehat{6\ 1\ 5\ 3\ 2}|\widehat{5\cdot 5}\ \widehat{6\ 1}|\widehat{5\ 3\ 5}\ \widehat{\dot{1}\ 2\ 7\ 6}|5\ -\ |\widehat{5\ 3\ 5}\ \widehat{3\ 2\ 1}|$

无产阶级革命　　家，雄伟气魄贯　长　　　虹。你是那

松柏　万　年　　青，昂首挺立撑　苍　　　穹。你是那

$\widehat{6\ 7\ 2\ 3}\ \widehat{7\ 6\ 5}|\widehat{6\cdot 5}\ \widehat{3\ 2}|\widehat{5\ 6\ \dot{1}}\ \widehat{6\ 5\ 3}|\widehat{3\ 2\ 1}\ \widehat{6\ 1}|\widehat{2\ 3\ 5}\ \widehat{2\ 3\ 2\ 6}|$

杰　出　的　　共产主义战　士，威震全球老　英

腊月　的　梅花　　报春来，含花怒放郁　葱

$1\ -\ |\widehat{5\ 3\ 2}\ \widehat{1\ 6\ 5}|\widehat{3\ 5\ 6\ \dot{1}}\ \widehat{6\ 5\ 3}|\widehat{6\ 6\ 5\ 3\ 2}|\widehat{1\ 1\ 6\ 1\ 2\ 3\ 5}|$

雄。　你是那　毛主席的　亲密战　友，鞠躬　尽瘁

葱。　你好比　长空的　明星闪闪　亮，光照　千秋

$\widehat{6\cdot \dot{1}}\ \widehat{5\ 6\ 7}|6\ -\ |\widehat{3\ 2\ 3\ 2}\ \widehat{1\ 2\ 7\ 6}|\underline{5}\ \widehat{5\ 6\ \dot{1}\ 6\ 5\ 3}|\widehat{5\ 3\ 2\ 3}|$

立奇　　功。人民　永　远怀　念　你，你

万代　　红。人民　永　远怀　念　你，你

快一倍 每拍一板

$\widehat{5\cdot 5}\ \widehat{3\ 5}|\widehat{6\ 5\ 3}\ \widehat{2\ 3\ 2}|\widehat{1\cdot 2}\ \widehat{7\ 6\ 5}|6\ -\ ‖\ \frac{4}{4}\widehat{6\ 6\ 7\ 6\ 5\ 3\ 2\ 3\ 5}|$

永远活在亿万人　心　　中。

永远活在亿万人　心　　中。

$\widehat{6\ 6\ 7\ 6\ 5\ 3\ 2\ 3\ 5}|\widehat{6\cdot 6}\ \widehat{6\ 6\ 6\cdot 6\ 6\ 6})|\widehat{\dot{1}\ 6}\ -\ -\ -\ |\widehat{6\ 5\ 6\ 6\ 5\ 3}|\widehat{5\cdot 3\ 6\cdot \dot{1}}\ \widehat{6\ 3}|$

　　　　　　　　　　　　　　　　哎　　　山歌声起　心激

动，　　　亿万人民豪　情　涌。

我们怀念　周总理，颂歌万首赞英雄。

誓将遗愿　化宏图，高歌　前进攀高峰，

攀高　峰。

（1976年2月载《海门文艺》）

（当年,此曲在全县各地巡演时,台上台下,一片哭声,动人心弦,感人至深。）

26. 贫下中农爱唱歌

(1977年海门山歌)

陈德和 宋陈礼 梁学平 词

盛永康海门山歌选

$\underline{2\ 3}\ 5\ \underline{2\ 3}\ \underline{5}\ \|:\ \underline{5\ 5}\ \underline{6\ \dot{1}\ 6\ 5}\ |\ \underline{5\ 3}\ 2\ |\ \underline{1\cdot\ 2}\ \underline{3\ 5}\ \underline{3\ 1}\ |\ 2\cdot\ (\underline{3}\ \underline{2\ 5})\ |$

英 雄 爱　　登　　最　陡　的　坡，
鼓 手 爱　　敲　　最　大　的　鼓，
挑 担 爱　　挑　　最　大　的　箩，

$\underline{3\cdot\ \dot{1}}\ \underline{6\ 5}\ |\ \underline{1\ 6}\ \underline{1\ 2}\ \underline{3\cdot\ 3}\ |\ \underline{5\cdot\ 3}\ \underline{2\ 3}\ \underline{7\ 6}\ |\ 5\cdot\ (\underline{3}\ \underline{2\ 3\ 5})\ |\ \underline{1\ 1}\ \underline{6\ 1}\ \underline{2\ 3\ 2}\ |$

贫 下 中 农 爱　唱　斗　争　　　歌。　　　斗 天　斗 地
贫 下 中 农 爱　唱　大　干　　　歌。　　　雄 心　削 平
贫 下 中 农 爱　唱　丰　收　　　歌。　　　艰 苦　奋 斗

$\underline{5}\ \underline{5\ 3\ 5}\ \underline{\dot{1}\ 6\ 5}\ |\ \underline{2\ 2\ 3\ 5}\ \underline{2\ 3\ 2\ 1}\ |\ \underline{5\ 3\ 5}\ \underline{6\ 5\ \dot{1}}\ |\ \overset{6}{5}\ -\ |\ \underline{5\cdot\ 6}\ \underline{5\ 3}\ \underline{2\cdot\ 3}\ |$

斗 敌　人，革 命　路 上　不 停　　步。哎 嗨 哎 嗨 唷，
千 重　山，壮 志　踏 平　万 道　　波。哎 嗨 哎 嗨 唷，
夺 高　产，斗 出　一 派　丰 收　　图。哎 嗨 哎 嗨 唷，

　　　　　　　　　　　　　　　　　　　　　　（$\underline{5\cdot\ 5\ 5\ 5}\ \underline{5\ 2\ 3\ 5}\ |$

$\underline{2\ 2\ 3\ 5}\ \underline{2\ 3\ 2\ 1}\ |\ \underline{5\ 3\ 5}\ \underline{6\ 5\ \dot{1}}\ |\ \overset{6}{5}\ -\ |\ \underline{6\cdot\ 6\ 6\ 6}\ \underline{6\ \dot{1}\ 6\ 5}\ |$

革 命　路 上　不 停　　步。
壮 志　踏 平　万 道　　波。
斗 出　一 派　丰 收　　图。

每拍一板 稍快
$\underline{3\ 6}\ \underline{5\ 3}\ \underline{2\ 3}\ \underline{1\ 6}\ |\ \underline{2\ 3}\ 5\ \underline{2\ 3}\ \underline{5})\ |\ \underline{2\ 5}\ \underline{5\ 3\ 2}\ |\ \underline{1\ 2}\ \underline{3\ 5\ 2}\ |$

党 的 基 本 路 线 记　心　头，
人 说 石 头　　是　硬　货，
高 粱 穗 头　　这　样　大，

$\underline{6\ 6}\ \underline{3\ 5}\ |\ \underline{3\ 5\ 1}\ 2\ |\ \underline{3\cdot\ \dot{1}}\ \underline{6\ 5}\ |\ \underline{5\ 6\cdot\ 5}\ |\ \underline{3\ 6}\ \underline{6\ 5}\ 3\ |$

走 一 步 就 要 斗　一 步。不 怕 刀 山 火 海 险，不 怕 狂 风
我 说 石 头 是 豆　腐。跑 到 山 腰 一 挥 手，隧 道 笔 直
好 象 灯 笼 点 了　火。玉 米 棒 子 这 样 粗，"嘣 咚 嘣 咚" 能

　　　　　　　　　　（$\underline{1\ 6}\ \underline{1\ 2}\ \underline{3\ 2\ 3\ 5}\ |$

$\underline{5\cdot\ 3}\ \underline{2\ 3\ 2\ 6}\ |\ 1\ -\ |\ \underline{2\ 3\ 2\ 6\ 1})\ |\ \underline{2\ 5}\ \underline{5\ 3\ 2}\ |\ \underline{1\cdot\ 2}\ \underline{3\ 2\ 3\ 5}\ |$

恶 浪　　大。　　　斗 得 高 山　低　下
穿 山　　过。　　　站 在 山 头　脚 一
敲 大　　鼓。　　　粒 粒 稻 子　像　珍

盛永康海门山歌选

(6·5 1 2)

| 5 3 2 2 7 | 6 2 2 7 6 | 5·6 7 6 7 2 | 6 - | 3 2 1 6·1 6 |

头，　斗得河水　让了　　路，　斗得　资本主义
踩，　吓得石头　滚下　　坡，　我把　石头
珠，　朵朵棉花像小白　　兔，　备战　备荒

| 1 2 3 5 2 | 5·5 6 1 6 1 | 2 5 3 2 1 | 1 6 5 3 5 | 3 5 6 1 5 3 |

发了臭，斗得阶级敌人打哆嗦。斗出天地红旗舞，
捏成粉，做成石块石条和石柱，筑起渠道绕山转，
为人民，社员喜送丰收果，胜利全靠党领导，

| 3 3 1 | 6 5 3 | 2 3 5 | 2 3 2 6 | 1 - | (1·1 1 1 6 1 6 5 |

斗出　江山　展呀么　展宏　图。
垒好　梯田　接呀么　接云　朵。
一路　欢笑　一呀么　一路　歌。

| 3 5 5 3 2 3 2 6 | 1 5 1 0) ‖ 6·1 2 3 | 5·3 6 6 1 6 5 3 |

　　　　　　　　　　　　　　贫下中农　爱唱

| 5 3 2 3 5 | 6·5 3 - | 5 5 3 2 3 2 | 1 6 1 2 7 | 6 6 5 6 7 2 | 6 - |

歌哎，　　千人唱来　　万人　和

清唱 由慢渐快

| 1/4 3 1 6 5 6 | 5 2 3 5 | 1 2 3 6 5 6 |

斗争歌，大干歌，丰收歌，进歌，革命歌，胜利歌，

| 0 3 2 5 | 3 2 1 | 0 5 3 1 | 6 3 5 | 0 6 6 5 3 | 3 5 |

我越唱劲越大，我越唱歌越多，要问我歌儿

| 3·5 6 1 6 5 3 | 0 3 5 5 5 3 1 | 6 3 5 5 5 | 3·5 |

有多少？请你数数长江里有几个

| 3 2 1·2 3 5 | 2 1 6 | 0 5 5 5 3 2 1 | 5 6 1 6 5 3 5 |

浪来几道波。歌头飞到北京城，

歌谱：

(2.3 | 55 | 31 | 2)

2 | 2 | 2 | 2 0 5 | 3 5 | 5 3 | 2 0̂ | 2/4 ³5̄⁻³ | 1̇·2̇ 7 6 5 |
　　　　　　　歌　尾　还　在　　　哎　　我　心

原速
(6·6 6 6 6 5 3 5 | 1̇·1̇ 1̇ 2̇ 7 6 5 | 6 0 0)

6 - | 6 - | 6 0 0 ‖
窝。

（1977年2月《江苏人民出版》）

（1976年，在南通市人民剧场演出期间，曾出现了演员多次谢幕后，观众还不愿离去的动人情景。）

27. 山歌插上金翅膀

（1978 年海门山歌）

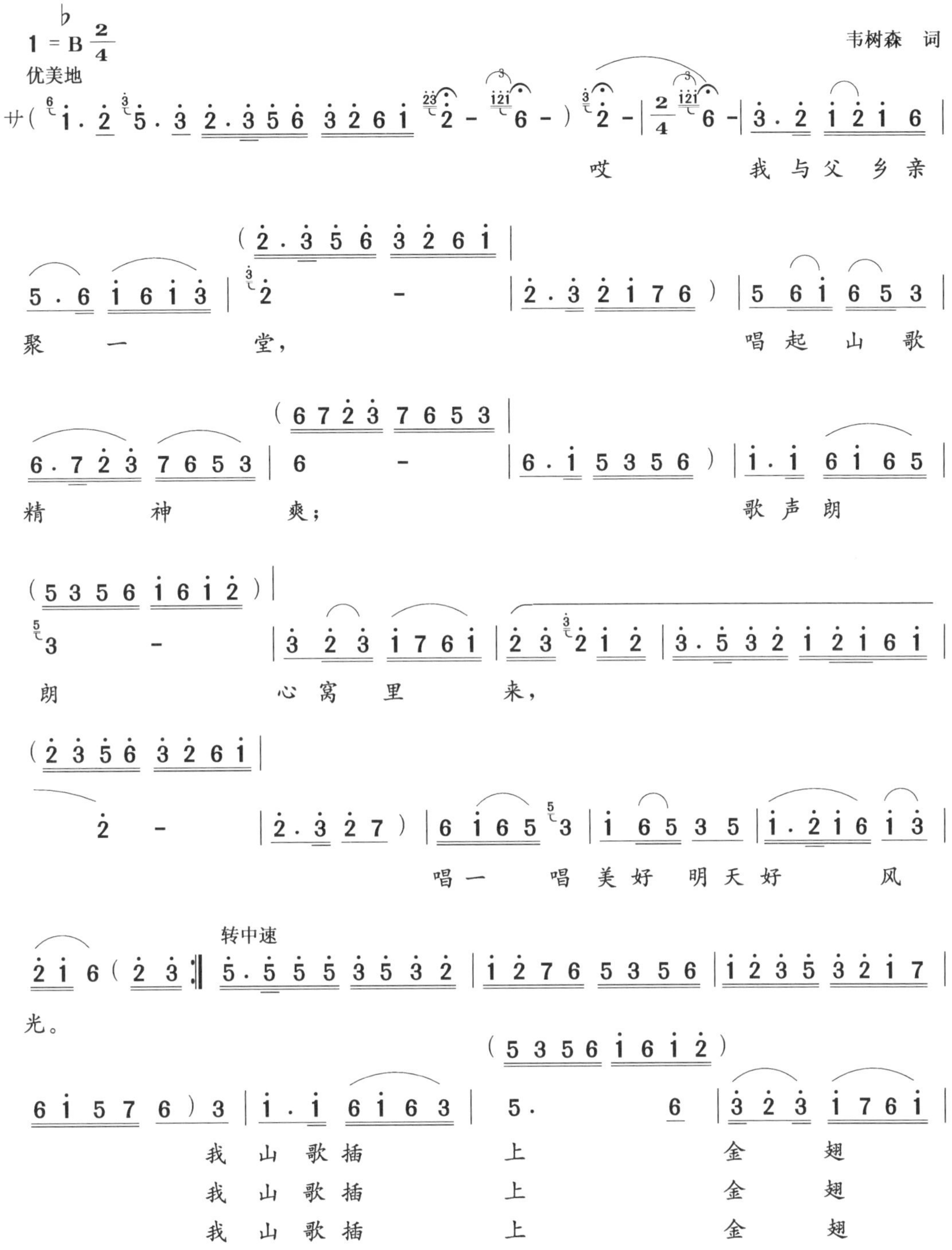
1 = ♭B 2/4
优美地
韦树森 词
哎 我与父乡亲
聚一堂，唱起山歌
精神爽；歌声朗
朗心窝里来，
唱一唱美好明天好风
转中速
光。
我山歌插上金翅
我山歌插上金翅
我山歌插上金翅

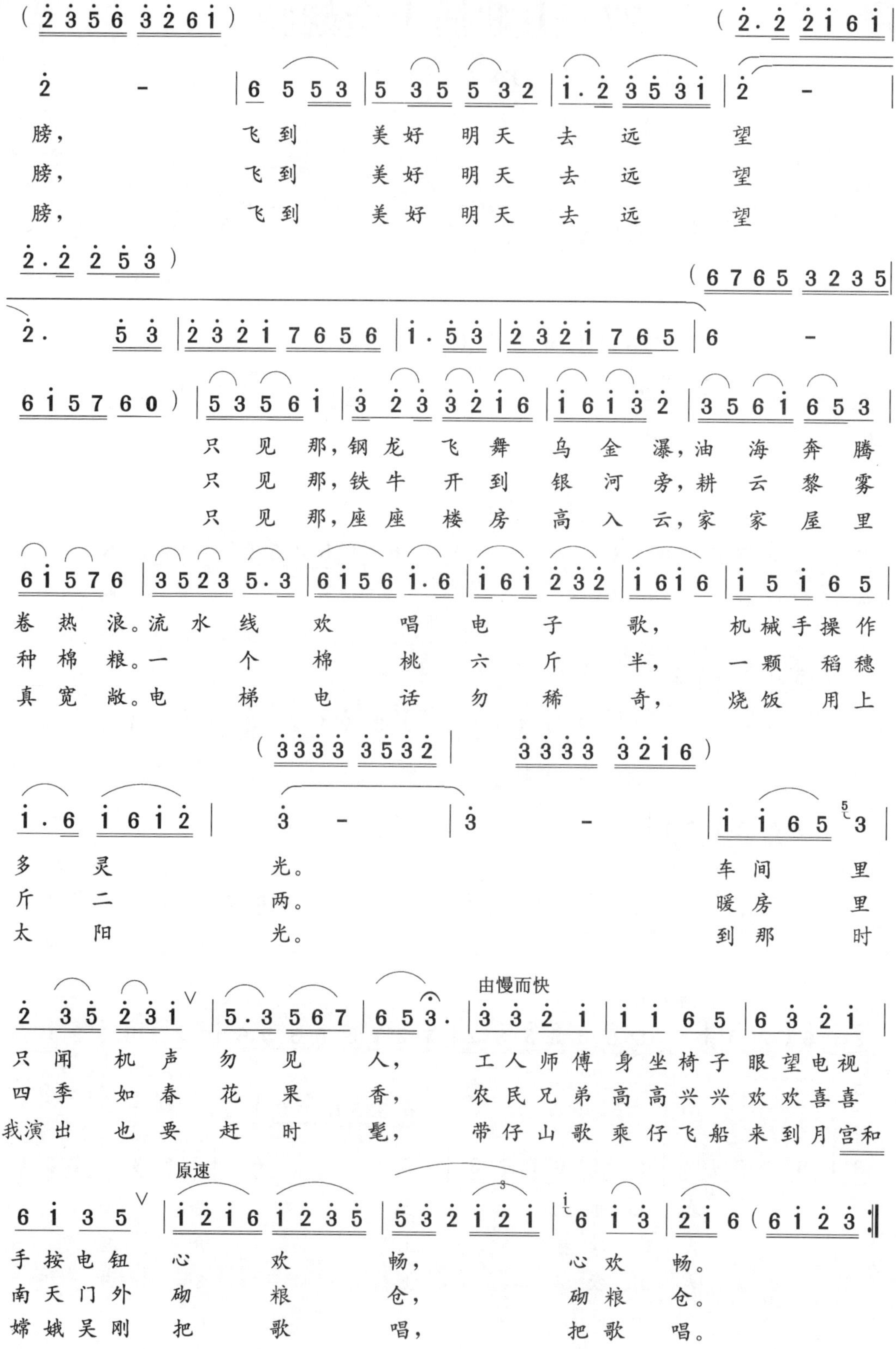
膀，飞到美好明天去远望
膀，飞到美好明天去远望
膀，飞到美好明天去远望
只见那，钢龙飞舞乌金瀑，油海奔腾卷热浪。流水线欢唱电子歌，机械手操作多灵光。
只见那，铁牛开到银河旁，耕云黎雾种棉粮。一个棉桃六斤半，一颗稻穗斤二两。
只见那，座座楼房高入云，家家屋里真宽敞。电梯电话勿稀奇，烧饭用上太阳光。
由慢而快
车间里只闻机声勿见人，工人师傅身坐椅子眼望电视
暖房里四季如春花果香，农民兄弟高高兴兴欢欢喜喜
到那时我演出也要赶时髦，带仔山歌乘仔飞船来到月宫和
原速
手按电钮心欢畅，心欢畅。
南天门外砌粮仓，砌粮仓。
嫦娥吴刚把歌唱，把歌唱。

（上海文艺出版社《文艺轻骑》1978年12期）

（1976年，打倒"四人帮"后，百废待兴，百业待举，此曲问世于上海文艺刊物头版头条，这在海门山歌的历史上尚属罕见。）

28. 公主莫把奴错怪

(1980年《巧姻缘》选段)

1=F 2/4
中板

(5 6 1 6 5 4 3 | 2 1 2 3 5·3 | 2 5 3 5 2 3 1 6 | 2·3 2 5)|

5·5 6 1 6 5 | 5 3 2 3 | 5·6 7 2 7 5 | 6·(7 6 5 3 2) | 3·1 6 5 3 |
(元)往日你 还 年 幼 小,　　　　　黄毛丫环

2 3 5 2 3 2 6 | 1 (2 3 5 2 6 1) | 2·3 5 6 | 1 2 1 5 6 | 3·5 3 2 1 |
丑 难 瞧。　　如今女大十 八 岁,小巧玲 珑

2 1 2 3 5 | 3·1 6 5 3 | 5 6 5 3 2 | 5 5 3 2 1 | 5 6 3 2 1 |
似 花 娇,有德有才 又 有 貌。又与我檐下喜鹊 桥。

3·2 3 2 3 5 | 6·5 6 1 | 3·5 3 2 1 | 3 2 (2 3 2 7) | 6 5 3 5 3 2 |
为 避 狂 蜂 把 花 催,　　　　　让你

1 6 1 2 3·3 | 5 3 5 1 2 7 6 | 5·(1 | 6 1 6 5 3 5 6 1 | 5 5 0 3 |
改　　扮 把 男 儿 效。　　　　转慢板

2 3 2 1 6 1 2 3 | 1 1 0 3) | 4/4 2·3 5 3 6 5 5 2 3 2 1 |
　　　　　　　　　　　(芝)你 对 奴

1 (2 3 1 6 1 2) | 3·5 3 2 | 1 2 6 1 2 | 3·4 3 4 3 1 |
　　　　　　一 片 真 心 我　　　明

(2 3 5 1 6 5 4 3 |
2·5 3 2 3 5 2 1 6 1 | 2 - 2 3 5 2 1 2) |
白,

7·2 7 6 5 3 5 6 7 | (7 2 7 6 5 6 7) 3·5 3 2 | 5 3 5 3 2 6 7 2 6 |
又 怎 奈　　　　人生不由自 安

5·(6 1 7 6 1 6 3 5) | 6 1 5 6 1·6 2 1 2 3 5·3 |
排。　　　　　　天 上 风 云

| 2 3 4 3 2 1 2 1 6. (1 7) | 6. 1 2 2 2 7 2 7 6 5. | 5 3 5 3 2 3 5 2 3 2 6 |

多 变 幻， 人 间 坎 坷 多 祸

| 1 (6 1 2 3 5 3 2 1. 7 6 1) | 2. 3 5 3 6 5 5 2 3 2 1 |

灾。 公 主 啊，

| 1 (2 3 1 6 1 2) 5. 5 5 3 2 | 3. 5 3 2 1 2 6 1 2 | 3. 4 3 4 3 1 2. (7 6 5) |

你看那 并蒂莲花多 可 爱，

| 7. 2 7 6 5 3 5 6 7 7 | 3. 5 2 6 7 6 5. (3 2 3 5) | 6 1 5 6 1. 2 5. 5 3 2 |

偏有那 无情风雨把它 败； 你看那 鸳鸯交颈

| 1. 2 3 2 3 5 2 3 2 1 6. | 6. 1 2 3 2 7 2 7 6 5 | 6 1 2 7 6 1 5 5 3 3 5 |

两 相 依 呀，偏有哪 无聊 恶 少棒

(1 5 5 5 6 1 6 5

| 6. 1 3 4 3 2 1. 3 | 2. 3 2 1 6 1 2 3 1 — | 3 6 4 3 2 3 1 6 |

打 开。

| 2. 3 2 5) | 5. 5 3 2 | 1 2 7 6 5 | 5 3 2 1 6 1 2 | 3 (4 3 2 1 2 3) |

鲜花草 怕 的是霜打雪 盖，

| 2 1 2 3 5. 3 | 6 1 5 6 1. 2 | 5. 3 2 6 7 6 | 5. (3 2 3 5) | 5 3 5 6 7 |

好 姻 缘 怕 的 是 人 祸 天 灾。 我 与 你

| 7. 2 7 6 | 5. 6 7 6 7 2 | 6 5 3 (3 5 6 1) | 2. 1 2 3 | 2 3 2 1 7 6 |

冈 游 春 奴把男 扮， 见此情 有一比

| 2 3 5 7 6 | 5. (1 | 6 1 6 5 3 5 6 1 | 5 5 0 1) | 2 3 5 3 5 3 2 |

叫 人 伤 怀。 公 主 好 比

| 1 2 3 1 2 | 5 3 2 1 2 3 | 2 3 2 6 1 | 5 6 1 3 5 3 2 | 1. 3 2 1 6 |

梁 山 伯，奴婢 好 比 祝 英 台，梁山伯 九 天 仙女 他 不 爱，

| 2 1 2 3 2 1 7 6 | 5 3 5 6 5 6 | 6 (6 5 3 2 3 5) | 2 3 5 3 5 3 2 |

只 爱 小 妹 祝 英 台。 祝英台 豪门富户

盛永康海门山歌选

```
1 2 3 1 2 | 3 5 3 2 1 2 3 | 2 3 2 6 1 | 5 6 1  3 5 3 2 | 1 2 3 5 2 1 6 |
她 不 嫁, 只 嫁 会 稽 梁 山 伯, 梁 山 伯 与   祝 英 台,
```

```
                          慢              原速
6 4  3 4 3 1 | 2.3 5 | 6.1  3 4 3 2 | 1 (1 1 1 6 5 3 5 | 6 7 6 5
情 深 意    厚     怎 容   折?
```

```
   紧拉慢唱
6 7 6 5 ) 2 3 5 6 6 6 ⁵3 - ( 3 6 5 4 3 4 3 2 3 4 3 2 ) 3.4 3 2 1 7
         老 天 爷 偏 将 他 俩                         姻   缘
```

```
6 1 2 ³2 - ( 2 6 5 3 2 3 2 1 2 3 2 1 ) 3.5 3 2 1 6 1 2 | 3.6 5 -
改,           无 情 剑   硬 把 情 人
```

```
( 5 2 7 6 5 6 5 3 5 6 5 3 ) 3.5 6 - 5.6 3 2 ²1 - ( 1 5 3 2 1 2 1 6
                两  折    开。
```

```
1 2 1 6 ) 1.1 ¹6 - 3.5 3 2 6.5 1.6 1 2 3 - ( 3 6 5 4 3 4 3 2 3 4 3 2 )
         虽说是 我 与 你 情深何  海,
```

```
2.1 2 3 5 0 3 6 6 1 6 ⁶5 - ( 5 2 7 6 5 6 5 3 5 6 5 3 ) 5 3 - 5 3
怕 只 怕 楼 台 一  会                              祸
```

```
              中板
2 3 5.7 6 5 - ( 5.6 5 3 2 3 5 ) | 2 3 5 6 1 6 5 | 5 3 2 3 | 5.6 7 2 7 5 |
飞   来。        (元) 灵 芝 切  莫 泪 满
```

```
6 ( 7 6 5 3 2 ) | 1.1 6 5 | 2 3 5 2 3 2 6 | 1 ( 2 3 5 2 6 1 ) |
腮,            杞人忧天 不 应  该。
```

```
2 3 5  3 5 3 2 | 1.2 3 5 3 1 | 2 ( 3 5 2 1 2 ) | 1 6 1 2 3 |
(芝)公 主 莫 把  奴 错 怪,          怕 的 是
```

```
5.3 2 1 | 3 5 1 2 7 6 | 5 ( 3 2 3 5 ) | 5 6 1 6 5 3 2 | 1.3 2 3 1 |
你那些 母 与 父 台。         一 是 灵 芝 身 微
```

```
2 1 6 ( 3 2 1 6 ) | 2 1 2 3 2 1 7 6 | 3 5 5 3 | 2 3 5 1 6 1 2 |
卜,            二 是 浮 萍 姻 缘 难    放
```

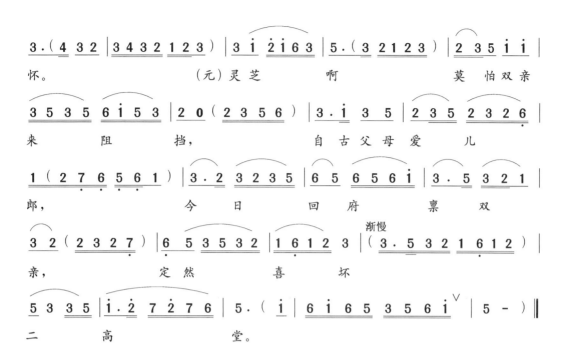

(1980年谱曲)

29. 小平同志听仔喜盈盈

（1985年首届山歌会唱选送曲目）

行白 词

1=F 2/4
悠扬地

我唱山歌末铃铃响来响铃铃，响铃铃唷，哎！顺风传到北京城。北京城内中南海里小平同志听见仔歌声开窗朝南望见仔我唷，问问我唱歌郎：为啥唱个山歌悠悠扬扬能个拔远声？我唱歌郎叫声你小平同志啊！"你看我现在是：缸里满瓮里剩，高楼房，澄光新，四季衣，着勿尽，鸡鹅鸭，一大群，电视无线透天心，新车出门铃铃铃，新打家具照见人，

盛永康海门山歌选

$\underline{3\ \dot{1}\ 5}\ \underline{6\ 5\ 3\ 5}\ |\ \underline{3\ 5\ 1\ \dot{6}}\ |\ \underline{3\ 3\ 5}\ \underline{2\ 3\ 2\ 1}\ |\ \overset{1}{6}\ (\underline{1\ 2\ 3}\ \underline{1\ 2\ 3\ 5}\ |\ \underline{6\ 3\ 5\ 6}\ \underline{\dot{1}\ 2\ 7\ 6}\ |$
银行里还　有　　钞票　　　　存。

$\underline{5\ 6\ 4\ 3}\ \underline{2\ 1\ \dot{6}})\ |\ \underline{2\ 3\ 5\ 6}\ \underline{\dot{1}\ 6\ 5}\ |\ \underline{3\ 5\ 3\ 2}\ \underline{1\ 2\ 3}\ |\ \underline{5\ 6\ \dot{1}\ \dot{2}}\ \underline{1\ 6\ 3}\ |$
　　　只　要政策勿变一直走仔这　条　致富

$\underline{5\ 6\ 5}\ (\underline{2\ 3}\ |\ \underline{5\ \dot{1}\ 6\ 5}\ \underline{3\ 5\ 2\ 3})\ |\ \underline{5\ 3\ 5}\ \underline{6\ 1}\ |\ \underline{3\ 3\ 5}\ \underline{6\ \dot{1}\ 6\ 5}\ |$
路嗳，　　　　　　　　　朝后个日子一　定　更称

$(\underline{5\ 3\ 2\ 3}\ \underline{6\ 1\ 2\ 3}\ |$
$5\quad\ 3.\quad\ |\ \underline{6\ \dot{1}\ 6\ 5}\ \underline{3})\ 5\ 5\ |\ \underline{\dot{1}\ 6\ 5}\ \underline{2\ 3\ 5}\ |\ \underline{3\ 3\ 5\ 2\ 3}\ |$
　心　　　　　　　　　好比平地上选　屋、屋上　搭楼、

由慢而快

$\underline{3\ \dot{1}\ 6\ 5}\ \underline{5\ 6}\ |\ \underline{3\ 5\ 3\ 2}\ |\ \underline{6\ \dot{1}\ 6\ 5}\ \overset{\vee}{\ }\ |\ \underline{2.\ 3}\ \underline{7\ 6\ 5}\ |\ 6\ -\ |\ 6\ -\ |$
楼　上　砌塔，塔上穿梯，一层更要　高　一　　层。

原速 $(\underline{6\ 7\ \dot{2}}\ \underline{7\ 6\ 5\ 3}\ |$

$\underline{6\ 7\ \dot{2}}\ \underline{7\ 6\ 5\ 4}\ |\ 3\ -\ |\ \underline{3.\ 5\ 6\ 7}\ \underline{6\ 5\ 4\ 3}\ |\ \underline{2\ 1\ 2\ 3\ 5})\ 3\ |\ \underline{2\ 2\ 5}\ \underline{3\ 2\ 1}\ |$
　　　　　　　　　　　　　　　　　　　　　我越唱　越高兴、

$\underline{3\ 3\ \dot{1}}\ \underline{5\ 6\ 5}\ |\ \underline{\dot{1}\ 5\ 6\ 5}\ \underline{3\ 6\ 5}\ |\ \underline{3\ 5\ 3\ 2\ 5}\ |\ \underline{\dot{1}\ 6\ 5}\ \underline{3\ 2\ 3}\ |$
力气　长千斤、中气足、有精神，故而　唱格山　歌能个

$\underline{5.3\ 5\ 6\ 7}\ |\ \underline{6\ 5\ 3}\ (5\ |\ \underline{3.\ 5\ 6\ 7}\ \underline{6\ 5\ 4\ 3}\ |\ \underline{2\ 1\ 2\ 3\ 5})\ 3\ |\ \underline{5\ 6\ \dot{1}}\ \underline{6\ 5\ 3}\ |$
拔　远　声。"　　　　　　　　　　　　　　我唱歌　答话末

$\underline{5.3\ 2\ 5\ 3\ 2}\ |\ \underline{\dot{1}\ 6\ 1.}\ |\ \underline{2.\ 3\ 5\ \dot{1}}\ \underline{6\ 5\ 3\ 2}\ |\ \underline{1\ 6\ 1\ 2}\ \underline{3\ 5\ 3}\ |\ \underline{5.\ 6\ \dot{1}\ 2}\ \underline{6\ 5\ 3}\ |$
嘻嘻　笑啊，小　平同志听　仔喜盈

稍慢

$\underline{5\ 3\ 2}\ \underline{\overset{3}{5\ 6\ \dot{1}}}\ |\ \underline{6.\ \overset{3}{5\ 6\ 5}}\ |\ 3\ -\ |\ \underline{2.\ 3\ 5\ \dot{1}}\ \underline{6\ 5\ 3\ 2}\ |\ \underline{1\ 6\ 1\ 2}\ \underline{3\ 5\ 3}\ |$
盈哎，　　　　　　　　　　小　平同志听　仔

喜　　　　盈　　　　盈哎　　唷！

（此曲曾获 1985 年首届海门山歌会唱一等奖。当年总政一创编来米海采风，恰与我同住人武部招待所，他特别欣赏此作的乡土气息。）

30. 山歌勿唱忘记多

(1985年首届山歌会唱选送曲目)

季秀芳 演唱

31. 约好情郎在外头

(1985年首届山歌会唱选送曲目)

梁学平 改词

中速 风趣地

1=♭E 2/4

黄昏头狗咬末闹稠稠，约好情郎在外头哎。小阿姐睏到更把时，在妆上颠身勿停留。娘问丫头哎："为啥睏勿着？"丫头说："只为绣花鞋忘记在外头孵宁收。"娘说道："今朝露湿明朝还有好日头。"丫头回娘："弄湿绣花鞋心里多难受。""弄湿你绣花鞋勿要紧，

(1985年首届海门山歌会唱一等奖)

(1985年,我在南京兄长盛永年处,曾前往前线歌舞团与著名作曲家龙飞研讨此曲,得到他的点赞。)

盛永康海门山歌选

32. 金门谣

(1987年对台广播)

昭理 林澍 奎及 词

1 = F 2/4
深情地

(2 2 3 5 3 5 6 | 2̇7 - | 7 2̇ 7 | 6 7 2 6 7 6 3 | 5 0 4 3 2 1 6 |

2 0 3 2 5) | 2. 3 5 3 6 5 | 3. 3 2 | 1 2 6 1 2 | 3 0 4 3 4 3 1 | 2. 2 |
望 金 门 问 金 门，你
望 金 门 问 金 门，你

(5. 4 3 2)
7 7 2 7 6 | 5 3 5 6 7 | 3 5 3 | 2 6 7 2 6 | 5 - | 6 1 5 6 1. 6 |
为 何 终 年 掩 着 门？ 天 天
何 日 敞 开 迎 亲 人？ 海 风

2 1 2 3 | 5. 3 | 2 3 4 3 2 1 | 2 1 6. | 6. 1 2 3 2 | 7 2 7 6 5 | 5 3 5 3 |
隔 海 望 炊 烟， 金 鸡 啼 鸣 声
叩 门 传 深 情， 海 潮 拍 岸 送

(1. 2 1 7 6 1)
2 3 5 2 3 2 6 | 1 - | 2. 3 5 6 5 | 3 1 6 5 6 | 1. 2 3 4 3 1 |
相 闻。 不 见 同 胞 过 海
乡 音。 催 你 早 日 把 门

2. 3 4 3 | 2 - | 3 3 5 6 1 6 3 | 5. 5 3 | 2 3 5 7 6 | 5. 6 1 6 | 5 - |
来， 只 闻 浪 涛 拍 岸 声。
开， 莫 让 骨 肉 长 离 分。

2. 3 | 5. 6 | 5 5 3 2 | 1. 6 1 6 1 2 | 3 - | 2. 3 5 6 | 7. 2 7 |
啊！ 金 门 啊 金 门， 隔 开 多 少
啊！ 金 门 啊 金 门， 快 为 台 湾 回 归

渐慢
6 7 2 6 7 6 3 | 5 - | 2. 3 5 6 | 7. 2 7 | 6 7 2 6 7 6 3 | 5 - | 5 - ||
相 思 人！ 快 为 台 湾 回 归 搭 彩 门！
搭 彩 门！

(1987年年底"台办"将此曲对台广播，由宋卫香演唱。)

第一部分 原创海门山歌选曲

33. 日出东方放红光

（1990年发表于《海门文艺》）

花世奇 词

颠倒事哎,城里厢的、聪明能干、电脑精通、能歌善舞、知书达理的漂亮姑娘,爱上我这花果园里勤勤恳恳、拼搏奋斗、头子活络、与时俱进的山歌郎,山歌郎。

（载1990年第2期《海门文化》）

（1990年,在宁期间,曾征求著名作曲家龙飞对此曲的修改意见。）

34. 山歌一曲飘香港

（1997 年海门山歌女声独唱）

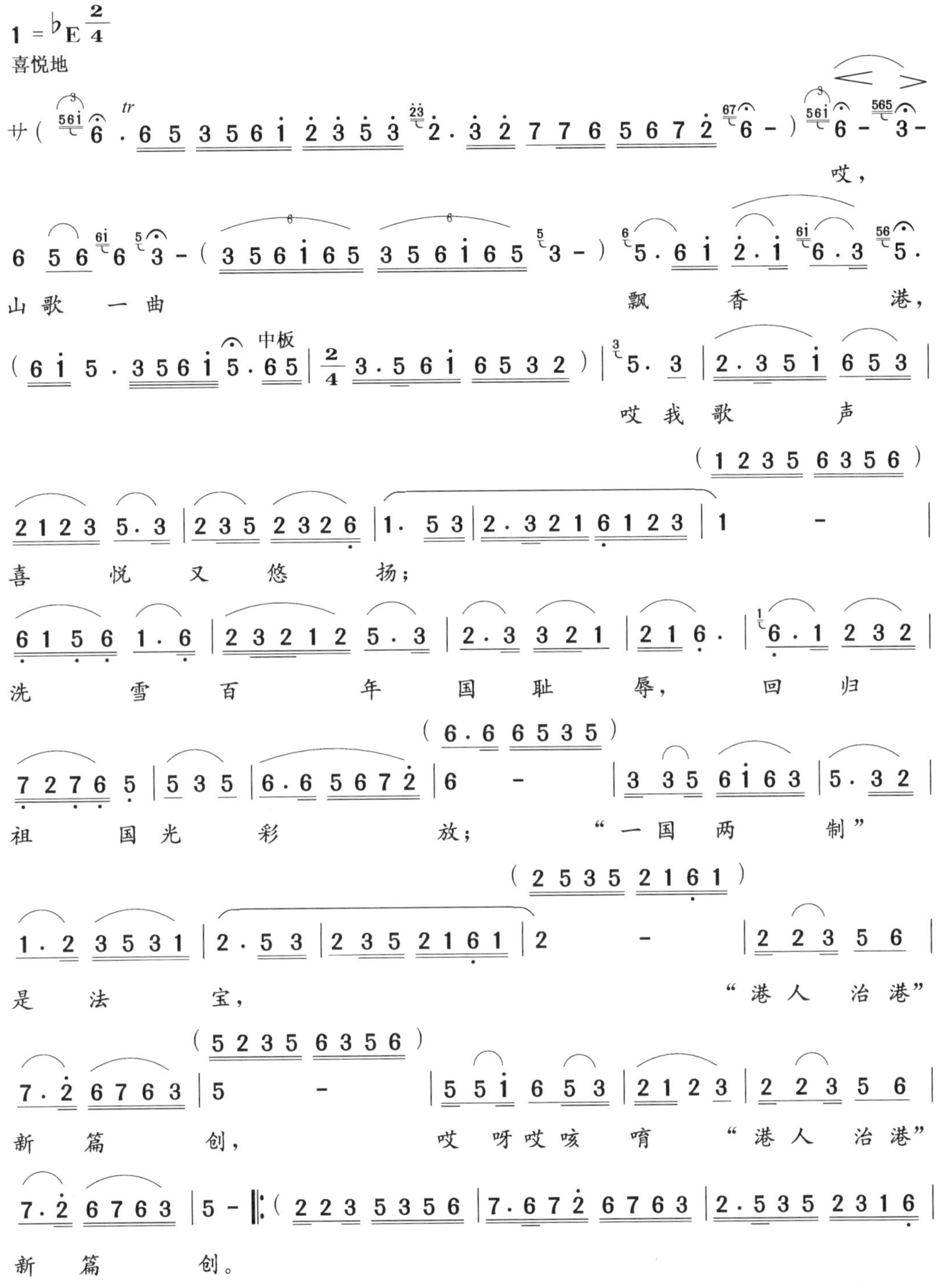

山歌一曲飘香港,
山歌一曲飘香港,

分情交融暖心房;
亲人团聚话沧桑;

香江本是家乡
昔日隔开相思

来,江流回乡不可
人,骨肉分离痛断

挡;同乡同土同根生,
扬;如今相亲又相堂,

同心同德同辉煌,
携手前进万年长,

哎呀哎咳唷 同心同德冈辉煌。携手前进
哎呀哎咳唷 携手前进万年长,

结束句

渐慢

$7 \cdot \dot{2}$ | $6\ 7\ \dot{2}\ 6\ 7\ 6\ 3$ |（$5\ \dot{1}\ 6\ 5\ 3\ 5\ 6\ \dot{1}$ | $5\ -$ ）

$5\ -$ | $5\ -$ ‖

万　　年　　　　　　　　　长。

（为1997香港回归而作,6月30日和7月1日由海门电视台、海门人民广播电台播出。8月5日,港府寄来感谢信。）

35. 打不尽豺狼决不下战场

（1998年《红灯记》选段）

季秀芳 演唱

1 = F 2/4

(嘟……) 6.6 66 67 2̇ 65 | 3.5 61̇ 6563 2 | 1232 522 321 |
　　　　　KC　　KO　K tt　C tI t　K O　　D　　d　d

3 5 6 5 6 1̇ | 5 0 7 2̇ | 6.7 65 32 35 | 61̇ 567 6053)
I d d　　　KO　　　（稍慢）

(2.2 232)
2 3 5 32 361 | 2.　32 | 1.2 16 12 656 | ⁵3 — |
听 奶 奶 　　 讲 　革 命

(2.2 2532 | 1216 120)
5 65 35 231 | 6.5 61̇ 656 353 | 2 — | 2 0 2 |
英 勇 悲　　 壮，　　　　　　　　　　　却

7.2 76 | 5 V55 | 5.3 235 | 6.5 32 165 | 1 16 1235 |
原 来 我 是 风 里 生 来 雨 里

5 3 ³2 12 1 | ³6.(123 127 | 6.1 5676) | 2.3 53 656 |
长，　　　　　　　　　　　　　　　奶 奶

(3.3 32)
⁵3.　2 | 3.6 65 653 | 2 23 765 | 3.5 61̇ 65 353 |
呀　　十 七 年 的 教 养　恩 深　　如 海

(2.2 25)　　　(2.3 56 32 361 |
2.　5 | 3.5 32 12 161 | 2 — | ¹⁄₄ 2) 5 | 3 2 |
洋。　　　　　　　　　　　　　　（紧板）今 日 起

(1998年8月修改曲谱)

(1998年8月5日,是海门山歌剧团40华诞。那时,曾将《红灯记》部分山歌唱腔做了修改。)

36. 血债还要血来偿

(1998年《红灯记》选段)

贺戌寅 演唱

(乐谱：海门山歌曲谱，1=F 2/4，中速)

歌词：
嘟……仓 闹工潮 你亲爹娘惨死在魔掌，李玉和为革命东奔西忙。他誓死举先烈红灯再亮，擦干了血迹埋葬了尸体又上战场。到如今日寇来烧杀掠抢，亲眼见你爹爹被捕进牢房。记下了血和泪一本

(1998年8月修改曲谱)

37. 看 彩 照

(1999年山歌童声独唱)

王锦成 词

1 = F 2/4
自豪地

(1. 2 1 2 3 5 | 6. 6 6 2 7 6 5 | 6. 6 6 6 6 5 3 2 | 6. 6 5 6 6 5 3 5) |

(2. 3 5 6 3 2 6 1) |

6 5 6 6 5 3 | 5. 3 | 2. 3 5 6 3 2 6 1 | 2 — | 5 3 5 3 2 6 1 |
我有一个 哎 好 爸 爸， 我有一
我有一个 哎 好 爸 爸， 我有一

(6. 7 2 3 7 6 5 3) |

2 3 2 7 | 6. 7 2 3 7 6 5 | 6 — | 2. 3 5 6 3 2 1 6 |
个 好 妈 妈。
个 好 妈 妈。

2 3 5 2 1 | 6. 1 2 3 2 1 6) | 1 1 2 3 5 | 6 1 6 5 3 | 6 6 1 3 5 |
弹琴的这个是 爸 爸，唱歌的这个
看报的这个是 爸 爸，备课的这个

2 3 2 6 1 | 1 6 5 3 6 5 | 3. 5 6 1 5 | 5 5 3 2 3 5 | 2 3 2 6 1 3 5 |
是 妈妈；跳舞的孩子就 是我，我有一个甜蜜的家。哎！
是 妈妈；写字的孩子就 是我 我有一个幸福的家。哎！

(3 5 6 1 6 5 3 2) |

6. 5 6 5 | 3 — | 6. 6 5 3 | 2 1 2 3 5 | 1. 6 1 2 3 5 |
张张 彩 照多 美
张张 彩 照多 美

(2 1 2 3 5 3 5 6) |

5 3 2 3 5 3 | 2 — | 1. 2 3 5 | 6. 2 7 6 5 | 6 — ‖ 1. 2 3 5 |
丽， 一张彩照一 朵 花。
丽， 一张彩照一 幅 画， 一张彩照

$(\underline{6 \cdot \dot{2}} \ \underline{7 \ 6 \ 5 \ 3} \ | \ 6 \ - \ )$

$\underline{6 \cdot \dot{2}} \ | \ \underline{7 \cdot 6} \ \underline{5 \ 3} \ | \ 6 \ - \ | \ 6 \ - \ \|$

一　　幅　　　画。

（1999年6月谱曲）

38. 山 歌 调

(1999 年笛子独奏)

(1999年10月谱曲)

39. 声声山歌颂家乡

(2002年中国首届民间艺术节选送曲目)

邹仁岳 词
宋卫香 唱

(女合)家乡的山歌 响铃铃 响铃铃,家乡的山歌 甜津津 甜津津。(男女合)声声山歌颂家乡,无边的潮声伴歌声歌声。

(女独)家乡的山歌 响铃铃,家乡的山歌

盛永康海门山歌选

甜津津，声声山歌颂家乡，
无边的潮声　伴着那歌声
伴着那歌　声　歌　声。

高歌大江边，
追歌登高处，
放眼海之门，港口迎宾客，市场飘彩云，
放眼新城镇，新村披朝辉，河畔杨柳青，
夕照校园桃李艳，　霞落厂房花相映，
广场晚唱人如潮，　公园晨曲百鸟鸣，
花相映。条条大道织锦绣，
百鸟鸣。大厦入云筑琼台，
双双巧手描丹青。
长街灯海流金银。

（男女合）咳唷嗬嗬嗬嗬嗬嗬嗬嗬嗬咳

第一部分　原创海门山歌选曲　91

(2000年谱曲)

(2002年获中国首届民间艺术节银奖。2005年获南通市十年以来文艺特别奖。)

40. 唱支山歌给党听

（2002年海门山歌）

焦萍 词

深情地 1=F 2/4

歌词：
唱支山歌哎给党听，我把党来比母亲，母亲只生了我的身，党的光辉照我心哎，党的光辉照我心哎。心哎，党的光辉照我心哎。

旧社会鞭子抽我身，母亲只会泪淋淋。共产党号召我

(2002年,为喜迎党的十六大胜利召开,以表海门人民的心声,三易其稿谱写成此曲。)

41. 秋 姑 娘

（2002年山歌童声齐唱）

1=♭B 2/4
快乐地

(1˙ 2 1˙ 2 | 3 5 3 1 | 2˙ 2˙ 2˙ 2˙ 2˙ | 5 6 5 6 7˙ 2˙ 7 5 | 6 6 6 6 | 2 3 2 3 5 6 5 6 |

1˙ 2 1˙ 2 | 3 5 3 1 | 2˙ · 5 3 | 2˙ 3 5 2 1 | 6 7 2 6 5) | 2˙ 1˙ 6 5 3 5 6 |
　　　　　　　　　　　　　　　　　　　　　　　　　　　　　披　着　秋
　　　　　　　　　　　　　　　　　　　　　　　　　　　　　哼　着　小

1˙ 6 1˙ 7 6 | 5 6 1˙ 2˙ 1˙ 6 3 | 5 - | 6 5 3 | 2 3 2 3 5 6 | 2˙ · 3 7 6 5 |
风　　　　踏着秋　　露，秋光里走 来 了　秋　姑
曲　　　　跳着舞　　步，秋光里走 来 了　秋　姑

6 - | 1˙ 1˙ 2˙ 3 5 | 6 1˙ 3 5 0 | 2˙ 2˙ 3 5 5 | 3 5 3 2˙ 1˙ 5 6 | 1˙ · 2˙ |
娘。　送一抹芬芳给果园，撒一片金黄稻谷香。哎
娘。　撒一片明净给蓝天，布一片斑斓地换装。哎

1˙ 6 - | 1˙ 2 1˙ 2 | 3 5 3 1 | 2˙ · 3 | 5 6 5 6 7˙ 2˙ 7 5 | 6 - | 3 5 3 |
唷　秋　姑　　　娘　秋　姑　　娘，慷慨的
唷　秋　姑　　　娘　秋　姑　　娘，快乐的

稍慢
2 3 2 3 5 3 6 5 | 5 3 5 6 | 1˙ 1˙ 2˙ 3˙ 2˙ 1˙ | 2˙ 0 0 (2˙ 3˙ | ³5 - | 5 · 3 |
秋　姑　　娘，　慷慨的秋姑 娘。
秋　姑　　娘，　快乐的秋姑 娘。　　　　　　　哎

(6 7 6 7 2˙ 3˙ | 7˙ 2˙ 7 6 | 5 3 | 6 0 0)

2˙ · 3 | 7 6 5 3 | 6 - | 6 - | 6 0 0 ‖
秋　姑　　娘。

（2002年11月谱曲）

42. 非典预防歌

（2003年海门山歌）

歌词选自《文汇报》

不要怕，不要慌，非典肺炎可预防。打扫卫生晒衣被，室内通风勤开窗。气候度化增减衣，户外活动也重要。咳嗽喷嚏清鼻后，及时洗手莫忘了。营养休息

医务人做做培训，提高警惕莫漏掉。可疑病人要留观，病控中心早报告。定点医院收病人，消毒隔离要做好。源头堵截防蔓延，接触人群要随访。看护非典

| 1. 2 3 2 3 5 | 5 3 2 2 7 | 6 2 2 7 6 | 5. 6 7 6 7 2 | 6 (5 1 2) |

和 运　 动，　　　　增强体质 病 可　　 防。
勤 洗　 手，　　　　自身防护 要 保　　 障。

| 3 2 1 6 1 | 3 5 6 1 5 | 5. 3 2 1 | 2 5 3 2 1 | 6 5 6 6 5 | 3 5 1 2 |

莫去 人群密集 处，以防病毒犯 气 道。医院 探视要 减少，
帽子 鞋套隔离 衣，还戴眼镜和 口 罩。全民 重视政 府抓，

| 6. 2 2 7 | 6 5 6 1 5. | 5. 6 6 5 | 3. 5 6 1 6 3 | 5 (1 6 5 3 5 2 3) |

旅游活动选 地方。发热咳嗽有 症　 状，
兼顾医疗和 预防。条条措施待 落　 实，

渐慢

| 2. 5 2 1 | 5 3 5 3 | 2 3 5 2 3 2 6 | 1 - ‖ 2. 5 2 1 | 5 3 5 |

及 时就医得 治　　　　疗。　　不 让非典再
不 让非典再 猖　　　　狂，

| 6 7 2 6 7 6 3 ∨ | 5 - | 5 - ‖

猖　　　 狂。

（2003年5月23日《海门日报》）

43. 海门春来早

（2003年第四届山歌会唱选送曲目）

梁学平 词

盛永康海门山歌选

$\dot{1}\dot{2}\dot{1}6\dot{1}\dot{2})$ | $\dot{3}\ \dot{3}\ 5\ \dot{1}\ 2\ 7\ 6$ | $5\ 3\ 5\ 6\ \dot{1}$ | $\dot{2}\ \dot{2}\ \dot{3}\ 7\ 6\ 5$ | $6 -$ ‖

吹　奏　　　古　　曲 新 呀 末 新　　调。

吹　奏　　　海　　门 春 呀 末 春 来　　早,

$(\dot{2}\ \dot{3}\ 5\ \dot{3}\ \dot{2}\ \dot{1}\ 6\ \dot{2}\ 5\ \dot{3}\ 5\ \dot{2}\ \dot{1}\ 6\ \dot{1})$

$\dot{3}\ \dot{3}\ 5\ \dot{1}\ 2\ 7\ 6$ | $5\ 3\ 5\ 6\ \dot{1}$ | $\dot{1}\ \dot{1}\ 6\ \dot{1}\ \dot{2}\ \dot{3}\ 5$ | $\dot{2} -$ | $\dot{2}.$ | $\dot{1}\ \dot{2}$ |

吹　奏　　　海　　门 春 呀 末 春 来　　早,

$(6.7\ \dot{2}\ \dot{3}\ 7\ 6\ 5\ 3\ \ 6-)$

稍慢

$\dot{3}.\ 5\ \dot{3}\ \dot{2}\ \dot{1}\ \dot{2}\ \dot{1}\ 6\ \dot{1}$ | $\dot{2}.\ \dot{2}\ 7$ | $6.\ \dot{3}\ \dot{2}\ \dot{3}\ 7\ 6\ 5\ \overset{\vee}{3}$ | $6 -$ | $6 -$ ‖

海　门 春 来　早。

（2003 年谱曲）

（获第四届海门山歌会唱最高分。）

45. 再唱山歌给党听

（2011年海门山歌）

索朗旺姆 词

1=F 2/4
中速 亲切地

(2011年,在党的90周年生日到来时,笔者的创作灵感油然而生,激情地创作此曲。)

46. 滨海女儿董竹君

(2012年海门山歌)

张 垣 词
盛永康 曲

盛永康海门山歌选

| 1.2 3 5 | 2 3 2 1 6 | 6.1 2 3 | 7 6 5 | (6 1 6 1 2 5 3 2 | 7 2 7 6 5) |

创 大 业， 锦 江 饭 店
平 地 起， 营 业 红 革 命 红

| 5 2 3 5 | 2 6 7 6 | 5. (7 6 1 2 3 | 1 2 3 5 2 3 5 6) | 1.1 6 5 |

享 盛 名。 青 青 翠 竹
双 红 辉 映。 掩 护 党 员

| 3 5 6 1 5 | 6.5 3 2 1 | 2 5 3 2 1 | 5 3 6 5 3 | 5 3 6 5 3 | 5.6 5 1 |

为 店 徽， 诚 信 作 为 座 右 铭， 独 树 一 帜 引 川
宋 时 轮， 逃 出 虎 口 奔 前 程， 帮 助 于 伶 办 剧

(3 2 1 7 6 1 2 3)

| 5 6 5 3 2 | (2 3 5 1 6 5 3 2 | 1 2 1 6 1 2) | 3.5 3 2 | 3 2 1. |

菜， 填 补 空 白
社， 推 出 新 剧

(6 7 6 5 3 2 3 5)

| 5 5 5 3 5 | 6 5 6. | 6 1 5 7 6) | 5 5 1 6 5 3 | 2 1 2 3 |

客 呀 末 客 盈 门， 哎 呀 哎 咳 唷
鼓 呀 末 鼓 舞 人， 哎 呀 哎 咳 唷

(2.3 1 7 6 1)
稍慢

| 2.3 5 6 | 3 5 3 2 1 2 6 1 | 2 — ‖ 6 1 2 7 6 5 | 3 6 6 3 3 |

客 盈 门。 这 真 是 女 强 人 也 是
鼓 舞 人。

| 5 6 5 3 2 | (2.3 5 5 3 1 2) | 2 1 2 3 5 | 7 2 7 6 5 | 5.5 2 3 2 1 |

革 命 人， 董 竹 君 似 翠 竹 高 洁 清

(2 3 5 1 6 5 3 2)

| 6 (1 2 3 2 1 6) | 6 5 6 6 5 3 | 5.3 | 2.3 5 6 3 2 6 1 | 2 — |

新。 滔 滔 黄 海 哎 浪 千 层，

(5.5 5 5 3 2 3)

| 1 2 1 6 1 2 2 3) | 5 3 5 6 1 6 3 | 5 — | 2 3 5 2 3 1 |

滨 海 女 儿 董 竹

盛永康海门山歌选

$(2\ 3\ 5\ \dot{1}\ 6\ 5\ 3\ 2)$

$2\ 1\ \underline{6\cdot}\ (\underline{6\ 1\ 2\ 3})\ |\ \underline{5\ \ 5}\ \underline{\dot{1}\ \ 6}\ \underline{5\ \ 3}\ |\ 2\ \ 1\ 2\cdot\ |\ 3\cdot\ \underline{\dot{1}\ 6\ 5}\ |$

君， 哎呀哎咳唷 滨 海

$\underline{5\ 3\ 2\ 3}\ \underline{5\ 3\ 2}\ |\ \underline{1\cdot\ 6}\ \underline{1\ 2\ 6\ 5}\ |\ \underline{5\ 3}\ \underline{5\ 3}\ |\ 2\cdot\ \underline{3\ 5\ 6}\ \underline{3\ 2\ 6\ 1}\ |\ 2\cdot\ (\underline{1\ 2\ 3\ 5}) |$

女 儿 董 竹 君，

$(\underline{6\ 7\ 6\ 7}\ \underline{\dot{2}\ 3}\ |\ \underline{7\ \dot{2}\ 7\ 6}\ \underline{5\ 6\ 7}\ |\ 6\ -\ )$

$6\cdot\ \dot{2}\ |\ 7\ 6\ 5\ |\ 6\ -\ |\ 6\ -\ |\ 6\ -\ \|$

董 竹 君。

(2012年谱曲,《青山》刊出)

47. 风清气正得人心

（2014年海门山歌）

盛永康海门山歌选

$5 6 5 3 2\ (3\ |\ 2\ 3 5\ \dot{1}\ 6 5 3 2\ |\ 1 2 1 6 1 2\ )\ |\ 3.\ 5\ 3 2\ |\ 3 2 1\ \dot{6}\ |$
易，　　　　　　　　　　　　　　　　　　　粒 粟 必 惜
泥，　　　　　　　　　　　　　　　　　　　细 水 长 流
打，　　　　　　　　　　　　　　　　　　　为 民 除 害

$5\ 6\ 5 3 5\ |\ 6 5 6\ (7\ |\ 6 7 6 5 3 2 3 5\ |\ 6\ \dot{1}\ 5 6 7 6\ )\ |\ 5\ 5\ \dot{1}\ 6 5 3\ |$
才 会 富 有。　　　　　　　　　　　　　　　　　哎 呀 哎 咳
牢 记 心 头。　　　　　　　　　　　　　　　　　哎 呀 哎 咳
美 名 留。　　　　　　　　　　　　　　　　　　哎 呀 哎 咳

$(2\ 5 3 5\ 2 3 5\ )$

$2\ 1\ 2 3\ |\ 5.\ 5\ 3 2\ |\ 1.\ 2 3 4 3 1\ |\ 2\ -\ |\ 2\ 2 3 5 6\ |$
唷，　挥 霍 浪 费 害 人　民，　　　　反 腐 倡
唷，　艰 苦 创 业 永 发　扬，　　　　反 腐 倡
唷，　风 清 气 正 得 人　心，　　　　反 腐 倡

渐漫

$7 6 7\ \dot{2} 7\ |\ 6 7\ \dot{2}\ 6 7 6 3\ |\ 5\ -\ :\|\ 2\ 2 3 5 6\ |\ 7 6\ 7\ \dot{2} 7\ |\ 6 7\ \dot{2}\ |$
廉　　前 程 锦　　绣。反 腐 倡 廉　　　前 程
廉　　前 程 锦　　绣。
廉　　前 程 锦　　绣，

中速

$(5.\ 5 5 5\ 5 2 3 5\ |\ 6.\ 6 6 6\ 6 3 5 6\ |\ 7.\ 7 7 7\ 7\ \dot{2} 7 6\ |$

$6 7\ \dot{2}\ 6 7 6 3\ \vee\ |\ 5\ -\ |\ 5\ -\ |\ 5\ -\ |$
锦　　绣。

$5.\ 6 7\ \dot{2}\ 6 7 6 3\ |\ 5\ 0\ 0\ )$

$5\ -\ |\ 5\ 0\ 0\ \|$

(2014年10月创作)

48. 果园里的爱

（2014 年海门山歌）

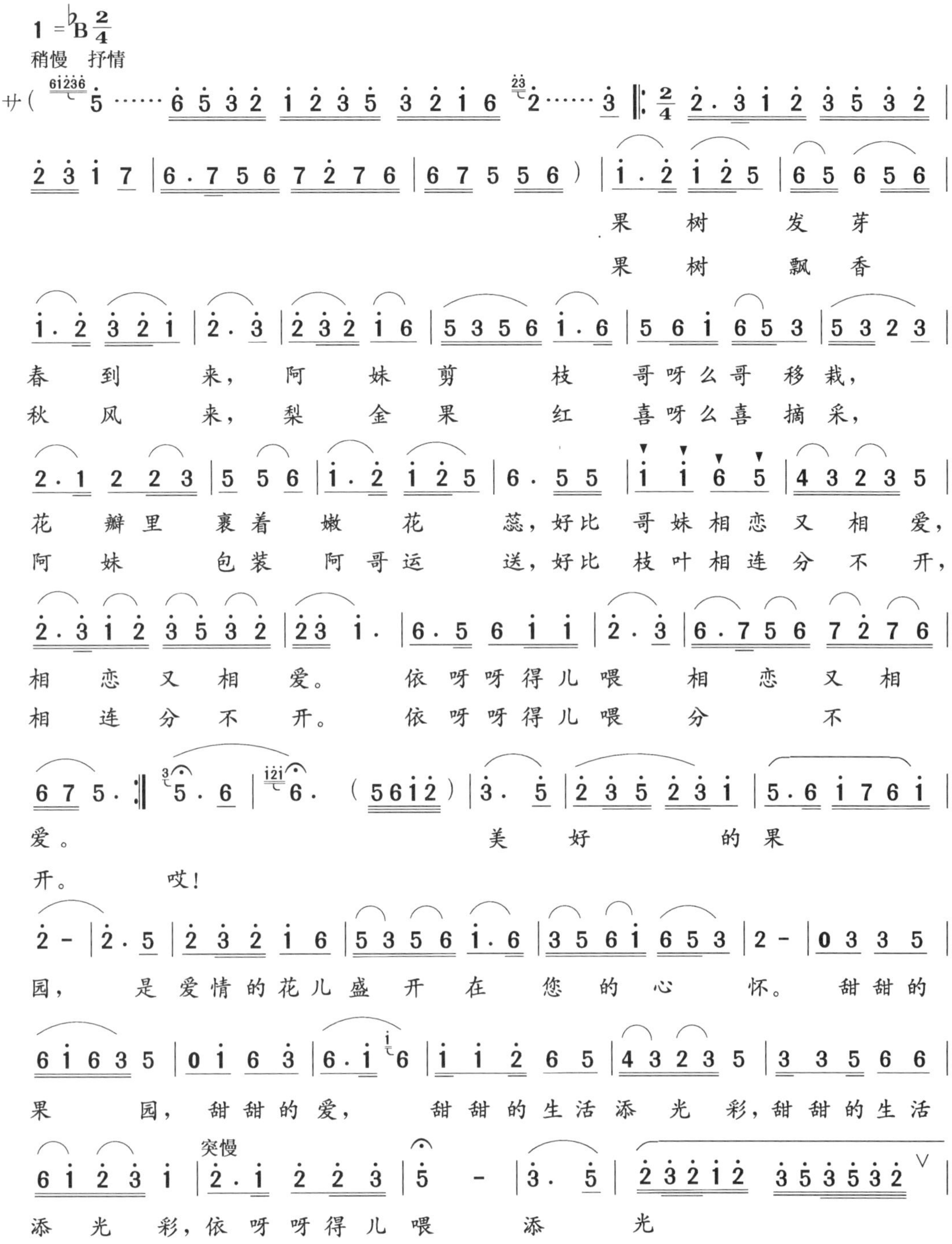

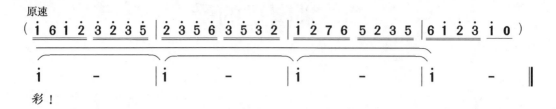

彩！

（此曲荣获 2014 年海门山歌民歌创作演唱比赛优秀创作奖。此词获《世外桃源》文化作品三等奖。）

第二部分

笔谈海门山歌选萃

49. 把海门山歌送到台湾去

(1987年对台广播)

今年元旦前夕,县委"对台办"给我点拨了一下,设想搞些海门乡音对台广播,从而进一步引发远在台湾的海门人思乡之情。当然,这确实是件意义深远的事,对我触动特别大,因我亦有亲人(同胞手足)在台湾。

经深思熟虑后,我就采用海门山歌作为基调,首先搜集整理了一首《山歌勿唱忘记多》,一方面,以优美抒情、悦耳动听的乡音,勾起在台的海门人思念家乡之情;另一方面,此曲的字里行间也深含海峡两岸之间互不相忘的意思,山歌勿唱忘记多嘛。

接着,我着手构思山歌独唱《金门谣》,反复琢磨,几经修改,初步完成了创新之作。此曲抒发了我们大陆同胞对台湾同胞的深厚情感,尤其是"不见同胞过海来"等,具有催人泪下的艺术感染力,把我们对亲人日思夜想的情景,淋漓尽致地表现了出来,我们多么迫切期待亲人早日回家,实现祖国统一。

特别值得一提的是年轻有为的优秀山歌手宋卫香,她字正腔圆、声情并茂的演唱,为《金门谣》增光添彩,值得称赞。

(1987年1月,海门对台广播)

50. 纵谈海门山歌的句式特征

（1994年《中国民间文化》）

在辉煌的吴歌领域里，海门山歌是其中一颗璀璨之星。海门山歌经黎民百姓世代咏唱和加工润色，从本土的乡音乡情乡俗中，自然形成了自身独有的一些特征，这些特征表现在诸多方面，这里我想谈谈有关它的句式特征问题。

一、山歌句式的地方特征

特定的环境，生发了山歌的灵气。海门南扼长江，东临黄海，这是一种天然的位于江海之间的地理优势。海门山歌也得益于此种独特的地域风貌，那纯洁透明的海潮音浪花调，自然而然地流淌而出，好似一股暖流滋润着人们的心田，如脍炙人口的《淘米记》中的四句头山歌：

　　日出东方白潮潮，
　　我小珍姑娘抄仔三升六合雪花白米下河淘，
　　下河淘来下河淘，
　　窥见南营仓外一只小小舟船勒浪里漂。

（赵树勋口述，陆行白搜集）

其中第四句的唱腔是这样的：

$\frac{1}{4}$ 5 5 | $\frac{2}{4}$ 3 5 6 | $\frac{3}{4}$ 6 5 3 3 | $\frac{4}{4}$ 5 3 5 5 3 2 | $\frac{2}{4}$ 2 1 2 |

窥 见　　南 营　　仓 外 一 只　　小 小 舟 船　　勒

$\frac{4}{4}$ 6 - 1 3 | 2 1 6 6 6 ‖

浪 里 飘

这是一句典型的山歌曲调，其中四种节拍形式（1/4、2/4、3/4、4/4）交替出现，形成一种波浪起伏的节奏，它的旋律围绕着主音6以三度上行或下行级进，把小船在波浪里轻盈飘荡的模样，生动地表现了出来，充分显示了山歌句式海潮音浪花调的特色。民间山歌手季秀芳在演唱《淘米记》中的小珍姑娘时，保持了传统山歌的原貌，带着浓郁的水土风情，富有韵味，其中有些腔调又经艺术再创造，更加显得清脆悦耳，突出了山歌艺术的真正魅力。1958年，在《淘米记》的基础上，发展成了优秀的新生地方戏——山歌剧。

山歌句式浓厚的乡土气息也是它独具的地方特色之一。著名民间艺人陆行白对海门的乡俗民情非常熟悉，他编写的《采桃》，即取农村景物为譬，采用本乡本土的山歌句式,毫无雕琢之感,抒发了心底里流淌出来的真情实感。如《采桃》中兰芳爱祥郎,唱道:"伊个人影子就像染坊里印花印在我个心浪厢。"他俩真心相爱,兰芳又唱:"我像那水蜜桃子心一颗。"祥郎唱:"我不像那红沙枇杷几颗心。"诸如此类的山歌土语俯拾皆是,情趣横生,格外新鲜。

海门盛产棉花,是我国著名的产棉区,棉田里时有山歌声此起彼伏,句式新颖自然,表现出棉乡独特的民俗风情:姑娘们穿戴着自己亲手纺织的花头巾和花布衫,一面轻松地锄草,一面悠扬地唱起《小阿姐掮仔锄头脱棉花》的山歌声:

新打锄头两角叉,
小阿姐掮仔锄头脱棉花。
两只白胖小脚翘勒花园里,
眼窥仔情郎一勿当心脱掉一朵要紧花。

(刘孝德口述,梁学平搜集)

这些山歌从各个不同侧面反映了棉乡人民的火热生活,形成了又一个鲜明的地方特征。

二、山歌句式的自由特征

海门山歌的句式,原先绝大多数为七字句,例如《唱起山歌心连心》:

山前唱歌山后应,
山后妹妹表真情;
真情哪怕高山挡,
唱起山歌心连心。

随着经济繁荣,勤劳的海门人民安居乐业,自给自足,精神状态处于一种无拘无束、自由自在的境界,使山歌的句式似同吴歌一样,产生了比较自由的句式,变化多端,很难分辨它是几字句。这种自由句字数长短不一,富有伸缩性,容量很大,成为山歌句式的新格局。这里不妨举《山歌勿唱忘记多》为例:

山歌勿唱忘记多,
哎!我搜搜索索还有十万八千九百九十九淘箩。
我挑仔末两淘箩从木桥、石桥、铁桥、银桥、金桥上过,
压得桥断波满河,
零零碎碎落勒桥堍头,
我堆起仔歌山末唱山歌。

(季秀芳演唱,盛永康搜集)

这首山歌每句字数完全不同,短者七个字,长者达到二十个字之多,这种长短不一的自由句式,冲破了原先整齐划一的格局。原先即使偶尔有些自由句,但也很少有超过十个字一句的。再从山歌曲调而言,特别是第二句和第三句:

哎！我 搜 搜 索 索 　 还 有 　 十 万 　 八 千 九 百 九 十 九 淘

箩。 　 　 我 挑 仔 末 两 淘 箩 从 木 桥、石 桥 铁 桥、 　 银 桥、

金 　 桥 上 过，

其中语音和语言的表达特点是很大的因素，由简而繁，声调复杂，注入新的灵气，使得山歌的基本格调向前推进一大步。并且，这种自由色彩的乐句，与当时民歌讲求那种上下对称的乐节、正方形式的结构、四平八稳的节奏，以及平庸呆板的旋律，有着明显的区别。

三、山歌句式的叠句特征

随意发挥的海门山歌，其中还有这样一类作品，即在叙述时大量搬用日常生活中常见的事物，连贯使用二、三、四个字甚至十多个字的名词、词组、短语堆叠组合而成的句式（简称叠句）。这种叠句既是自由的，又在自由之中有其自身的合乎逻辑的规律。这类作品比较口语化和生活化，随心所欲，不受规定模式的限制，依据故事情节的发展和人物思想感情的变化，随时随地都可运用。例如《小阿姐看中摇船郎》：

十七八九岁一位小阿姐妮，
头发黑来末眼睛亮哎，
暗地里相思一个摇船郎哉。
摇船郎生来长得浓眉大眼、老实相、有骨气，过三江、闯四海，
顶风勿怕那拳头大雨点、顺风勿怕那小山头大浪，
裤子勒腰里，系仔勒汗巾，就像金鸡，独立船舱、摇橹掌舵、逍遥自在，气煞末海龙王。

（顾玉诗口述，梁学平、黄启成搜集）

这首山歌中的叠句是相当精彩的，尤其是第四句，其中有三字堆叠、十字堆叠、五字堆叠、四字堆叠组成的多种叠句形式，这些绝不是杂乱无章的字数堆叠，而是抑扬顿挫、有规律的组合堆叠，与那些讲究工整对仗的文气滞涩的格律诗歌截然不同。这些组合叠句起伏跌宕、富于感情，从而把一个摇船郎的外貌长相、性格特点、摇船英姿、气概不凡、惹人喜爱的形象，活生生地描绘了出来。这种叠句还与规整的七字句和其他整齐句子夹杂使用，组合自然，别有章法。

最精彩的地方，还在于此种叠句在这首山歌的尾声处又出现了，造成一种首尾重复、前后呼应的 ABA 三段式的体裁，这是山歌中又一种新的格调，别有情趣。

《小阿姐看中摇船郎》的音乐唱腔是这样来处理这种叠句的：

[乐谱:
2/4 3 5 6 1 6 3 | 6 6 6 5 | 3.5 6 1 | 3 5 | 3 6 5.3 | 2 3 1 2 | 2 3 3.2 |
摇 船 郎 生来长得 浓眉 大眼、老实相、有骨气、过三江、

5 5 6 1 | 1 2 2 2 2 | 3 5 5 6.1 | 6 1 2 1 1 | 2 2 3 6 1 |
闯四海, 顶风勿怕那拳头大雨点,顺风勿怕那小山头大浪,

2 2 2 3 2 | 2 1 1 6 1 | 6 1 1 2 | 2 3 2 3 | 5 6 5 3 |
裤子勒腰里,系仔勒汗巾,就 像 金 鸡,独立船舱、摇橹掌舵。

6 5 5 3 | 5 5 1 | 6 5 3 | 3.5 2 ||
逍遥自在,气煞末海龙 王。]

由此可以看出这段唱腔的特征,语音和方言的运用是很大的因素,并要求演唱者用一口气把这一长句唱完,即使中间换气,也要尽量使听众感觉不到,求得情趣横生和悦耳动听的艺术效果。还可看出这首山歌曲调,有些类同于民间音乐中"滚调"和"垛句"形式。这种形式的运用,有助于山歌音乐的发展,垛入了新的乐句,插入新的音调,曲式自由,相连不断,反复交替,珠联璧合。并且,与歌词内容的发展很合拍,显得感情细腻,人物饱满,富有立体感,从而增加了山歌的瑰丽色彩。

现时,海门山歌在继承传统的句式特征方面,也取得了很好的成绩。陆行白新创作的《我唱山歌铃铃响》就是一个很有说服力的例证,其中有一段是这样的:

你看我现在是:

缸里满,瓮里剩,高楼房,澄光新,四季衣,着勿尽,

鸡鹅鸭,一大群,电视天线透天心,新车出门铃铃铃,

新打家具照见人,银行里有钞票存。

只要政策勿变一直走仔这条致富路,朝后个日子更称心:

好比平地造屋、屋上搭楼、楼上砌塔,塔上穿梯,一层更要高一层。

改革开放的春风吹到农村后,农民开始走上了致富道路,农村面貌焕然一新,日子越过越甜蜜。陆行白创作的《我唱山歌铃铃响》,在内容方面,反映了农民一层高一层的新生活;在形式方面,较好地继承了传统山歌的特征,用语具有浓郁的乡土气息,保持了山歌的地方特色。作品中的句子长短不一,自由发挥,灵活运用了山歌句式的自由特征,山歌的叠句特色也被运用得恰到好处。

四、山歌句式特征寻根

世代相传,海门人的祖先是在江南句容,历史上早有"句容搬崇明,崇明搬海门"的说法。海门人的根生在吴越之地,海门方言属吴语系统,海门的文化也属吴文化的范畴。和语言、文化有着血缘关系的海门山歌也属吴歌的一种,只不过经生长、发育、成熟之后,才有了其自身的特征,而这些特征的实质所在,很大程度上保留着母体吴歌的形影。这里不妨举一首四句头吴歌《听歌碎碗》为例:

郎唱山歌响铃铃,
门前头阿姐端得饭碗要来听;
眼望青天,脚踏街沿,肩靠门窗,"啪冷"一响,打碎一只
龙凤八角、八角龙凤、江西金边花饭碗,
骂声唱歌郎格害人精。

海门山歌的用语句式和这首吴歌是一脉相承的,特别是这里的第三句,是一个自由长句,由一系列的四字堆叠而成,这种叠句在海门山歌中也同样经常出现,例如:
日落西山暗下来,
我长工挦仔铁塔,汗腺烂臭,从粮户娘娘面前走过来,
只见粮户娘娘坐勒大檐头瓦屋廊檐底下,高跷趴脚,吃鱼吃肉只当家常菜,
我长工坐勒猫食台上,吃点臭盐芥薄麦粥,臭气冲天要呕出来。

(施偶郎口述,丁士凤搜集)

从这首山歌分析,不难看出它的语音特征、句式的自由特征、歌词的叠句特征等各种手法,都深受吴歌的影响。

音乐是山歌的灵魂。海门山歌中一些主要的特征性音型都是从吴歌的腔调中直接移植过来的;其乐句和吴歌的乐句结构大体上也很接近,山歌的自由曲式和采用"滚调"、"垛句"等技巧,也与吴歌相似。总之,它们相互之间存在着相当多的共同之处,其中即使有些差别,也属大同小异,没有多大本质上的差异。这就更加说明了它们之间存在着一种历史渊源,确属无疑。

(1994年《中国民间文化》第3期)

51. 手拿笛儿吹起来

(1998年《海门日报》)

记得还在小学五、六年级的时候,我就开始学习吹笛。那时我们一个拉胡琴,一个唱歌,加上我吹笛一共三位小兄弟,夏日黄昏还常和大人们一起"对板"(合奏),诸如"三六板"、"老老板"之类的民间乐曲,都能应付两下子。

1958年,我凭着吹笛的小本领而进了山歌剧团,开始吃专业饭。说实话,因为我吹笛是自学起来的,基本素质就差了些。1960年上海电影乐园来海演出,我如饥似渴地去观摩学习,倾倒在优美无比的笛声中。待大幕徐徐降下后我一头钻进了后台,找到了那位吹笛的陈立峰老师。他仔细地听了我的吹奏,真诚地指出了我在气息控制及指法技巧方面的不足之处。陈老师离开海门后,我多次信函求教,并专程赴沪登门请教,聆听老师的点化教诲,还委托老师去上海乐器厂定制了两支竹笛。名师指导使我的演奏水平产生了一个飞跃。

吹笛并不是想象的那么轻松愉快。有一年夏天,剧团开到姜灶港演出,白天为学生加场。因为是白天演出,必须把剧场遮得黑洞洞,门窗都关得严严实实,那天气温高至38℃,即使不演出人也热得够呛。尽管酷热,室内还是聚集着上千名学生,那时又没有电风扇,汗流满面、气喘吁吁,还要使劲吹奏,笛身上都淌满了汗水,真是越吹越热,差一点中暑晕倒。还有一次冬天在新建公社(今货隆)演出《江姐》,天寒地冻,气温骤降至零下五六度,睡在被窝里恐怕也不大暖和了,但我们还得坚持为农民兄弟演出,外加舞台基本上和露天的差不多,我禁不住浑身发抖,手指都冻僵了,笛子又不能不吹,但等那一曲《红梅赞》吹下来,口中呼出的热气,从吹孔经笛身流至出音孔时,即挂下了两寸多长的冰凌。

由于种种原因,我于1976年违心地改行到了工厂。但是,心爱的竹笛我怎么也舍不得丢弃,我活跃在业余文艺舞台上,多年来在工业局宣传队及总工会演出队等继续吹奏。去年香港回归之际,我心情非常激动,创作并演奏了笛子独奏曲《山歌一曲飘香港》,采用家乡的神曲——海门山歌的音调,尽情地抒发了海门人民喜迎香港回归的真情实感,并在电视台及电台上播出,人们称赞我人老心不老,越吹越清脆。

今年4月8日的《新民晚报》上,我偶然发现一幅国画,题为《同心曲——在上海工人文化宫的一次联欢会上》,喜笑自然、手握竹笛的不是别人,竟然就是江泽民总书记。江总书记也是喜欢吹笛的,实在太令人高兴!这就更加鼓舞我在日后的人生旅途中继续吹奏清脆的竹笛声,直到永远。

(1998年7月3日《海门日报》)

52. "小珍姑娘"六十岁

——记著名山歌演员季秀芳

（1998年《海门日报》）

上了点年纪的人都会记起当年山歌剧《淘米记》中小珍姑娘的扮演者——季秀芳。

那是1957年，陆行白编写了山歌剧《淘米记》，剧中的小珍姑娘由季秀芳扮演。脍炙人口的《淘米记》开头的四句头山歌唱道："日出东方白潮潮，哎！我小珍姑娘抄仔三升六合雪花白米下河淘；下河淘来下河淘，窥见南云窗外一只小小舟船勒浪里漂。"这曲山歌从她口中一开腔，"哎"字一声，足足能够飘出去三条明沟四条港，好似一股暖流滋润着人们的心田。她的嗓音既清脆又有"糯"性，音色优美又很甜润，抑扬顿挫，节奏分明，保持了传统山歌地地道道的原汁原味，尤其是感情特别投入，完美地塑造了小珍姑娘的音乐形象。人们一听到她那潇洒的山歌，就被深深地吸引住了，这也就是她的唱腔"抓人"的魅力所在。最为精彩的是她把"窥见南云窗外一只小小舟船勒浪里漂"一句，那交替出现的四种节拍形式（1/4、2/4、3/4、4/4）演唱得一清二楚，显示了波浪起伏的节奏感；其旋律围绕着主音以三度上行级进，通过她轻松跳跃的歌声，把那小小舟船在波浪里荡悠悠的模样活灵活现地呈现在人们的眼前。小珍姑娘声情并茂的山歌，很快传遍省内外，插翅飞向北京城。后来不少演员也演唱过小珍姑娘，但至今没有人超越她。

一方水土养一方人，一方水土也养一方山歌手。季秀芳得益于江流海浪的熏陶，唱腔别有水灵灵的江海风味。1956年，当年16岁的季秀芳就在茅镇业余剧团挑起了大梁，擅演沪剧和锡剧，曾演出了《罗汉钱》、《陶福增休妻》、《幸福》及《九斤姑娘》等剧目，风格鲜明，感人至深。

1958年，海门山歌剧团诞生，季秀芳是当之无愧的创始人之一。当初，在陆秀章团长的领导下，她始终是剧团的主要演员，并与刘季方、贺戌寅、肖行芳、陆建平等配合默契，成功地演出了《红军的女儿》、《瞎公公看会》、《刘三姐》、《杨乃武与小白菜》、《星星之火》等数十个山歌剧目，不仅受到省、地、县领导的亲切关怀，还被中国戏剧家协会江苏分会吸收为会员。

季秀芳70年代改行在海门照相馆工作，已退休多年。她虽然60岁了，离开舞台多年，但老观众的眷恋之情总是让她感到难以补偿。今年8月5日是海门山歌剧团建团40周年喜庆之日，晚上举行回顾演出，到时季秀芳将重上舞台献演拿手戏《淘米记》。

（1998年7月《海门日报》）

53. 德艺双馨贺戍寅

(1998年《海门日报》)

提起贺戍寅,海门的不少父老乡亲都会知道她的名字。她是海门山歌剧团的创始人之一,并把主要演员与业务团长两副重担一肩挑,还被中国戏剧家协会江苏分会吸收为会员。

她从小酷爱文艺,具有艺术天赋。14岁的时候就扮演越剧《夫妻合作》中的小男孩,15岁演过话剧《小二黑结婚》中养媳妇一角。1958年创建海门山歌剧团,20岁的贺戍寅是创始人之一。当时,剧团仅有十多个演员,乐队及舞台工作人员加起来也才二十多人,人员紧缺,演出大型戏非常困难。贺戍寅总是带头身兼几个角色,不管是主角、配角、反角以及"跑龙套",她都演。生活方面,她始终保持艰苦朴素的优良传统,总是把好的铺位让给人家。她善于团结同志,结交知心朋友。大家不称她团长而称她为"戍寅姐"。

贺戍寅在舞台上塑造了很多栩栩如生的人物形象,如《苦菜花》中的娟子娘、《槐树庄》中的郭大娘、《星星之火》中的杨桂英、《江姐》中的江姐以及《红灯记》中的李奶奶等。她充分发挥唱腔深沉浑厚的特点,咬字清晰,行腔圆润,铿锵有力。她的道白更见功力,真正做到"千斤道白四两唱"。如《红灯记》中痛说革命家史的大段道白,使扮演铁梅的季秀芳在对台词的过程中,就被感动得泪流满面,其功底可见一斑。她不但擅演老旦,而且中青年妇女的形象也塑造得很成功,如在《星星之火》中记者招待会一场戏,把杨桂英演得惟妙惟肖,令剧中的中外记者称赞不已。

演戏并不是一般人所想象的那么轻松愉快。有一年夏天,剧团到南通姜灶港演出。一天,为学生加演日场,气温高达38℃。贺戍寅扮演的是《丑人计》中的主角桂英娘,她实在支撑不住了,眼前一片漆黑,眼看就要中暑昏倒在舞台上。大家立即把贺戍寅扶到剧场外面,找了个有凉风的地方让她躺下休息。她被凉风吹醒后,马上想到有千把个学生正在冒着酷热等待着她,翻起身来,振作精神再上舞台,坚持演出到底。1964年冬,在新建公社(今货隆镇)演出《江姐》,寒风刺骨,气温骤降至-6℃,外加舞台又是半露天的(原来舞台太小,加宽、加深后就成了半露天的)。那时贺戍寅扮演主角江姐,身穿单薄的蓝色旗袍,禁不住发抖。剧场里的观众济济一堂,她感受到那么多的农民兄弟正在温暖着她的心,不顾严寒,高歌一曲《红梅赞》,把演出推向高潮。

贺戍寅后来改行在一家市属工厂当政工员,并在那里退休。她那德艺双馨的艺术和人格魅力,至今令人感动不已。

(1998年7月24日《海门日报》)

54. 越坛唱进山歌苑

——记山歌剧团副团长陈桂英

(1998年《海门日报》)

海门的文化事业曾有过很辉煌的时期,60年代前后,文艺团体就有飞车走壁团、杂技团、评弹团、京剧团、越剧团及山歌剧团等,其中越剧就有三个团体:一团、二团及青年演出队。

1957年,陈桂英从四甲农村考进了越剧一团,被头牌小生尹雪琴收为徒弟。她虽年仅13岁,但能吃大苦、耐大劳,鼻子常常倒血也不在话下,只管把基本功练得扎实过硬。她18岁改行花旦,成了一名唱、做、念、打,文武双全的青年演员,挑起了大梁。曾扮演过春香、黛诺、百花公主、阿庆嫂及白毛女等许多主角。越剧迷们都不叫她的大名,而直呼其"黛诺"或"白毛女",可见她的演出着实深入人心。

越剧团因故解散,陈桂英于1967年被山歌剧团聘用。她改行山歌剧后上演的第一个戏是《白毛女》。由于她功底扎实,演出非常成功,第一场戏中哭爹爹一段最为感人,喜儿扑在爹爹身上,那几句哭得死去活来的山歌悲调,加上泪流满面的真情实感,还有激动人心的"碎步",浑然一体,把那令人心碎的悲惨场面表演得淋漓尽致。她在《智取威虎山》中扮演的小常宝也使人叫绝,把一个山里小姑娘的气质、倔强性格演得活灵活现,那段成套的山歌唱腔充分发挥了她那刚劲有力的歌唱特色。她在排演《孟姜女》的时候,看到作曲忙不过来,干脆就自己设计唱腔,请乐队的张殿宾记谱,既风格突出,又悦耳动听。那盘公开发行的山歌剧磁带中就有她的《东方女性》、《洪湖赤卫队》、《状元与乞丐》等唱段。平时,剧团在排戏过程中,凡是遇到了武打动作,开打场面都由她当"技导"。她曾上北京出演《青龙角》中的土根妻,这个角色还在省里获得演出奖。

她曾在山歌剧团的培训班上当过三年的班主任和练功老师,培养了宋卫香等山歌新秀,为培训剧团的接班人做出了贡献。陈桂英当之无愧地成了剧团的业务团长、中国剧协江苏分会会员,并当选为南通市、海门市人大代表等。

退休后的陈桂英还经常活跃在业余文艺舞台上。1996年,在财贸系统自导、自演《杀鸡儆猴》,获得南通市一等奖。她不仅经常与许彩云、葛萍、樊玉兰、刘兰如等同行们相聚,而且还和余东京剧联谊会联欢,把她7岁时唱的京剧《苏三起解》重新拿出来演唱,博得满堂喝彩。

(1998年8月《海门日报》)

55. 老导演俞适

（1999年《海门日报》）

只要提起这位前辈艺术家的名字，海门戏剧界人士都会对他敬重有加。他不仅是山歌剧团成就卓著的编导，还是我市唯一的中国戏剧家协会会员。他就是俞适先生。

1961年，自文化馆调到山歌剧团起，俞适编导了大量的清古装戏与现代戏，如《刘三姐》《半把剪刀》《江姐》《争儿记》《银花姑娘》《余丽娜之死》《桥头风云》等上百个剧目。当年饰演江姐的贺戌寅，回忆了俞导演语重心长的一席提示："江姐被捕就义时，在这个时候面对敌人的屠刀脸不改色心不跳，这种精神力量和人格魅力实在令人钦佩，毕竟她当年才20多岁啊！"经他如此细腻的循循善诱，贺戌寅茅塞顿开，当演至《绣红旗》时，泪水从心底里流淌了出来，气氛和激情一下子全有了。

1963年，俞适改编和执导了现代戏《争儿记》。他把凤娘娘的一段"东南风吹来精神爽"的唱词描绘得活灵活现，并与我作曲、演员共同设计唱腔，突出了山歌剧的风格色彩，使美其名曰的"凤娘娘调"在海门全境风行一时。

1976年，从"牛棚"里解放出来的俞适激情满怀，勤奋耕耘。在上海虹口区文化馆演出期间，俞适特邀了甬剧《半把剪刀》的剧作家天方、陈金娥的扮演者徐凤仙为山歌剧《半把剪刀》增光生色，从而改变了有些上海人的"阿乡剧团"、"呒啥看头"的偏见，令不少沪上观众络绎不绝地来信致意，索取剧照，申请录音，索要曲谱。

1980年10月，俞适根据小说《代价》改编了一出大型山歌剧现代戏《余丽娜之死》，使乡土气息浓郁的海门山歌剧，再度在上海唱响，主人公余丽娜红颜薄命的悲惨遭遇将观众感动得泪如泉涌。时年，《余丽娜之死》赴省会演，荣获演出三等奖，得到《新华日报》的好评，省电视台和电台播出了其精彩场景及优秀唱段。

1984年，俞适与陆行白创作了山歌剧《唐伯虎与沈九娘》，于《江苏戏剧丛刊》问世。作品有灵有性，多情多义，百看不厌，传声扬名，由湖南省电视台拍摄两集花鼓戏，还被该省艺术学校移植。1991年，壮心不已的俞适在朱志新等策划下，与邹仁岳水到渠成地合作了《桥头风云》，此剧被《江苏戏剧丛刊》录用，还被浙江、安徽、江西等地的绍剧、黄梅戏、花鼓戏及锡剧移植。

俞适之所以能写下如此光辉的一页，与他年轻时在上海演过文明戏、参与剧社活动、唱过票友的艺术生涯有着极为密切的关系。新中国成立后不久，他在县文化馆与陆国雄、段云超合作，把海门的业余文化搞得轰轰烈烈、生动活泼，编导了数十个沪剧和锡剧剧目，真是一派百花齐放的繁荣景象。其间，最为突出的是，他在当年的茅镇业余剧团培养了季秀芳、刘季方、贺戌寅、陆建平、姚志浩等一批尖子,当 1958 年创建山歌剧团时,这批人才就成了当之无愧的台柱。

弹指间,这位为山歌剧呕心沥血的老导演,年逾古稀,现已退休,安享天年,但他卓越不凡的艺术成就,依然闪烁着夺目的光华。

(1999 年 11 月 5 日《海门日报》)

56. 诗人难忘"四句头"

——卞之琳与海门山歌

（2002年《卞之琳纪念文集》）

一、引言

1985年，卞之琳先生在给江苏省吴歌学会名誉会长金煦的通信中满怀深情地写道："……我的出生地海门，原是崇明北沙（听说清初才出水，清代中期才与北岸连在一起），居民除了崇明开拓者，多数是江南移民，风俗习俗与太湖流域相似，语言还属吴方言系统。……我从北来上大学以后，很少回家乡（那里现在只剩下我二姐一家人，两代祖茔也早坍入江中），但还记得小时候很熟悉的'四句头山歌'（海门无山也无湖），可是属于吴歌传统，虽然后来只记得一首'四句头山歌两句真'，顾颉刚编的《吴歌中集》里有，只是录错了一个字。"

此信说明卞老对家乡的"四句头"格外钟爱，不离不弃，终生难忘。那么，作为海门山歌一种形式的"四句头"缘何博得作为诗人的卞老的如此厚爱呢？一方面，因为诗人出生于海门，年少时在海门中学就读，海门是诗人的根，这是一种根深蒂固、不可改变的渊源关系。另一方面，"四句头"之所以能给诗人留下十分深刻的印象，亦充分说明了源远流长的四句头山歌确有经久不衰的魔力。而且，这种魔力与卞诗存在一定的联系，这就更值得我们后人深入研究、细加琢磨了。

二、四句头山歌试探

海门山歌的句式结构原先只有上下两句的形式，如三段式两句头山歌《姐在家中甩布梭》：

姐在家中甩布梭，
郎种棉花忘了饿。
布梭甩得嗒嗒响，
郎装耳聋唱山歌。
今朝我叫你歌当饱，
看你心里可有我。

随着小农经济的日益发展，勤劳的海门人民安居乐业，自给自足，物质生活水平不断提高。田间劳作由简而繁，那种两句头山歌的简单形式，已远不能表达较为复杂的故事情节和人们的思想感情。因而，四句头山歌似雨后春笋般涌现了出来，形成了一种新格局。如卞老从小熟知的《四句头山歌两句真》：

四句头山歌两句真，

后头两句笑煞人；
癞狗疤出扇飞东海，
小田鸡出角（青蛙长出尖角）削煞人。

（陈宝荣口述，沈祖龙搜集）

再如，《旁皮郎（一种小鱼）哭来眼睛红》：
鲤鱼生病绕身红，
鲫鱼出去请郎中（医生）；
鳊丝鲦关伊啥事吓来落落抖，
旁皮郎哭来眼睛红。

（陆希荣口述，朱祖邦搜集）

诸如此类的四句头山歌，富有诙谐、幽默、夸张的特色，表达恰到好处，语言朗朗上口，情感抒发自由自在，无拘无束。经黎民百姓口口相授，代代流传，不断加工提炼，熔雅俗于一炉，集比喻、夸张、排比等修辞于一体，从本乡本土的乡音乡情乡俗中，自然形成了欢快、清新的风格，成为浩瀚吴歌中的一颗璀璨之星。

还有一种四句头山歌，句式非常自由，自由长句多达数十个字，且有系列的堆叠句组成，如《姐在园里摘菜心》：
姐在园里摘菜心，
私情哥哥来借针；
姐叫声嗯郎："你要借长针短针、粗针细针、圆针扁针？奴奴妈房里有，我看你借针勿是真。"

（姜庭相口述，梁学平搜集）

再如，《海门山歌交关多》：
海门山歌交关多，
只只山歌多红火；
麦有麦山歌，稻有稻山歌，菜有菜山歌，豆有豆山歌；瓜山歌、麻山歌、桃山歌、茄山歌、葱山歌、菱山歌、藕山歌，
交关多来交关多。

（梁学平词，陈卫平曲）

此类四句头山歌的第三句，往往是一个自由长句，字数很多，其中还包括三字、四字或五字等一系列堆叠句，这种歌词语言富有弹性，容量很大。民歌中运用叠句的形式并不少见，但似四句头山歌中运用得那样普遍，以及容量如此之大，却是绝无仅有的，而且，具有浓郁的乡土气息，耐人寻味。

还有一种对歌形式的四句头山歌，内容清新，腔调洒脱，别有情趣，属于四句头山歌中的又一种形式。如《啥个花开乌里乌》：
啥花开来两根"苏"？
啥花开来结萝朵？

啥花开来乌里乌？
啥人心肠像镬底砣（锅底）？
长豇豆开花两根"苏"，
小蓟开花结萝朵，
豌豆开花乌里乌，
粮户的心肠像镬底砣。

（宋陈礼口述，梁学平搜集）

海门东临黄海，南扼长江，这是一种得天独厚的水网交织的地域氛围。四句头山歌也得益于这种地域氛围的熏陶，别有水灵灵的江海风味，显示出海潮音浪花调的风格色彩，婉转悠扬，细腻真挚，有时轻吟浅唱，有时激情豪放，宽广似浩瀚大海，清澈如小桥流水，飘洒流畅更似那田园春色。如著名山歌手季秀芳演唱的一首四句头山歌——《日出东方白潮潮》：

日出东方白潮潮，
哎！我小珍姑娘抄仔三升六合雪花白米下河淘；
下河淘来下河淘，
窥见南云窗外一只小小舟船勒浪里漂。

这曲美酒酿成的山歌从她口中一开腔，"哎"字一声，足足能佘出去三条明沟四条港，好似一股暖流滋润着人们的心田。她的嗓音既清脆，又有"糯"性，音色优美，节奏分明，唱出了这首四句头山歌的原汁原味。而且，她的歌唱感情非常投入，有一种能"抓人"的魅力。其中唱得最精彩的是"窥见南云窗外一只小小舟船勒浪里漂"这句收腔，具有波浪起伏的节奏感。其旋律围绕着主音三度级进，通过她轻松跳跃的歌唱技巧，把那小小舟船在浪里荡悠悠的模样活灵活现地呈现在人们的眼前。

在四句头山歌的基础上，又发展成了八句、数十句乃至成百上千句的长段叙事山歌。其中，特别引人注目的是：1986年7月，青年山歌手宋卫香演唱了传统山歌《小阿姐看中摇船郎》，随南通民间艺术团赴中南海怀仁堂演出，博得好评，并于1998年通过《欧洲东方卫视》飞向欧洲。

在四句头山歌的基础上，由陆行白将它发展成了海门山歌剧《淘米记》，并于1957年进京参加全国第二届民间音乐舞蹈会演，周总理与朱德委员长亲临观赏，还亲切接见了此剧的主演季秀芳、刘季方等。于是，在总理的殷切勉励下，于1958年8月创办了海门山歌剧团。

在四句头山歌的基础上，还发展成了一出由陆行白编剧的大型现代山歌剧《青龙角》，并于1993年应文化部邀请赴京展演，获得了优秀剧目奖。

三、四句头山歌与卞诗

通过以上的粗浅试探，证实了脍炙人口的四句头山歌，确有一种令人陶醉的魅力。所以，也就无怪乎四句头山歌能使卞老难以忘怀，得到了一种不离不弃的滋养。由于诗人难忘"四句头"，不禁令我想起了一首卞诗《长途》：

一条白热的长途,伸向旷野的边上。
像一条重的扁担,压上挑夫的肩膀。
几丝持续的蝉声,牵住西去的太阳。
晒得垂头的杨柳,呕也呕不出的哀伤。
快点儿走吧,走吧,那边有卖酸梅汤。
去到那绿荫底下,喝一杯再乘乘凉。

这是四句一段的七言诗,双行押韵,比喻确切。而长途似扁担压肩膀,蝉声牵住太阳,垂柳呕不出哀伤,对感觉的描摹多么的形象!这里,我们不妨将此诗与《四句头山歌两句真》《旁皮郎哭来眼睛红》做下比较,就不难发现它们的句式结构、辙口、平仄的巧妙运用都十分相似。而且,"乘乘凉"之类的海门土话,竟然也被恰当地运用进诗里了。所以,毋庸置疑,传统的四句头山歌确已扎根在诗人的灵魂深处,并对诗人产生了一种潜在的影响。

无独有偶,与四句头山歌的内涵比较接近的卞诗还有《远行》等。

这里,我们再来欣赏一首卞诗——《修筑飞机场的工人》:

母亲给孩子铺床总要铺得平,
哪一个不爱护自家的小鸽子、小鹰?
我们的飞机也需要平滑的场子,
让它们息下来舒服,飞出去得劲。
空中来捣乱的给他空中打回去,
当心头顶上降下来毒雾与毒雨。
保卫营,我们也要设空中保卫营,
单保住山河不够的,还要保天宇。
我们的前方有后方,后方有前方,
我们的土地被割成了东一方西一方。
我们正要把一块块拼起来,
先用飞机穿织成一个联络网。
我们有儿女在华北,有兄妹在四川,
有亲戚在江浙,有朋友在吉林,在云南,
空中的路程是短的,捎几个字去吧:
你好吗?我好,大家好。放心吧。干!
所以你们辛苦了,不歇一口气,
为了保卫的飞机、联络的飞机。
凡是会抬起头来向上看的眼睛,
都是感谢你们翻动的一铲土一铲泥。

这是一首非常自由而又口语化的诗歌,这与自由而通俗的四句头山歌具有一脉相承的共同特点。诗中还采用了"自家的"之类的家乡土话,海门人听起来感到格外亲切,诗中的"有儿女在华北,有兄妹在四川,有亲戚在江浙,有朋友在吉林",这是一种六字叠句结构,这与四句头山歌中叠句形式是吻合一致的。诗中"我们的土地被割成了东一方西一方",这种长达十五个字之多的自由长句,与四句头山歌中自由长句如出一辙,浩渺洒脱,意味深长。

综上所述,卞诗不仅善于融"古"化"欧",诗风奇特,自成一家,而且,吴歌领域里璀璨之星——海门山歌,它的灵气亦不经意地渗透到了卞老的心窝里,得到一种不离不弃的滋养,在卞诗的字里行间,不时地激荡着"四句头"留下的神韵……

(2002年《卞之琳纪念文集》)

57. 三易其稿诉衷情

——我与海门山歌《唱支山歌给党听》

(2012年《海门日报》)

《唱支山歌给党听》，是一首数十年来百听不厌，常听常新的优秀歌曲。京、沪、越等剧种都曾借用这首歌词，运用本剧种的曲调来演唱有异曲同工之妙。我曾于20世纪80年代末将这首家喻户晓的歌词采用海门人民喜闻乐见的山歌调，并借鉴老大哥剧种的长处，谱写了海门山歌《唱支山歌给党听》。接着，我将此作送往县文化馆，碰到了当时的文化馆党支部书记施连城，决定邀请原山歌剧演员李玲莉演唱，准备在数日后的"七一"晚会上亮相。但因演员身体欠佳，未能如愿以偿。

时隔十年后的1997年，在举国欢庆党的十五大召开之际，我修改了这首海门山歌，还在当时的平山乡找到了民间山歌手龚素芳，我逐字逐句地教她学会了这首新山歌。因乡间没有乐队伴奏，我只得像昆曲那样以笛独伴。而后，此曲在全乡喜庆十五大的晚会上演唱，并由乡广播电视站录音播放。我的这一处女拙作——《唱支海门山歌给党听》及此首曲调一并见诸报端，献给党的十五大。

春花秋月，斗转星移。今天，在喜迎十六大的大好日子里，我的创作灵感因此油然而生，三易其稿。首先，在此山歌调中移入了歌曲《唱支山歌给党听》的韵律，使戏与歌两种曲调结合得很融洽，增强了作品的戏歌色彩，趣味盎然。其次，在音乐过门中吸收了《东方红》的旋律，既突出了时代精神，又使"母亲只会泪淋淋"很自然地过渡到"共产党号召我闹革命"这句斗志昂扬的歌词。最后，为更进一步突出海门山歌的风格色彩，特地将"夺过鞭子"四字做了重点设计，运用了一字一顿、铿锵有力的传统山歌演唱技巧，速度由慢而快，力度从弱到强，以一种不可阻挡之势，引出狠狠地"揍敌人"三字，将音乐推向高潮。从而，让源远流长、经久不衰的"山歌悠咽闻清昼，芦笛高低吹暮烟"的海门山歌跨越时空，献给党的十六大。

演唱者是宝刀不老的山歌手李玲莉。那实在是太巧了，二十年前邀请李玲莉演唱此曲时，因故而未能如愿，到今日三易其稿后，却依旧由她担纲，也算是圆了一个梦。她的嗓音清脆靓丽，发挥了悠扬的韵味，并带有海潮音浪花调风格特色，她动人心弦的二度创作使作品更加显得色彩瑰丽，耐人寻味。

(2012年12月《海门日报》)

58. 难忘的《棉乡儿女怀念周总理》

——记优秀山歌手钱志芳

(2013年《海门日报》)

在纪念我们敬爱的周总理逝世27周年之际,我不禁想起了27年前,我市数一数二的山歌手钱志芳唱红的一首海门山歌《棉乡儿女怀念周总理》。

曾记得20世纪70年代,海门的棉花产量名列全国前茅,敬爱的周总理曾多次亲自接见海门棉乡的代表,并与之合影留念,还亲切地拉着棉乡儿女的手,坐到他老人家身边,问长问短,了解棉乡的生产生活情况。这使海门的文艺工作者心潮澎湃,激情难抑,创作灵感油然而生。由梁学平作词、陈卫平谱曲、钱志芳独唱的海门山歌《棉乡儿女怀念周总理》于1976年破土而出,并由江苏人民出版社出版发行。

那是1976年的一个夜晚,南通市人民剧场济济一堂,一台地区的调演节目在鼓乐齐鸣的热烈氛围中开了场。钱志芳的参演节目是海门山歌《棉乡儿女怀念周总理》。当年的钱志芳是位妙龄少女,眉清目秀,扮相小巧明媚,动作矫健靓丽,尤其突出的是,她演唱的海门山歌风格独特,乡土气息浓郁,凸显了山歌的原汁原味。她在曲首动情地唱道:"雪白格棉花铺满地,手捧银花想总理。想起敬爱的周总理,我心里厢就像长江涨潮、大浪滔滔、滔滔大浪、一浪一浪、波涛滚滚难平息。"开门见山的生动歌词,自然流畅的优美旋律,一开头就把观众的心紧紧地抓住了,给人的感觉不仅形似,而且神如。

钱志芳从小喜欢唱唱跳跳,并痴迷山歌韵律,曾于1973年登上南京人民大会演,绘声绘色地演唱了海门山歌对唱《金银山上歌声脆》,一鸣惊人,倾倒听众,成为省内外小有名声的优秀山歌手。

当她在《棉乡儿女怀念周总理》中,含着热泪痛心绞肠地唱至"我伲少勿了您,我伲离不开您,我伲爱戴您,我伲怀念您,棉花淌下千滴泪,棉桃致哀把头低。悲痛撕碎我伲心,怎勿叫我棉乡儿女泪水滚滚、滚滚泪水、泪雨阵阵、阵阵泪雨洗棉区"的唱段时,台上台下都痛哭流泪,沉浸在一片悲痛之中,可见钱志芳的演唱,不仅悦耳动听,而且感情投入,达到了情真意切、声情并茂、感人至深的境界。

大幕徐徐降下,赢得满堂彩声,令山歌迷们欢呼雀跃,节击而歌,轰动南通,盛况空前,连续谢幕三次还不作罢,观众迟迟不愿离去。

(2013年1月3日《海门日报》)

59. "小平同志听仔喜盈盈"
——市首届山歌会唱回眸
(2013年《海门日报》)

最近,有幸参与了市第三届山歌会唱,聆听了许多山歌新秀和少儿山歌手的精湛演唱,心潮澎湃,激情难抑,不禁令我回忆起首届山歌会唱的情景……

1985年8月,首先由陆行白、梁学平、汤炳枢和我等人组成创作班子,通过一段时间,创作了数量相当多的新作,为山歌会唱做了充分准备。当时,由市总工会出面把我从市液压件厂借了出来,安排在县人武部招待所食宿。记得同舍有位总政歌舞团的创作者(他到手帕厂军人家庭服务中心采风),我乘机与他聊了山歌会唱之事,他为我的新作指点迷津,使我受益匪浅。在创作就绪的基础上,组建了山歌剧团、文化宫、文化馆三个代表队,将创新的独唱、对唱及联唱等各种山歌进行排练,并在当年的人民剧场和工人文化宫等娱乐场所开展了令人耳目一新的首届山歌会唱。最后,由专家与听众相结合,评出一、二、三等奖。别开生面的首届山歌会唱为繁荣海门的文艺创作起了相当大的推动作用。

首届山歌会唱,最最引人注目的是农民山歌手兼业余作者宋陈礼,乡土味特浓地自编自唱了《小镇气象新》。他在此作品中创作的歌词,是那样充满着泥土芳香而又贴近生活,讴歌了改革开放初期的海门农村新面貌。他唱的山歌富有土里土气的乡土风味,嗓音洪亮悠扬,是一种脆松松、响铃铃的纯朴的乡村自然之美,不用曲谱,独自清唱,随心所欲,即兴创造,临场发挥,千变万化,倾倒了当年县城数以千计的观众,掌声不绝,当之无愧地捧走一等奖。他本想在海门举办一次个人山歌演唱会,可惜无情的病魔早早地夺走了他那不满花甲的生命。这里,我从《小镇气象新》中选几句歌词,以表达对这位农民歌手的怀念之情:"海门山歌唱海门,海门陆地多集镇;头甲镇、二匡镇、三厂四甲五里墩,六匡河头七佛楼,八索九匡十甲镇,还有朝天镇、合扑镇、拳头脚跟巴掌镇、癫巴镇、蚌壳镇、凤凰狮子麒麟镇,磨框镇、麸皮镇、灰堆池棚茅家镇,牌位塔足灵甸镇,上三和数到下三和,上下百沙南通扫北的小镇像颗颗明星落海门,若问我住在啥个镇,就在袁家河头方家桥头的轧煞镇。"

首届山歌会唱中,荣获一等奖的还有文化宫代表队演唱的一曲男声山歌独唱《小平同志听仔喜盈盈》,可以说是既有山歌传统色彩,又有创新精神的佳作。其中,有段叙写改革开放初期农村新面貌的内容,演员绘声绘色地唱道:"你看我现在是:缸里满、瓮里剩,高楼房,澄光新,四季衣,着勿尽,鸡鸭鹅,一大群,电视天线透天心,出门新车铃铃铃,新打家具照见人,银行里有钞票存。只要政策勿变一直走仔这条致富路,朝后个日子更称心,好比平地造屋、屋上搭楼、楼上砌塔、塔上穿梯,一层更要高一层。"歌词中运用的三字、七字、四字叠句形式,既发挥了山歌的传统特色,又富有强烈的时代精神,确实是一首脍炙人口、雅俗共赏的佳作。

(2013年1月3日《海门日报》)

60. 海门春来早

——琐忆四届海门山歌会唱情景

（2004年《海门日报》）

最近,我有幸参加了第四届海门山歌演唱会,聆听了众多少儿歌手的精湛演唱。作为海门山歌的爱好者和曲作者,在目睹了口口相授的海门山歌的传承、普及和创新后,我心潮澎湃,激情难抑,不禁回忆起历届山歌会唱的情景。

1985年8月,由陆行白、梁学平、俞适、汤炳枢及我等组成创作班子,冒着酷暑,勤奋耕耘,挖掘整理和创新了一批数量可观的作品,为首届山歌会唱做了充分的前期准备。随后,山歌剧团、工人文化宫和文化馆组成了三支代表队,举办了一次较大规模的演唱会。演唱会还邀请了不少来自上海、南京等地的词曲作家,那时,我从海门液压件厂借调出来搞创作,并被安排在人武部招待所食宿。

同宿舍是位总政歌舞团的作曲家,我趁此机会向他请教作曲上的问题。解放军同志特别耐心,给我讲授了音乐创作中的许多经验和体会。我参赛的那首山歌《小平同志听仔喜盈盈》（陆行白词）,在他的帮助下做了加工处理,使得作品既富有浓郁的地方特色,又有强烈的时代感,最终在首届山歌会唱中走红,荣获一等奖。

15年后,海门兴办第二届山歌会唱。期间,我因侍候生病的老伴,谢绝了文化部门的邀请,无缘目睹会唱盛况。事后,与会同志告诉我,说我虽然人未参赛,但仍有不少歌手演唱了我过去谱写的一些作品,如《唱支山歌给党听》、《声声山歌颂家乡》等,让人在遗憾之中感到一丝欣慰。

2002年,海门又举办第三届山歌会唱,待我得知消息时已临近比赛,时间紧迫,我火速创作了一首童声山歌,又到三厂镇中心小学找到了一位小歌手,及时赶上了演出。

去年12月,市里又紧锣密鼓地举办第四届山歌会唱。期间,我想到了一件大事,就是会唱期间恰逢毛主席诞辰110周年,我是个毛泽东时代成长起来的人,抱着这份特殊情感,我开始急切寻找与歌颂毛主席有关的海门山歌,但是好长时间一直未找到合适的唱词,只得作罢。后来得知,这届会唱中没有一首歌颂毛主席的曲目,这也让我留下了较大的遗憾。

在另觅唱词的过程中,一个偶然的机会,我读到了《小水珠词报》上一首题为

《海门春来早》的唱词,出于已故词作家梁学平之手,曾在首都《词刊》上发表过,歌词富有浓郁的海门地方特色,在短小精悍的作品中,描绘"春"的有五六处之多,全词充满令人振奋的精神。看罢我眼睛一亮,拍案叫绝。后来,经我谱曲的《海门春来早》由蓓蕾幼儿园的年轻女教师陆雪琴在会唱中演唱。她字正腔圆、板清情真的演唱最终获得第四届山歌会最高分,也为我心系山歌会唱18年的情愫画上精彩的感叹号。

(2004年2月22日《南通日报》)

61. 试论山歌伴奏特色

(2004年《南通文化》)

1957年，海门山歌剧《淘米记》赴京演出，取得了令人瞩目的辉煌成就，这与此剧别有的伴奏特色有着密切关系，尤其是笛子在乐队中发挥了很大的作用，而且其中运用的笛子与昆曲中的笛子又大不相同，前者为脆松松、响响亮、水灵灵、辽阔悠远的梆笛，后者为音色浑厚、纯朴温馨的曲笛。山歌剧与昆剧虽同样以笛子作为特色乐器，但却风格各异。毋庸置疑，倘若没有水灵灵的笛音与水灵灵的山歌默契结合，可以说，《淘米记》就没有那样的光彩夺目。所以，笛子与山歌珠联璧合，交相辉映，自然地形成了山歌剧浓郁的地方特色。

1964年，赴省会演的优秀山歌剧《银花姑娘》，剧中运用的笛子亦很出色，赢得了行家们的一致好评。当笛引一起，人们就自然地感受到是山歌剧在开演了。剧中河东与河西的隔河对山歌，此起彼伏，与笛声巧妙地融为一体，让人们在欣赏源远流长的海门山歌的同时，又领略了悦耳动听的笛声，得到了一种无比优美的艺术享受。

2003年12月，我有幸参与了海门第四届山歌会唱，我的参赛节目是《海门春来早》。此曲采用的伴奏是民乐，乐队中的笛子处于相当重要的位置。曲调一开头就来了个笛引子，将人们带入家乡特有的那种小桥流水的意境之中，然后水灵灵地飘起了声情并茂的山歌声，那水灵灵的悠扬婉转的竹笛与唱腔鱼水般地融为一体，令人陶醉。结果，此曲获得了第四届山歌会唱得分最高的殊荣。毫无疑问，这与笛子在伴奏中发挥了突出作用是密切相关的。

但是，长期以来，不知何故，山歌剧中的笛声大大地减少了，就以前年12月13日赴京演出的《献给妈妈的歌》为例，笛子在全剧中被采用之处少得可怜。换言之，笛子已在山歌剧的乐队中被看作是可有可无的乐器了，这是一种深深的遗憾。

众所周知，当京胡声响起，人们便知道这是在开演京剧了。缠绵的越胡开始演奏，毫无疑问是在唱绍兴戏了。还有沪剧、锡剧、黄梅戏等诸多地方戏，也都有自己的特色乐器。这就是戏曲音乐独特的地方风格，也属音乐的一种魔力，给人们造成了极为自然的欣赏习惯。其实《淘米记》、《采桃》、《银花姑娘》、《刘三姐》等海门山歌剧传统戏也因为突出地发挥了笛子的功能，因而让人们很自然地感受到了山歌剧的伴奏特色。

还有，山歌剧团创建初期，箫也在乐队中发挥了比较突出的作用，成为仅次于笛子的重要伴奏乐器，本人亦吹奏过多年。记得剧中每逢演唱"怨调"之类的山歌悲调时，幽咽凄婉的箫声随之出现，演员唱得如诉似泣，箫声悲悲切切，产生了痛心绞肠、催人泪下的艺术感染力。有时，还以箫衬托"清板"，与山歌调结合得自然贴切，也突出了海门山歌的风格色彩。到后来,也不知何故,山歌剧中竟然没有了幽雅的箫声,实在令人深感遗憾!

综上所述,为了突出山歌剧的伴奏特色,以敝人之见,海门山歌剧的乐队配置应以笛子为主奏乐器(即特色乐器),笛子的种类可以包括梆笛、曲笛、口笛及具有笛、箫两种特色的低音笛等。其他管乐器(唢呐、笙、管、箫、葫芦丝、琴箫等)也须加强,尤其要抒发箫的特长,以便衬托出笛子的主奏地位,当然,弦乐也是不可或缺的组成部分,从而造就一支精悍的民族管弦乐队,更好地突出海门山歌剧的风格!

(2004年《南通文化》)

62. 山歌小戏《采桃》

(2005年《南通日报》)

  海门山歌剧的优秀传统小戏《采桃》，日前启程参加第三届中国滨州博兴国际小戏艺术节演出。《采桃》由陆行白编剧，本人曾有幸为之谱写了山歌曲调。1962年，此剧发表于《剧本》月刊。著名戏曲研究家赵景琛曾在《文汇报》上撰文高度称赞。陆行白是土生土长的海门人，对乡俗风情了如指掌。恋爱小喜剧《采桃》取农村景物为饰，吸收大量的民间土语，朴实无华，毫无雕琢之感，主人公兰芳与祥郎真心相爱，兰芳唱道"我像那水蜜桃子心一颗"，祥郎接唱"我不像那红沙枇杷几颗心"。还有如：癞痢头吾子自叫好、丫头个人马还要盖我朝、睏梦头里也会笑、笑好稻好一大套……诸如此类既贴近生活又富有乡土味的语言俯拾皆是，感人至深。最为精彩的要算一段《花当中顶好是牡丹王》：花当中顶好是牡丹王，人当中第一要算河南埭上李祥郎。第一是：三锄头，六铁塔，丢落车子拿扁担，摸黑起，早到夜晚，一双手里勿空闲。一个勤勤恳恳的种田汉哎。第二是：眉清目秀，唇红齿白，身强力壮，勿长勿短，标标致致一个好后生。第三是：稳稳重，勿轻佻，对别人有礼貌，讲说话轻轻叫，未曾说先带笑，老老实实性情好。第四是：天生一条好喉咙，肚里山歌数勿清，高唱三声金鸡叫，低唱三声凤凰鸣，八哥听见低下头，黄莺听见勿作声，一个哼哼唱唱的山歌郎。我心里厢数过，扳指头算过，一算算到南村北埭方圆一带，小伙子呒有一个比得上伊哎，伊个人影子就像染坊里印花印在我的心里厢。

  值得一提的是，这种歌词语言的结构属于一种自由句式，既是自由的，又在自由中有其自身的特殊规律。而且，其中还运用了大量的三字、四字、七字等叠句形式，一口气十八声地赞美了人物的外貌、行为、性格和内在特点，让人如见其人，似闻其声，留下深刻印象。如此精彩的语言特色，在祖国的文艺百花园中确属独特。

(2005年4月28日《南通日报》)

63. "红灯高举闪闪亮"

(2005年《海门日报》)

著名样板戏《红灯记》,除了京剧还有很多地方戏版本,山歌剧《红灯记》值得一提。

那是20世纪60年代,海门山歌剧团移植了大型现代戏《红灯记》。为了成功地演出此戏,排演前,我与导演、演员等主创人员赴沪观摩了爱华沪剧团演出的《革命自有后来人》(即《红灯记》的原型),虚心诚恳地向沪剧表演艺术家袁炳忠、韩玉敏、凌爱珍等学习。"文革"时,还见到了中国京剧院的杰出艺术家阿甲、袁世海(分别是《红灯记》的编剧与鸠山的饰演者)。

《红灯记》说的是,在那"抗日的烽火已燎原"之际,隆滩地区以地下党员李玉和祖孙三代为代表的中华儿女,为护送党的重要机密——密电码,奋不顾身地与日寇顽强斗争。由于内奸的出卖,李玉和被捕入狱,敌人的严刑拷打无济于事,对共产党员来说只不过是"浑身筋骨松一松"而已。在刑场上,李玉和大抒革命豪情,不屈不挠,视死如归。年仅十七岁的小铁梅,也经历了这场严峻考验,继承了父辈"千车也载不尽万船也装不完"的智慧,巧妙地与敌周旋,依靠群众帮助,冲破千难万险,终将密电码送到柏山冈游击队,全歼了鸠山等日寇。

当年,海门山歌剧团倾心演绎了这出大型现代戏,剧中的李玉和、李铁梅、李奶奶、鸠山分别由刘季方、胡瑞兰、贺戌寅、刘森才饰演,他们都是台柱演员,从外表动作到内在感情都表演得入木三分,唱腔是原汁原味的乡土风韵,念白是纯粹动听的海门方言,即使偶尔借鉴些普通话,但基本上不失方言的特色。为了表演好武打场面,还从原海门杂技团中聘请了武功教师。每到一地演出好评如潮,反响强烈,特别是各地的中小学校,都纷纷组织包场,在领略山歌艺术的同时,还受到革命传统的熏陶。

尤其值得称道的是,此剧的台词字字句句都掷地有声,构思精巧。如原先有句唱词"李玉和为革命东躲西藏",后改为"李玉和为革命东奔西忙",虽只有两字之变,可意蕴却大不相同了。剧中的唱词更是脍炙人口,质量上乘,特别是李铁梅演唱的《提起日寇心肺炸》这段:"提起日寇心肺炸,强忍仇恨咬碎牙,贼鸠山千方百计逼取密电码,将我奶奶爹爹来枪杀。咬住仇,咬住恨,嚼碎仇恨强咽下,仇恨人心要发芽。不低头,不后退,不许泪水腮边挂,流入心田开火花。万丈怒火燃烧起,要把黑地昏天来烧塌。铁梅我有准备,不怕折,不怕放,不怕皮鞭打,不怕监牢押,粉身碎骨不交密电码。贼鸠山你等着吧,这就是铁梅给你的好回答!"让人终生难忘。

(2005年10月24日《海门日报》)

64."此曲只应天上有"

——浅谈《采桃》的音乐创作

（2005年《南通广播电视报》）

海门山歌剧的优秀传统小戏《采桃》于今年4月15日参加了我国滨州·博兴国际小戏艺术节演出。此剧1962年发表于《剧本》月刊，我国著名戏曲研究家赵景琛曾在《文汇报》上撰文高度称赞。这里，我想着重谈谈对《采桃》音乐创作的粗浅感悟。

那是20世纪60年代，陆行白约我促膝长谈，主要是谈他创作《采桃》剧本的概况，并盛情邀我为其谱曲。有幸与资深的山歌剧作家默契配合当然是我求之不得的。我认真而又仔细地研读了这个剧本，觉得其中的重点唱段《花当中顶好是牡丹王》，谱曲难度相当大，因为这种特殊形式的唱词与以往山歌唱词的风格截然不同，乡土味很浓，句式格外自由，长短不一，叠句特多，情调含蓄，运用原有的基调进行创作是远远不够的。我带着这个问题与陆行白研讨，询问他编写此种唱词时对于曲调的处理框架是如何设想的。他欣然告诉我，他在创作歌词的同时，脑海里浮现出了一些崭新的山歌音调，说着他就不由自主地哼唱起来。真是好极了，曲调是那样的新鲜，大大有别于以往的山歌格局，与歌词结合得贴切自然，确实是我国著名戏曲研究家赵景琛评价的那样："我相信再好的山歌手也没有陆行白好。"于是，我就迅速地将谱记下来，作为我音乐创作的源泉，设计了音乐框架，不断加以润饰、变化，还恰当地加了长短过门，一曲有情有义、原汁原味、风格新颖、朗朗上口的《花当中顶好是牡丹王》跃然纸上。其实，确切地说，在某种程度上，陆行白才是《采桃》的第一谱曲人，我不过是做了些整理加工、修饰发展而已。

接着，我手捧初稿，与《采桃》中兰芳的扮演者胡瑞兰切磋，我还用笛子将《花当中顶好是牡丹王》逐句吹奏给她听，在练唱过程中征求她的意见，以利反复修改曲调。因为曲调是要依靠演员来唱的，所以演员对曲调最有发言权，正如战士对枪炮最有发言权的道理一样。这样，此曲就成了谱曲与剧作者及演员三结合的"产品"。

有了三结合的"产品"，最后要由观众来鉴定验收，此乃当年山歌剧团的优良传统，一改那种"出门不认货"的陋习。记得当时任海门山歌剧团指导员的陆秀章，每逢散戏后总要跟随观众走上一程，如同"私访"般倾听观众意见，然后将意见于次日的"互进会"上传达给大家，以利提高演出质量，唱响海门山歌。《采桃》上演后，当然还要想方设法倾听观众的意见,使它更上一层楼。

　　经过如此这般的不断努力,终于较完美地塑造了《采桃》的音乐形象,并在省电台录音播放,还赴上海等地隆重演出,一鸣惊人,反响强烈。尤其值得一提的是,时隔33年,《采桃》能荣幸地参加了滨州·博兴国际小戏艺术节。写到此,我想借用两句杜甫诗作为本文的结束语:"此曲只应天上有,人间能得几回闻。"

(2005 年 5 月 19 日《南通广播电视报》)

65. "再好的山歌手也没有陆行白好"

(2006年《南通日报》)

陆行白(1927—1998),中国戏剧家协会会员、中国民间文艺家协会会员,海门山歌剧编剧第一人,海门山歌剧团主要创始人之一,他给我们留下了极其宝贵的精神财富,代表作有《淘米记》、《采桃》、《洗衣记》、《三张图样》、《枫林渡》、《银花姑娘》、《看桃人》、《唐伯虎与沈九娘》、《赵钱孙李》等。

在旧社会,海门山歌被上层人士认为是俚言俗语,不能登大雅之堂而遭到歧视。新中国诞生后,时任三厂区文化站长的陆行白,发现了一首《摇船郎》叙事山歌,并在此基础上编写了第一个山歌剧《淘米记》。1957年,《淘米记》赴京参加全国民间歌舞会演。从而,开创了一个崭新的剧种,于是,1958年诞生了海门山歌剧团,在祖国的文艺百花园中争妍斗艳。

《淘米记》是一出剧情比较简洁的生活小戏,故事情节生动有趣,人物性格鲜明突出,唱词质朴优美,反映了一种本地风光,让人看了感到十分亲切,好像事情就发生在身边。尤其是此剧的乡土气息格外浓郁,运用了海门人民喜闻乐见的俚言俗语,本腔本调,妙语连珠,正如我国戏曲专家赵景琛评论的那样:"我相信再好的山歌手也没有陆行白好。"如剧中有段脍炙人口、歌颂劳动人民聪明伶俐的对歌,其中小船板子唱道:"啥种人叫作唱歌郎?啥种人叫作贩桃郎?啥种人叫作英雄汉?啥种人叫作小流氓?"小珍对唱:"哼哼唱唱叫唱歌郎,南挑北担叫贩桃郎;拿枪杀敌叫英雄汉,你这种人叫作小流氓。"小船板子又问:"啥个吃草勿吃根?啥个睏觉勿颠身?啥个生来长牙齿?啥个生来骨头轻?"小珍又答:"镰刀吃草勿吃根,石头睏觉勿颠身;礁臼生来长牙齿,你这种人生来骨头轻。"诸如此类妙趣横生、耐人寻味的唱词,着实令人忍俊不禁。

(2006年3月《南通日报》)

66. 悠悠扬扬棉山歌

(2006年《江海晚报》)

时下,金秋送爽,吹开了褐色的棉桃,棉桃的阵阵爆裂声似炒蚕豆般响遍棉田,吐出雪白的绒球一样的朵朵棉花,拭目眺望,野野豁豁的棉田像覆盖着一层厚厚的积雪,晶莹耀眼。江海平原,乡土气息浓郁的棉山歌不由得在我耳畔悠悠响起。

原先,江海平原是全国闻名的产棉区,那棉田里飞出的山歌,凸显了棉区独有的民俗风情。棉花姑娘穿戴着自己亲手纺织做成的标标致致的花头巾与花布衫,在一望无际的棉田里精耕细作。间或,这边棉田里锄箫(是一种江海平原独特的融劳作与娱乐为一体的自制民间乐器,就是在锄头的长竹柄上挖孔制作成箫)一吹,那边棉田里飞出了随心所欲即兴创作的棉山歌。如有首情意绵绵的传统棉山歌《小阿姐捐仔锄头脱棉花》唱道:"新打锄头两角叉,小阿姐捐仔锄头脱棉花;两只白胖小脚翘勒花园里,眼窥仔情郎一勿当心脱掉一颗要紧花。"还如有首有情有调的棉山歌对唱《金银山上歌声脆》,它开头唱着:"山对山来河对河,两山隔水对山歌;丰收喜悦唱不尽,棉山歌一唱千万箩。"再如有着满怀激情的棉山歌独唱《棉乡儿女怀念周总理》,其尾声处如诉似泣地这样唱道:"我伲少勿了您,我伲离不开您,我伲爱戴您,我伲怀念您,棉花淌下千滴泪,棉桃致衰把头低;泪水滚滚、滚滚泪水、泪雨阵阵、阵阵泪雨洗棉区。"

听着这首棉山歌,又听着那首棉山歌,听着听着,就汇成了一条春江水,而我乘着小木船,迎着金色的秋风,悠悠地在水上漂行,棉山歌的声音温柔缠绵,韵律甜润,在春江水上缓缓地一波接一波,不会把你搞得恍惚不定;棉山歌一点也不单薄,仿佛就是柔软的棉絮,温暖着人们的心田;棉山歌意蕴含蓄,诉说的意思你能心领神会,但你又无法言传。

棉山歌的气质是悠扬的,表达的情感是悠扬的,飘洒秀逸是悠扬的,美好憧憬也是悠扬的。悠扬的东西不会有很快的节奏,其声也不会震耳欲聋,笃悠悠地铺陈开来,情深深,意浓浓,把你一点一点地扩充发展,一点一点地推向生命的辽阔与悠远。生活多么美好!

(2006年10月23日《江海晚报》)

67.忆《银花姑娘》

（2008年《南通日报》）

海门山歌剧团正在总结建团50年来取得的艺术成果,邀我回忆起一段20世纪60年代《银花姑娘》中《青蛙打鼓闹声喧》的唱腔,因当年的曲谱资料已无法找到。经与老演员共同回忆,那段唱腔已原汁原味地整理出来。

1964年7月,我们排演了一出反映全国闻名的产棉区——江海平原的棉农成功地改造了盐碱地,夺取棉花大丰收的大型山歌剧《银花姑娘》,代表南通地区赴省参加现代戏观摩演出大会。此剧由地区文化局吴景陶局长策划,专门组成了以陆行白为主的创作班子,还从启东锡剧团借来高扬与我一起作曲。当时,正在南通拍电影《李双双》的导演鲁韧也应邀莅临指导。吴局长呕心沥血、认真负责的精神,至今还让人记忆犹新。他对错别字、不准确的标点符号,一个也不放过,凸现了一名清华大学高才生的不凡素质。这也是他留给我们的一笔精神财富,值得缅怀。

我们抵达南京江苏饭店后,还继续反复加工。尤其是为了处理好《青蛙打鼓闹声喧》这段重点唱腔,真是费尽了心血。这段唱从清新抒情的"慢对花"曲调婉转地展开,淋漓尽致地表现了银花姑娘的内心活动。节奏形式交替变换,由慢而快,并插入激越的"对花曲三",异峰突起,推向高潮。

《银花姑娘》剧组受到了省委、省政府首长的亲切接见,并多次给予了赞扬,被誉为"三花"(即无锡代表团的《红花曲》、连云港代表团的《海花》、南通代表团的《银花姑娘》)中的佳作。专家们亦对这出戏给予了很高的评价,《新华日报》发表了《江海平原开银花》等两篇评论,说我们"发挥了山歌特色,唱词具有民歌风味,通俗明快。山歌剧的演员大多来自南通棉区,土生土长,气质好,演得朴实而有朝气"。

春花秋月,斗转星移。如今,海门山歌已被我省列为首批非物质文化遗产,目前又作为第二批国家级非物质文化遗产名录推荐项目之一在文化部网站公示,让我们这些老山歌人欣慰不已。

（2008年2月4日《南通日报》）

68. 回眸《淘米记》

（2008年《南通日报》）

在纪念海门山歌剧团50华诞之际，我不禁回忆起首部山歌剧《淘米记》。如今，海门山歌已被国家正式列入非物质文化遗产，《淘米记》当然功不可没。

20世纪50年代初，陆行白发现了一首《摇船郎》叙事山歌，并在此基础上首创了山歌小戏《淘米记》。1957年，《淘米记》进京演出，荣幸地受到了周总理等国家领导人的亲切接见，并合影留念。1958年8月5日，海门山歌剧团诞生。

《淘米记》情节生动有趣，唱词质朴优美，人物性格鲜明突出，让人看来倍感亲切，好像事情就发生在身边。尤其是此剧具有浓郁的乡土气息，采用了喜闻乐见的俚言俗语，妙语如珠，引人入胜。如其中的一段对歌，小船板子先问："啥种人叫作唱歌郎？啥种人叫作贩桃郎？啥种人叫作英雄汉？啥种人叫作小流氓？"小珍姑娘明快地答道："哼哼唱唱叫唱歌郎，南挑北担叫贩桃郎，拿枪杀敌叫英雄汉，你这种人叫作小流氓。"小船板主又问："啥个吃草勿吃根？啥个睏觉勿颠身？啥个生来长牙齿？啥个生来骨头轻？"小珍姑娘机灵的答唱："镰刀吃草勿吃根，石头睏觉勿颠身，礁臼生来长牙齿，你这种人生来骨头轻。"诸如此类，唱起来朗朗上口，听起来心情舒畅。

当年上北京演出的"小珍姑娘"季秀芳，如今虽然年逾古稀，但是唱起山歌来依然呱呱叫，不妨请听一下她在剧中演唱的四句头山歌："日出东方白潮潮，哎！我小珍姑娘抄仔三升六合雪花白米下河淘，下河淘来下河淘，窥见南云窗外一只小小舟船勒浪里飘。"这曲如同美酒酿成的山歌从她口中一开腔，"哎"字一声，足足能氽出去三条明沟四条港，好似一股春江水滋润着人们的心田。她的嗓音既清脆又有"糯"性，音色优美，悠扬甜润，抑扬顿挫，节奏分明，唱出了海门山歌的江风海韵。

舞台上那淘米、摇船等情景，演员的举手投足，一招一式，一个眼神，一张笑脸，至今难以忘怀。

（2008年《南通日报》）

69. 永远怀念陆行白

(2008年《海门日报》)

　　陆行白离开我们已有10个年头了。在庆祝海门山歌剧团建团50周年的日子里，我心潮起伏，不禁回忆起与行白亲密合作的件件往事……

　　1962年的一天，行白约我促膝长谈，将他新编山歌剧《采桃》的细枝末节娓娓道来，他热情邀我谱曲。有幸与资深的国家级别剧作家合作，当然是我求之不得的。于是，我在认真仔细研读剧本的基础上，开始酝酿音乐布局，设计唱腔。期间，我遇到了一个难题，对重点唱段"花当中顶好是牡丹王"把握不准，尤其是其中大量的叠句与长短不一的自由句，跟以往的唱词风格截然不同，若运用原有的音乐元素来创作，那时远远不够的。我带着此问题找陆行白商量，询问他作词时对曲调有否设想。他欣然把作词时脑海里同时浮现出的韵律哼唱了起来。这一哼里，有他无与伦比的山歌功力！难怪我国著名戏曲评论家、复旦大学资深老教授赵景琛评价说："我相信再好的山歌手也没有陆行白好。"有他这一哼，我的心里就踏实了，顺理成章地设计了这段唱腔，一曲原汁原味、有情有义的"花当中顶好是牡丹王"跃然纸上，圆满地塑造了《采桃》的音乐形象。当年，《采桃》发表于国家级《剧本》月刊，在省台录音热播并赴上海等地隆重上演，一鸣惊人，反响强烈。

　　1964年7月，南通地区文化局策划组建以陆行白等人为主创的创作班子，新编一出改造盐碱地夺取棉花丰收的大型山歌剧《银花姑娘》，我有幸参与作曲，再度与行白亲密合作。一日，抵达南京江苏饭店后，还在继续反复加工重点唱段"青蛙打鼓闹声喧"，编剧、作曲、演员三结合，通力合作，齐心协力，此情此景，记忆犹新。他对剧本中错别字，甚至是用错的标点符号，一个也不放过，一丝不苟，呕心沥血，凸现了身为中国民间文艺家的不凡素质。《银花姑娘》在参加现代戏观摩演出时，受到省领导亲切接见，《新华日报》发表了《江海平原开银花》等评论文章，赞扬我们"发挥了山歌特色，唱词具有民歌风味，通俗明快，演员来自棉区，土生土长气质好，演得朴实而又朝气"。《银花姑娘》为海门争得了荣誉，也是行白留下的又一份精神财富。

　　1985年8月，首届海门山歌演唱会筹备创作期间，我又一次有幸与行白亲密合作。那时，我耳濡目染了他饱满的政治热情，积极投身于改革开放的浪潮中，体验新生活，讴歌新时代，大胆创新了歌词《小平同志听仔喜盈盈》。我为此词谱曲，一拍即合，声情并茂地唱出了："你看我现在是：缸里满，瓮里剩，高楼房，澄光新，四季衣，着勿尽，鸡鹅鸭，一大群，电视天线透天心，出门新车喇叭灵，组合家具照见人，银行里有钞票存。只要政策不变一直走仔这条致富路，朝后个日子更称心，好比平地造屋，屋上搭楼、楼上砌塔、塔上穿梯，一层更高一层。"行白多姿多彩的叠句形式，既发挥了山歌的传统特色,又富有强烈的时代精神,不愧为脍炙人口、雅俗共赏的佳作。这一作品得到总政歌舞团领导的高度赞扬,荣获首届山歌会唱一等奖,为以后举办的历届山歌会唱奠定了良好基础。

1998年8月24日,陆行白与世长辞,海门文艺界痛失一位成就卓著、德艺双馨的艺术家。斯人虽已西去10年,但我与他的情谊依然无法割舍,假若人能起死回生,假若人有来世,我想再与他亲密合作!如今,让人高兴的是,海门山歌已被国家正式列入非物质文化遗产,并成为全国特色文化品牌,这亦告慰了行白的在天之灵。

(2008年9月3日《海门日报》)

70. 山歌还他真面目

——忆山歌戏《唐伯虎与沈九娘》

(2008年《东洲戏苑》)

那是20世纪80年代,海门山歌剧团排演了新编历史故事剧《唐伯虎与沈九娘》。该剧由俞适、陆行白编剧,特约吴群导演,汤炳枢作曲,蔡群毅(特邀)、王信发舞美设计,领衔主演陈桂英(当年山歌剧团副团长)。

《唐伯虎与沈九娘》的剧情是这样的:

明代,姑苏才子唐伯虎,娶妻徐翠花。徐翠花系官宦之女,因嫌伯虎家境贫寒,又无功名,平日常发雌威,奚落丈夫。伯虎深受欺凌,终日闷闷不乐。

一日,在好友祝枝山提议下,两人前往兰香院,遇见了才貌双全的歌妓沈九娘,攀谈之中得知九娘学画时与伯虎虽非同窗却是共师。后来,遭灾逃荒,她失去父母双亲,陷落青楼卖艺为生。对此,伯虎深表同情,还托祝枝山千方百计替她赎身,自己则上京赶考去了。

花花公子贾山虎,对九娘美色垂涎三尺,欲占己有。但他知九娘倾心爱慕唐伯虎,便串通朝官,以莫须有的考卷泄密罪名,将唐陷害入狱。徐翠花闻丈夫入狱,推石落井,逼使其叙写休书,与之一刀两断。但是,沈九娘忠贞不渝,千里迢迢赴京探监,受尽杖责四十大棍的皮肉之苦,并冒死呈控,为唐伯虎鸣冤叫屈,伸张正义。

时隔数月后,唐伯虎平反申冤,企盼与九娘喜结连理。但徐氏不罢,硬要与休夫复婚,耍尽无赖。后在祝枝山妙计对付之下,徐氏原形毕露,狼狈失败。这样,一对志同道合的恋人,终成眷属,情投意合,流芳百世。

此剧的主演陈桂英,艺术生涯已超半个世纪,功底扎实,演技娴熟,不仅早年演活了越剧《黛诺》,而且十分精彩地主演了《白毛女》、《智取威虎山》、《孟姜女》、《洪湖赤卫队》及《青龙角》等数十个山歌剧目。她还为培养接班人付出了不少心血,如山歌新秀宋卫香出人头地,就是离不开陈桂英苦口婆心的辛勤教导。

更值得一提的是,陈桂英塑造的沈九娘人物形象,一招一式、性格刻画、唱腔运用、声情并茂等诸多方面,都能深入人心,活灵活现,感人至深,并在《南通剧稿》、《江苏戏剧丛刊》、《新华日报》、《戏剧电影报》及《剧本信息报》上得到好评,沈九娘的塑造受到广泛赞美,并为唐伯虎正了名。

此剧的演出深受群众欢迎,先后到过大丰、东台、张家港、南通等地共演出近两百场,观众达十万余人次,经济收入也相当可观。该剧还被湖南电视台摄制成上、下集花鼓戏电视剧,浙江、福建、江西等地的一些老大哥剧种也移植演出了该剧,为海门山歌剧团增光添彩,功不可没。

(2008年11月《东洲戏苑》)

71. 难忘的春节慰问演出

（2009年《江海晚报》）

人逢佳节倍思亲。在千家万户团团圆圆欢度春节之际，尤其令我不能忘记的是为了保卫祖国而远离家乡的亲人——中国人民解放军。45年之前，本人有幸前往东海舰队进行春节慰问演出，往日情怀，令人难忘。

那是1964年春节，我们海门山歌剧团与南通市越剧团代表江苏省各界人民春节慰问团第六分团，在地、市委领导率领下赴东海舰队慰问演出。亲记得，那时专程来通接我们的是《长江号》舰艇，也就是毛主席不久前首次观察过的舰艇，我们亦荣幸地登上了，触摸着毛主席睡过的硬板床，喜悦之情溢于言表。当我们抵达上海吴淞码头时，只见浦江两岸彩旗飘扬，锣鼓喧天，六十多人组成的军乐队奏响《迎宾曲》，数以千计的海军官兵夹道欢迎。闹猛非凡，情真意切。

慰问演出期间，我们深入海岛的每个角落，而对亲人解放军格外卖力地献演了《淘米记》《争儿记》等优秀山歌剧目。每逢演出结束时，总有"海门兵"来到后台，老乡见面，吴侬软语，无比亲切。而且，每到一地，我们还及时将当地部队的好人好事即兴创作成演唱材料，赶在幕前加演，鼓舞人心，倍受欢迎。从此以后，这种加演形式成了剧团的一个优良传统。

慰问演出既光荣又辛苦，往往是每日上午、下午及晚上连续"作战"，演职员们拧成一股绳，精神抖擞，通力合作，战胜疲劳，从不叫苦。有一次移地演出，我们乘坐《南昌号》军舰在东海航行，那真是无风三尺浪，军舰晃荡得厉害，不少演员因不适而头晕呕吐，疲惫乏力。但我们并未因此停演休息，而是依靠坚强意志战胜体力不支、神志不清的困难，心里觉得为了慰问子弟兵再辛苦一点也是值得的，把对子弟兵的衷心拥戴和深情厚谊，倾注在一招一式的表演中。

子弟兵对我们的关怀更为无微不至，他们将自己亲手喂养的大猪拉出来屠宰，把自己养殖的活蹦乱跳的大鱼捕出来慰劳我们，在当时副食品供应紧张的情况下，尽量改善我们的伙食，甚至还敬上茅台美酒以表深情，简直把我们当作了国宾。招待所整齐干净自不必说，被褥铺好了还不算数，连被角也已掀好，只盼我们睡得格外香。这样，使我们在短短的个把月时间里，每个人的体重都增加了好多斤。

最最令人难忘的是东海舰队司令陶勇中将。当我们乘坐的快艇离舟山还老远老远时，这位老将军早已亲临码头等候。在往昔漫长的战争年代，陶司令转战在我们通如海启地区，与人民群众"吃一锅"、"点一盏灯"，同生死，共命运。陶勇部队赫赫有名，把敌人的胆也吓破了！为我们南通的革命事业屡建功勋。还有，上世纪五六十年代，东海舰队常为我们排忧解难，是东海舰队多次派来飞机为我们棉区喷洒农药，是东海舰队派来快艇将南通特大车祸的数十名烧伤病员送沪抢救……急人民之所急,帮人民之所需。东海舰队与南通人民,就是有着这种历史渊源和千丝万缕的特殊感情,一往情深,铭刻在心。今天,当我们带着南通父老乡亲的一片心意,捧着海门山歌的悠悠乡音,来到骁勇的战将身边,不是亲人胜似亲人,他怎能不特别关爱!激动的泪水流淌在我们的笑脸上,也永远流淌在记忆的长河里……

(2009 年 1 月 25 日《江海晚报》)

72.《中国海门山歌集》补遗

(2009年《海门日报》)

去年,中国戏剧出版社出版了《中国海门山歌集》(以下简称《山歌集》)。我读来,在可喜可贺之余,以为尚存遗珠之憾,在此略作补遗。

"绕口山歌"是海门山歌中别有风味的一个门类。这类山歌幽默诙谐,风趣至极。这本《山歌集》仅收一二首。其实此类山歌好的还有不少。比如这一首:"结识私情东海东头东到东海边哎,小姑娘住在酒缸酒瓮酒缸缸盖盖缸边。天上大龙小龙乌龙白龙绞绞男女男男女男男女男男女男绞绞,倒串竖头下来要吃我糯米酒缸酒瓮酒缸缸盖边里水哎。小姑娘在厢房里面梳妆台上一把龙凤剪刀爪宽绞,紧绞宽爪紧绞来绞去,绞私情相对(勒特)绞郎仔面哟。"(见1996年《海门县志》第753页"山歌词选")

新山歌中也有不少名篇,值得收录,如《小平同志听仔喜盈盈》。1985年8月,海门举办首届山歌会唱,陆行白以饱满的政治热情,大胆创作了《小平同志听仔喜盈盈》。这首山歌有声有色地唱道:"我唱山歌铃铃响来响铃铃唷,哎!顺风传到北京城。北京城内中南海里小平同志听见仔歌声开窗朝南望见仔我唷,问问我唱歌郎,为啥唱个山歌悠悠扬扬能个拔远声?我唱歌郎叫声你小平同志啊!你看我现在是:缸里满、瓮里剩、高楼房、澄光新、四季衣、着勿尽、鸡鹅鸭、一大群,电视天线透天心,出门新车喇叭灵,新打家具照见人,银行里有钞票存。只要政策勿变一直走仔这条致富路,朝后个日子更称心,好比平地造屋、屋上搭楼、楼上砌塔、塔上穿梯,一层更要高一层。我越唱越高兴,力气长千斤,中气足、有精神,故而唱格山歌能个拔远声。我唱歌答话嘻嘻笑啊,小平同志听仔喜盈盈。"此首歌词的乡土气息浓郁,恰到好处地运用了山歌的三字、四字、七字等叠句特色,既充分发挥了山歌的地方风格,又富有强烈的时代精神,脍炙人口,雅俗共赏,荣获首届山歌会唱一等奖。

诸如此类,还有2002年第四届山歌会唱中出现的《海门春来早》。词出于海门籍词作家梁学平之手,海门风味浓郁,在短小精悍的词作中,描绘春色佳景达五六次之多。此作在这届山歌会唱上获取最高分的殊荣。这样的歌词不该被遗漏:"小河唱歌,桥孔吹箫,春水潺潺皆歌谣。姑娘摇船穿桥过,泛起满河春潮。一孔小桥一支箫,吹奏古曲新调。小河唱歌,桥孔吹箫,春光融融花枝俏。春水相通桥相连,网住多少春调。一孔小桥一支箫,吹奏海门春来早。"

海门山歌经过数十年的艺术实践,山歌剧《采桃》中的一段"花当中顶好是牡丹王"唱腔,早已唱遍了江海大地。此外,还有《声声山歌颂家乡》(仁岳词、永康曲),也曾传唱多年,人们耳熟能详。2002年,南通市举办首届民歌号子比赛,此曲获一等奖。依我之浅见,这些作品也值得收录。

(2009年3月《海门日报》)

73. 美酒飘香"青龙角"

（2009年《东洲戏苑》）

改革开放以来，乡风淳朴长江北岸的太平村，新上任的小小土管所长赵土根，本是个成天乐呵呵的老酒仙，"小田鸡出翅飞上天"，深感"这副担子重甸甸"、"硬硬肠来狠狠心"、"要学木匠弹线总不偏"、"昨夜向老小姐发宣言，从今勿再吃老酒，免得做糊里糊涂吃酒官！"然而，何其难哉！前面刚以"戒酒"为由，将那些送上门来"看看心里也醉"的颐生酒、茵陈酒、醉蟹酒等退回去，后面却来了未来的亲家，欢乐畅饮之时递上土地申请书，且以亲事相要挟。为让"家家同走富裕路"，他欲秉公将青龙角这块龙脉之地批给年轻时曾与之相恋而今陌路守寡受穷的绣花能手孙桂英，却被20年共患难的妻子误会为"桃色新闻"。更有人，"水沟开到路中间"，"土地爷于幕夜之中，一身烂泥，更闻听满耳闲言碎语"，还更有甚者，"拿起一把老斧头，说要杀你这个老骨头"，"让阎王爷请你去吃老酒"。一时间，老酒仙"甜酸苦辣味难分"、"荷叶当伞遮挡难，本以为秉公办事总不难，哪晓得，看似不难却真难"。然而，"帆张船移岸不动"，他坚信，"问心无愧心似镜，是非曲直有公论"。终于，赵土根以真情赢得了乡亲和亲人的理解，圆满解决了这场土地官司。而就在这曲曲折折、是是非非之中，我们看到了一个社会主义新时期的农民形象，看到了这个"实实在在、公公正正、踏踏实实、勤勤恳恳、认认真真、了了清清"一个"芝麻粒屑官"。

《青龙角》最具特色的轻喜剧的艺术风格，将严肃的主题和纷繁复杂的现实生活浓缩在源远流长、中国特有的以亲情和血缘为网织成的"酒文化"现象中。剧作以"酒"为媒，贯穿全剧，既是主人公性格的基调，也是剧作艺术风格的基调，又是全剧矛盾发展的关键动因。从老酒仙的痴酒、戒酒、醉酒，到无可奈何地以酒为计，以致最后硬碰硬、杯碰杯的对酒，"杯子破裂有何妨，我真情撒得面桌香"，作者以生活的乐观情趣，展现了人物性格的生动丰富形象，以一波三折的喜剧场面，给观众带来了止不住的笑声和醇酒饮尽后的余香。

剧中两位男女山歌手和几位群众演员串场以及幕后伴唱帮腔，或入戏渲染情景，或出戏交代剧情，使舞台更为写意、流畅。山歌剧"海潮音浪花调"的音乐特色，由这些长期生活在基层的演员们唱出，更显得情真意切、韵味醇厚。而剧作的语言十分富有民间色彩，不仅朗朗上口，而且充满了谐谑情趣，更给全剧增添了一种音韵音律和天然之美，凸显了土生土长的剧作家陆行白的语言功力。

1993年5月，应文化部邀请，《青龙角》在北京儿童剧场亮相，文化部、中国剧协、中国土管局及有关部门的首长、专家、学者等观看了演出，笑声阵阵，掌声不断，好评如潮。而且，《人民日报》、《光明日报》、《北京日报》、《新民晚报》、《中国文化报》、

《中国土地报》《中国文化报》《文艺报》《剧本》《新华日报》等纷纷做了报道,给予充分肯定和鼓励。时年12月,《青龙角》参加了江苏省首届戏剧节演出,共荣获剧目奖、导演奖、音乐设计奖、舞美设计奖、优秀表演奖、表演奖6个奖项。

最令人难忘的是,已故著名作曲家海门人龙飞,当年曾为《青龙角》的音乐设计付出了颇多心血,但他执意表态不要署他的名字,甘当"无名英雄",这种将名利抛到九霄云外的崇高境界,多么值得我们后人学习!

(2009年4月《东洲戏苑》)

74. 从《欢送老吉》说开去

(2009年撰稿)

  偶然间,翻阅了1998年7月的《海门日报》,其中有篇郭建龙写的小说《欢送老吉》引起了我的注意。阅后,感慨不已,浮想联翩,老吉即周志方也。
  如今,周志方已步入九旬高龄,穿着打扮依然保持着"传统"风格,不过脚上常穿的是46码军用跑鞋,他说穿这种鞋既跑路轻松,又不易滑跤,还省去了做布鞋的麻烦。为此,他常到海门军用品门市去选购,顺便与朋友碰碰头。还有一点不同之处,近年来他已不骑自行车了,而将自行车当作拐杖使用,他说这种"拐杖"既稳当又灵活,这比木拐杖好。他虽已使用这种"拐杖",身体还是挺不错的,这与他年轻时打大步拳、舞大刀花、横渡长江等不无关系。每日早晚要去自留田劳作一番,或者弄弄他的花草,以花会友那是家常便饭之事。几乎每日都要上长兴镇,往返笃悠悠走上七八里路,也时常弯到我处,或买些豆制品什么的回家。平日里,喜欢带着4岁的玄孙,隔三岔五与老友通通电话,照常自己动手烧饭做菜。一到晚上,长时间泡脚是必不可少的,这也许亦是他的一种长寿之道。
  周志方的往昔又是怎么样的呢?童年时,他与沈计达是长兴小学的同学,亦是世弟兄。新中国成立前夕,沈计达曾动员其参加民工队渡江支前,但因他是独子,父母百般阻挠而作罢。尽管如此,他这个人的骨子里是以人为善的。比如,抗日战争时,他是个继承父业的"称踏子人"(相当现时的市场管理员)。一日,他发现一位群众被抓进了日本特工队,原因是此人路经特工队门口时,朝里面望了一眼。这一抓可不得了,不仅要遭受严刑拷打,而且还要赔上十来担元麦方能将人赎出来,纯属一种"敲竹杠"做法。在这危急关头,老吉想起了曾与特工队炊事员比较熟悉(因为此人常到老吉手里买菜),为搭救群众,他毅然决定见机行事,利用那位炊事员转弯说情。当然,这个群众脱险了。后来,那位炊事员到老吉处买菜总要占不少便宜,换言之,老吉自己反而因此赔了别人的人情。至于这位被搭救的群众,直到老吉去了山歌剧团,一旦遇到总要千恩万谢。好人自有好报。
  周志方的人缘关系是相当好的。当年,剧团经常在外演出,难得回海门,而老吉既是会计又兼总务,到海门办事机会较多,演员们常会托他带些钱物什么的,他总是不怕麻烦挨家挨户及时送达。团内有时也会发生些口角,大度的老吉从不参与,他说这本来就是无所谓的小事,何必两个不好而好一个呢?其实,这倒并非是"和稀泥",而是一种境界,是一种处理好人缘的诀窍。尤其在"文革"动乱期间,那时有三个"牛鬼蛇神"交给老周看管,而这几个人原来又都是他的好友,对此,他既不"护短",也不"墙倒众人推",更不在生活上虐待他们。老周除了参加党组织以外,没有参加任何造反组织,但他心里有数,这些人并不坏,不值得"打倒",应该平等相待。后来他们都"解放"了,老周依然如故与他们友好相处。总之,团里这么多人都与老周很好,在他八十大寿时,尽管他不愿操办,团里的数十个人,还是不约而同乐意上门祝寿,没有好人缘绝不会出现此情此景。好人一生平安。

附:

《欢送老吉》

老吉被辞退是迟早的事,没想到这么快,我感到有些突然。局里定于今天下午五点钟欢送老吉,水酒一杯,这是不成文的公家规定了。

老吉是局里借用的会计,今年虽已69岁,但身体特棒,精神特好,借用到局里当会计已有七八年时间了。老吉退休前是县剧团里的总务兼守门收票。退休时,原来的剧团团长、当时的局长请他到局里代几年会计。老吉知道会计工作的繁杂和会计角色的难当,不太愿意去,碍于老团长的情面,办完退休手续后,回乡下小住了几天,还是到局里来上班了。

我比老吉晚大约半年时间到局里工作,那天到局里报到,颜秘书把办公室的同志逐一向我做了介绍。当时老吉不在,颜秘书指着没有人的办公桌:"这是局里的会计——吉志方。"我心里暗暗一笑,吉志方肯定是个大家闺秀,还迟迟不肯见我呢。待我刚刚安顿下来,门口来了一位人高马大的老头,稀疏的几根头发,亮亮地秃着尖尖的顶,一副很旧的眼镜架在高高的鼻梁上,手提着一只用旧化肥袋改做的长方形提包,身着粗白布衬衫、浅灰色大裆裤,脚穿很旧却蛮干净的圆头布鞋,我以为是哪个乡下老头来捐献文物呢!颜秘书笑笑指着我对他说:"吉会计,这是局里新来的小谷同志。"

下午五点,骑车来到城东头比较僻静的杏花楼酒家。

欢送老吉,我的心情比较矛盾。我们是一对难得的忘年交。本不想参加,因怕伤感情,欢送会一开,表明老吉真的又要回到乡下去了,有些依依不舍,但想起与老吉的交情,不去觉得不好,便匆匆赶去了。局里的其他同志都到了,只剩下老吉还没有来,他是主角,他不来,我们只好等。按平时每次有什么活动,他都是准时到达。他说,酒宴提前去,那是你馋;开会提前去,那是你有官瘾;如果你迟到,那是你打官腔,不尊重人。今天不知什么原因,他不准时了。

大家坐在一起,空着肚子等着老吉,便闲聊起来,聊的话题必定是老吉的过去。

离休的老局长说,老吉是个能人,做会计几十年来,从无差错,年轻时还能弹一手很妙的琵琶。艺术股的老李说,老吉是个怪人,同他一宿舍睡觉,外面敲门找人,如果不是找他,而外面要找的人又不在宿舍,那么外面的门敲的再响,他也不会回应的,问他原因,他说不是找我,何必多此一举。群文股的小张有同感,同他一起到办公室,有一次小张走在前面而门上的钥匙忘记带了,叫老吉开门,老吉是不开的,问他原因,他说没有钥匙为何抢在前面走。分管财务的施局长说,老吉是个爽直的人,有的发票按财务规定不能报支,而我由于一时疏忽给予签字准报了,到他那边还是给退了回来,即使是我的发票也是如此。人秘科长说,老吉是孝子,继母今年已89岁高龄,老吉每星期都要骑车回家一次,来回40多公里路程,无论刮风落雨,从不间断,老吉说,即使落铁,也要回去,老娘一星期见不到我,就要跟家里人发脾气。我亦凑上热闹说,老吉是个倔强的老头,我几次问他为何爱穿老式大裆裤,他说他8岁亡母,从小就穿由继母改制或缝补的父亲的旧大裆裤,现换穿新式裤子不习惯。

聊着聊着,出去找老吉的颜秘书回来了,他喘着粗气对大家说,老吉不来了,已回乡下,给我们留下了一张条子。

老吉的条子是这样写的:

没有什么原因,也不是看不起大家,我年纪已大,"欢送"不起,权且我在,望大家尽兴。明天回局里继续办理交接。

(《欢送老吉》作者:郭建龙)

附　录

附录一

75. 可贵的《一路笑声》

（2009年撰稿）

曾任海门山歌剧团业务团长、中国戏剧家协会江苏分会会员、市政协委员的邱笑岳,于年近古稀时,撰写了厚厚的一本著作《一路笑声》,让人读来倍感亲切、朴实、幽默、愉悦,字里行间还渗透着浓郁的乡土气息,格调清新,别有特色,可以说是本很可贵的作品,值得赞赏。

我与笑岳是同年同月同日考入海门山歌剧团的,亲密相处了数十个年头,亲记得一起横渡长江,一起切磋琢磨,一起品尝剧团生活的甘甜,情长谊深,亲如手足。他在作品中多次提到了我等众多挚友,着实令人感到亲切。换言之,此作独有一种很强的亲和力。作品中叙述了发生在他身边的人和事,初读时感到好像并不稀奇,但经细读后,觉得这样真实地反映生活,虽属不太稀奇,但可产生一种并不简单的亲和力。既然作品具有很强的亲和力,其吸引力当然也就不言而喻了。当今文坛,有些文艺作品都在追求一种美其名曰"名人效应",真正是"名人"又有"效应",那当然是读者求之不得的大好事,但那种刻意追求、故弄玄虚、呆滞苦涩、华而不实、生搬硬套、矫揉造作的所谓"名人效应",让人读来差点儿"隔夜饭也要呕出来"。故我以为,笑岳这种实实在在、亲亲切切、平平常常的内容,反而显得难能可贵,受到读者的青睐。

此作语言朴素、土语连篇、幽默诙谐、笑料百出,这也是他的一大亮点。这样,一方面增添了作品的趣味性,与书名《一路笑声》一拍即合;另一方面在书中出现了不少沙地土语,使作品别有语言特色。举个例子说,作品一开头的第一句话说:"1942年3月1日,农历正月十五,那天齐巧是上元节。"其中的"齐巧"两字属沙地土语,而且是首次被运用在文学作品中,这就凸显了此作的语言特色,让人感到格外亲切。如将"齐巧"两字改为"恰巧"或"逢巧"等的话,当然也未尚不可,但我是觉得它们都比不上"齐巧"那么生动贴切。诸如此类的沙地土语,在作品的很多地方被采用了,从而加大了此作的可读性,为作品增光添彩。

众所周知,笑岳是我市难得的"土产"笑星。大都市的笑星当然是人们赞不绝口的,但我们的土产品也并不简单啊,他的肚子里有的是让人发笑的沙地土语,手上有的是很风趣的土里土气的动作,这种语言和动作经他发挥出来,就不时引来哄堂大笑,称赞不已。但也有人认为这是"推乌气",我却认为这不属于"推乌气",而是容易被海门的父老乡亲所接受的东西。老百姓容易接受,这也是衡量艺术水准的重要标志,这也是一种很不错的艺术感染力,怎么会是"推乌气"呢?总之,笑岳这种深受老百姓欢迎的表演艺术值得称赞,值得弘扬!行文至此,意犹未尽,亲记得一次团友等相聚,有人于席间数十次地邀请邱笑岳讲笑话,他毫不推辞,滔滔不绝地讲了数十个笑话,真不愧是位海门笑星。

(2009年5月撰稿)

76. 施雪芳领衔主演《余丽娜之死》

(2009年改稿)

施雪芳这个名字,对于上了点年纪的海门父老乡亲来说,以如雷贯耳来作比喻,是恰似其分的。

施雪芳在妙龄少女时,只不过是一位天真烂漫的小歌手。20世纪60年代初,她跨进了海门山歌剧团的门槛,那时只跑跑龙套,演演老旦之类的一般角色。后来,她经过一番勤学苦练,加上自身固有悟性好的特点,很快就挤进了主要演员的行列,曾在《罗汉钱》、《杜鹃山》、《槐树庄》等诸多剧目中饰演主角,艺术成就广为人知,并当选为县人大代表,被中国戏剧家协会江苏分会吸收为会员。

1964年,山歌剧团赴省参加现代戏观摩演出,参演剧目是《银花姑娘》。当年,21岁的施雪芳觉得塑造银花娘这个人物具有相当大难度。说来也巧,此时徐州柳琴戏剧团正在演出《志群接鞭》,剧中的志群娘演得格外出色。心有灵犀一点通的施雪芳不仅在观摩时学得出神,边看边比划架势,而且还专门赶到"志群娘"身边讨教。功夫不负有心人,她终于把银花娘的内在气质、思想情感表演得入木三分。其间,《新华日报》还专题发表了《银花姑娘会晤志群娘》的评论文章赞扬来自棉区的优秀演员——施雪芳的虚心好学精神。

平日里,施雪芳在与作曲一起设计研讨唱腔时配合默契,一拍即合。无论是《丰收之后》赵五婶的唱腔设计,还是《槐树庄》郭大娘的音乐布局,都能使作曲比较得心应手。尤其是《金训华之歌》,其中沈大娘唱的"毛泽东思想闪金光",唱词共有30多句,曲调亦很复杂,包括有慢中板、中板、清板、紧拉慢唱及流水板等多种板式变化,是山歌剧中罕见的大段成套唱腔。她在练唱时,充分发挥了自身嗓音清脆明亮的特长,使那高音区刚劲挺拔,委婉处浑厚深沉,将这段山歌演唱得好比是有滋有味的佳肴,油多、量足、色香味俱全,味道好极了。

特别突出的是,1980年,施雪芳在《余丽娜之死》(根据小说《代价》改编)中担当了领衔主演,一鸣惊人,反响强烈。但是,这里也并不是一帆风顺的。那时,当她正在为担纲余丽娜而踌躇时,她的爱人蔡锦浩(曾任苏州大学文学院院长、苏州市政协副主席)放假回来,百般热情地鼓励和支持她挑此重担,手把手地帮助她分析剧本,并借来数本参考资料充实她的内心情感,为她很好地进入角色创造条件。施雪芳能演好余丽娜,她的那位"另一半"功不可没。通过如此这般的努力,她久积在胸的情绪记忆一齐涌上心头,"四人帮"横行时,一位女干部被逼投河的惨剧浮现脑际,几位老干部被暴徒严刑拷打、示众游街的景象似电影般映入眼帘,在她心里激起了汹涌怒涛,终于令她迸发出一句激愤话语:"要为屈死的冤魂伸张正义!"这样,特定环境中的思想情感、精神气质及美好心灵,在舞台上被她淋漓尽致地展演了出来,情真意切,栩栩如生,产生了强烈的艺术感染力,正如众人赞扬的那样:"施雪芳把余丽娜演活了。"1980年12月,该剧参加省戏曲现代戏观摩演出,《新华日报》给予很高评价,省电视台、电台广为热播,深受欢迎。

　　施雪芳的台下功德也是值得一提的。她在日常生活中,富有同情心,很重视友情,助人为乐。当她发现乐队中吹笛的同志,冬天一双手露在外面很冷,她就主动帮他结了一副手指头能外露的绒线手套。对于"饱吹饿唱"的道理她也心里有数,但那时粮食又是计划供应的,她就将自己省下来的饭票奉献给那位吹笛者。当年,我们团里还有个常发癫痫病的演员,一发起来就神志不清,两眼上翻,四肢抽搐,口吐白沫,喉咙里发出痰鸣声,甚至大小便失禁,但施雪芳却能以姐妹的爱心对待她,使她在剧团的流动生活中依然吃得好、睡得香,迅速康复。此情此景,今日回忆起来仍令人感动不已。

(2009年5月)

77. 山歌苑中"一枝花"

——记山歌剧团主演胡瑞兰

（2009年改稿）

胡瑞兰原是山歌剧团的主要演员，她主演的剧目颇多，如《采桃》、《红嫂》、《三张图样》、《决算以后》、《长工与小姐》、《双玉蝉》、《刘三姐》、《红灯记》、《杨乃武与小白菜》、《江姐》等。1997年，她改行从商，曾当过南京晨光机械厂商业服务公司总经理，被评为中国航天部新长征突击手、南京市先进工作者，还光荣地加入了中国共产党。现已退休多年，在南京安度晚年。

1962年，刚进团两年的妙龄少女胡瑞兰，勇于挑起了在《采桃》中饰演主人公兰芳的重担，她不仅将主人公演得格外出色，而且在唱腔方面很有建树。尤其是《花当中顶好是牡丹王》那首山歌，乡土气息特浓，具有原汁原味的山歌风格，还突破了原有唱腔的格局，让人听来感到分外清新，并与歌词结合得贴切自然，字正腔圆，板清情真，一口气十八声地顺口流畅，很好地塑造了兰芳的音乐形象。是年，省电台专程来海录音，将这段脍炙人口的山歌在全省多次播送，深受山歌迷们的喜爱。如有位民间山歌手龚素芳（平山公社的大队妇女主任），因迷上了"牡丹王"这首山歌，曾专程登门拜访胡瑞兰，虚心求教，索取曲谱。从此，每当夏夜，清风明月，宅头乘凉，她就情不自禁地轻吟浅唱，如诉衷肠，把祥郎夸赞得活灵活现。1996年，于"乡镇广播自办节目"中，她依然有情有调地唱起了此曲，使之广泛流传，并荣获乡镇广播站自办节目南通市一等奖和省三等奖。

20世纪60年代，山歌剧团移植了一出情节生动又感人至深的现代戏《红嫂》，此剧反映了解放战争时期，沂蒙山以红嫂为代表的广大人民群众，与人民军队血肉相连的鱼水深情。红嫂以自己的乳汁救活了垂危的伤员，并为亲人熬鸡汤滋补养生。在剧中饰演红嫂的是团里当年的主要演员胡瑞兰，她在舞台灯光的照耀下，显得格外光彩夺目。当时，她20多岁，大大的眼睛，甜甜的酒窝，长相漂亮，聪明伶俐，很有观众缘。她的表演风格清纯率真，身手利落，演技娴熟，令不少观众为之迷醉。曾记得，有次在南通三余镇演出《红嫂》，有的观众虽已连续多次观看仍不过瘾，追随剧团至金沙镇还未看够，又追到三厂镇再度欣赏。作为我们基层的农村剧团，追星族追观100多里的空前盛况，这在山歌剧团的历史上实属罕见。

《红嫂》中有段对花慢中板"熬鸡汤"，胡瑞兰有声有色、有情有谊地唱道："点着了炉中火放出红光,青烟起火光闪闪非同寻常;平日里只煮过粗茶淡饭,今日里为亲人细熬鸡汤。续一把蒙山柴炉火更旺,添一瓢沂河水情深意长;但愿他早日里恢复健康,消灭那反动派重返前方。"她以自己独有的甜嗓子,唱出了原汁原味的山歌风格,抑扬顿挫,丝丝入扣,软糯悠扬,声情并茂,深深地打动了观众的心。

1997年,"熬鸡汤"荣幸地入选《中国戏曲志》。

(2009年5月)

78. 贴近生活自然美

——记山歌"丑星"陆建平

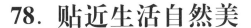

(2009年《海门日报》)

海门文艺界有位年近八旬的"丑星"陆建平。年轻时,他在茅镇业余剧团从艺。随后,成为海门山歌剧团"开天辟地"的元老之一,其间,曾演出《智取威虎山》、《借妻》、《陶福增休妻》、《丑人计》、《满意勿满意》及《有钱就是爷》等数十个山歌剧目。退休后,仍耕耘不辍,重返舞台,为山歌事业奉献余热。

出生于茅家镇"稻香村"的陆建平,从小钟爱文艺,少年时就爱读《水浒传》等名著。14岁那年,迷上了滑稽戏,深受喜剧艺术的熏陶。在茅镇业余剧团时,曾饰演歌剧《小二黑结婚》中的反串男扮女装的"三仙姑",还在活报剧《杀人犯李永春》中扮演被害人黄思九,并积极参与宣传"新婚姻法"等演艺活动。还与刘季方、季秀芳、贺戍寅、王业善等"黄金搭档",去全县各地巡回演出,质量上乘,名声不小。

1958年,为创建海门山歌剧团,陆建平也付出了一番心血。曾记得,当年的南通地区文化局洪督学,特邀他编出了山歌小戏参加省里会演,于是,他通宵达旦赶写《王瞎子算命》(后改为《瞎公公看会》)。此戏在宁一炮打响,荣获剧本创作奖、演出优秀奖,并由江苏人民出版社出版发行。

"文革"时期,陆建平在《智取威虎山》中扮演栾平(小炉匠),威虎厅百鸡宴杨子荣舌战小炉匠,小炉匠被演得奸刁滑赖,阴险毒辣,入木三分,给人留下了不可磨灭的印象,使不少山歌迷往往不叫他的名字,而直呼其为"小炉匠",可见他塑造人物的功夫之深。

他还曾在清装戏《借妻》中出演王小二,一招一式,有板有眼,唱腔念白,字正腔圆,将那"王小二过年,一年不如一年"的情景表演得淋漓尽致,活灵活现,深深地吸引了观众的眼球。他之所以能将王小二等演得如此到位,与他平日专攻丑角而切磋琢磨是密不可分的,他还从诸多剧种的丑角那里吸取"营养",但又不受这些丑角模式的束缚,创造性地塑造了一个个丑角形象,成为我们剧团当之无愧的"丑星"。

曾记得,还发生过这样一则趣事。那就是1960年的一日,我们在唐家闸演出《借妻》,有位观众徐永章(苏州书法协会)看完戏后,意犹未尽地来到后台寻找"王小二",痴情地迷上了陆建平,从此两人结为挚友,常来常往,情长谊深,即使他人在苏州,但至今依然保持着亲密关系。一年春节,这位"粉丝"还带了全家人马,专程来海门格外亲切地看望陆建平老人家,这在我们剧团的历史上实属罕见。

如今,年近八旬的陆建平,人老心不老,依然闲不住。1990年,为揭露社会上尚存的虐待老人恶习,他与刘季方自编自演了山歌讽刺剧《有钱就是爷》,举手投足,表演逼真,有情有义,感动人心,电视台也前来录像。在香港回归祖国的喜庆日子里,他又与刘季方自编自演了沪剧说唱《香港娘舅逛海门》,贴近生活,自然真切,而后反响强烈,轰动一时,市红十字会文艺演出队还将此节目移植赴通演出,喜获高度评价。

　　特别突出的是,为表彰他数十年如一日地从事文艺事业的可贵精神,海门镇人民政府特为他颁发了"特色文化明星"荣誉证书,全镇仅有两人获此殊荣。

(2009年6月《海门日报》)

79. 乡村"牡丹王"
——记民间山歌手龚素芳

（2009年《海门日报》）

原平山公社港东大队妇代会主任龚素芳，今年66岁，天生一副好嗓子，肚皮里山歌交关多。尤其是她49年如一日，咏唱了海门山歌《花当中顶好是牡丹王》，从乡村唱到县市，展翅飞向南通，进而遍及全省乃至祖国各地。

龚素芳的祖母早年是当地有名的老山歌手。龚的母亲虽已75岁，但唱起传统山歌《结识私情懒猫狔》，依然很有味道。龚素芳从小就受到家传的艺术熏陶，14岁起在农村文艺舞台上初露头角，传唱的山歌有《十二月花望郎》、《日放红光小学生进学堂》等，而且能歌善舞，小有名气。

20世纪60年代初，龚素芳有幸从海门山歌剧团学得了《花当中顶好是牡丹王》（陆行白编的山歌剧《采桃》中的选曲）。从此，每当夏天，清风明月，宅头乘凉，她就自然地轻吟浅唱，如诉衷肠，把情郎夸赞得活灵活现，使那《牡丹王》能在民间流传。凡是节日的演出，或者逢到公社里会前的即兴节目，人们总是喜欢邀她唱《牡丹王》。1964年，她参加了社教工作队，把《牡丹王》带到海安、如皋及如东等地，也征服了当地观众。1996年，在平山乡广播电视站自办节目"农村妇女文化中心户活动"的录音报道中，她又深情地唱起了"花当中顶好是牡丹王，人当中第一要算河南埭上李祥郎。第一是，三锄头六铁塔、丢落车子拿扁担，摸黑起到夜晚，一双手里勿空闲，一个勤勤恳恳的种田汉……"绘声绘色的歌声把妇女们都逗乐了，为整个广播节目增辉添彩。这档节目参加了南通市广播电视局和省广播电视厅"乡镇自办节目"的评比，荣获南通市一等奖和省三等奖。

1997年，在喜庆十五大的日子里，为表达我们山歌之乡向党献礼的心愿，她依凭民间山歌手的优势，"底气"十足，又深情地讴歌了一首创新的戏歌——《唱支山歌给党听》。翌年，党的生日那天，市广播电台还特地播放了她的这首戏歌。

2008年夏，年过花甲的龚素芳，在常乐镇张公祠的一次乘凉晚会上还连续唱了好几首海门山歌，赢得了一致好评。更令人欣喜的是，她已将《花当中顶好是牡丹王》这首山歌，逐字逐句、一板一眼地口口相绶给她那正在上初中的外孙女，让海门山歌代代流传。

民间山歌手龚素芳，虽然没有很多声乐技巧，但是她对山歌魂牵梦萦，格外喜爱，从而以独特的演唱风格脱颖而出，成为深受父老乡亲喜爱的民间山歌手。

（2009年6月）

80. 化腐朽为神奇

——《淘米记》由毒草变香花

(2009年《东洲戏苑》)

众所周知,《淘米记》是海门山歌剧的"开天辟地"制作,怎么是毒草呢?说来话长。

原先,海门民间口口相授、代代流传着一首长篇叙事山歌《摇船郎》,他的开头这样唱道:"日出东方白潮潮,小阿姐妮抄仔三升六合雪花白米勒将下河淘;下河淘来下河淘,眼窥南云窗外一只小小舟船浪里飘。"1955年,陆行白在此基础上,首创了海门山歌剧《摇船郎》(《淘米记》的前身),由当地的三厂中心镇业余剧团排演,并参加海门业余文艺会演。

紧接着,此戏赴南通参加会演。演出时,小船板主的流氓气焰嚣张,满台飞舞,独领风骚,喧宾夺主,邪气横行,简直乎压倒了正面人物小珍姑娘。相反,主人公小珍姑娘却演得黯然失色,软弱无能,幼稚羞涩,处处被动,舞台上出现了主次不分、本末倒置的局面。这样经省、地领导审查下来,《摇船郎》被定性为毒草。这一事与愿违的结局,让人尝到了失败的滋味。

怎么办?海门文化馆的陆国荣等有识之士,认为此剧的文化底蕴很好,乡土气息特浓,尚有值得修改的余地。更何况,曾有不少优秀戏曲作品,亦能化腐朽为神奇,难道我们不能效仿?于是,抱着"咬定青山不放松"的坚定信心,绝不因此作罢,而在接受深刻教训的前提下,集中力量从剧本、导演、演员及音乐等方面多管齐下,并将剧名改为《淘米记》,决定优选茅镇业余剧团担当排演,请小巧玲珑、扮相漂亮的季秀芳主演小珍姑娘,请可塑性很强的刘季方饰演小船板主。整个舞台调度,一招一式,举手投足,皆围绕着主人公转,浓墨重彩地美化小珍姑娘,竭力丑化小船板主。特别突出的是,季秀芳那种"海潮音浪花调"的山歌唱腔,"哎"字一声足足能飘出去三条明沟四条港,滋润着人们的心田。而那小船板主被刘季方演得比原来收敛了很多,一改以往满台飞的缺点,一举一动都服从于小珍姑娘,尽管那样奸刁滑赖,张牙舞爪,但终于丑态百出灰溜溜地败下阵来,大快人心。修改加工后的《淘米记》,首先为广大开河民工试演,然后再向县领导汇报演出,得到了时任县委副书记倪汉民等的一致认可。

1956年,重整旗鼓的《淘米记》赴通调演,反响强烈,好评如潮,精彩纷呈,掌声雷动。当然,这与演员辛勤的二度创作是密不可分的,达到了主次分明、恰如其分、性格鲜明、感人至深的目的。失败是成功之母。《淘米记》化腐朽为神奇,让毒草变香花,挽回了《淘米记》差点儿被扼杀在摇篮里的惨局。

1957年,此剧代表南通地区参加江苏省农村文艺会演,荣获优秀剧本奖、优秀演员奖等,并由江苏文艺出版社出版发行。是年,与《拔根芦柴花》等优选节目一起代表江苏省赴京参加《全国第二届民间歌舞会演》,受到周总理、朱德委员长等亲切接见,合影留念。1958 年,根据周总理的指示,在《淘米记》的基础上,创办了天下第一团——海门山歌剧团。不久,《淘米记》荣幸地被收入《中国地方戏曲集成》。

  但是,《淘米记》曾走过一段弯路。那是 1960 年,全省所有剧种集中在宁加工,有位名导前来为我们指点,加工提炼,他沿袭了京剧、越剧等的路子进行"精雕细刻",如走台步及舞蹈身段之类的程式动作,一反常态全盘搬进了山歌剧。时任省文化局长的周邨得知后,及时纠正了这种错误做法,不允许将《淘米记》弄成不伦不类的"四不像",必须按照海门山歌自身的艺术规律提高质量,保留那种贴近生活、简洁洗练、讲究情意、自然真切的地方风格,独树一帜地在文艺百花园中茁壮成长。

(2009 年 6 月《东洲戏苑》)

81. "山歌王"宋陈礼

(2011年《江海晚报》)

原中国民间文艺家协会江苏分会会员、吴歌学会会员、海门"山歌王"宋陈礼,虽离开我们已有十多年了,但他的山歌声不时地萦绕在我的耳畔。

宋陈礼出生于1943年,家住万年镇三南村,是个农民,数十年如一日搜集整理、自编自唱海门山歌,成绩卓著,堪称海门地界的"山歌王"。1988年,他曾参加上海第四届吴歌学会研讨会,在会上演唱了两首海门山歌,专家评说其达到了可圈可点的水平。1995年,他又参加了苏州第六届吴歌学会研讨会,演唱了《金银山上歌声脆》等多首海门山歌,荣获二等奖。后来,他有胆有识地打算,适时于人民大剧院举办一次个人山歌演唱会,可是2000年,病魔夺走了他宝贵的生命。

年轻时,宋陈礼在田间劳作,常常会情不自禁地哼唱山歌小调。一日,这位汉子头顶酷日,脚踩发烫的田块,独个儿干活,身边连一个说话的伙伴也没有,怎样挨过这漫漫长昼呢?办法只有一个:放开喉咙唱山歌。于是,发自肺腑、自编自唱的歌声飘荡开来:"脚踏水车歌声飘,你姐在河西跐脚膘,你好比春蚕吐丝情丝多,我好比摘光豆芽(指光棍)站勿牢。你姐么叫声我郎:我真心跟你哪怕布衫裤子勿连牵(衣服破得连接不起来),我无心结识哪怕金银百宝幢上天,夹棒头讨饭自情愿,我与你到东海东头东海滩上去种生田(指刚开垦之地)。阵头雨落过晴天来,白花谢脱红花开。"山歌的尾音拖得很长很长,绵绵延延将农民心中的情意,在旷野里化作一缕缕天籁。那情意真切、曲曲折折的花腔会引来阵阵凉风,然后回赠到农民的心间。

宋陈礼的嗓音虽比较粗糙,也算不上幽雅,但有一种令人难以企及的感情色彩,把这股感情揉进了歌词的每个字里,依附在山歌的每个音符上,于是,这种悠悠扬扬的歌声飘进人们的心怀,每个人的心为之颤动。这样,大家手中的芭蕉扇也停止了拍打,只有他的歌声弥漫在夏夜的星空里,如此温馨,如此令人神往,眼前的一草一木好像都充满了情意。

1975年,宋陈礼与人合作撰写了歌词《贫下中农爱唱歌》,我有幸被他邀请作曲,这让我初识宋陈礼。只见他中等身材,长方面孔,面带笑颜,一身农民打扮,说话爽快且带有点嗲声嗲气。他和谐可亲地与我促膝长谈,共同切磋,对那歌词创造一丝不苟,精雕细刻。在如此这般的亲密合作下,一曲心扉悸动的海门山歌跃然纸上,并由妙龄少女钱志芳担任独唱。歌词本身别具浓郁的乡土气息和强烈的时代精神,生动活泼,形式新颖。山歌韵律风格独特,柔美抒情,节奏多变,有声有色,呈现了原汁原味的特点。独唱者的嗓音脆刮朗朗,悠扬委婉,悦耳动听,突出了山歌风味。所以,此作赢得了广大观众的赞扬,被选中参加南通地区业余文艺调演,登上南通市人民剧场演出。当钱志芳尽情歌唱、环环紧扣、一气呵成地演唱结束时,观众报以热烈掌声,甚至谢幕三次尚不罢休。1997年,该作品由江苏人民出版社出版发行。为飨读者,摘录其中的尾声歌词:"贫下中爱唱歌,千人唱来万人和。大干歌、志气歌、丰收歌、跃进歌、革命歌、胜利歌,我越唱歌越多,我越唱劲越大,要问我山歌有多少,请你数数长江里厢有几个浪来几道波?歌头飞到北京城,歌尾还在我心窝。"

　　1985年,海门隆重举办首届山歌演唱会,数日的会唱中,最引人注目的要数宋陈礼与人合作唱词、亲自登台独唱的《小镇气象新》。一开头他绘声绘色地唱道:"海门山歌唱海门,海门陆地多集镇,头甲镇、二匡镇、三厂四甲五里墩,六匡河头七佛楼,八索九匡十甲镇,还有朝天镇、合扑镇,拳头脚跟巴掌镇,癞巴镇、蚌壳镇,凤凰狮子麒麟镇,磨框镇、麸皮镇,灰堆池棚茅家镇,老虎尾巴锉刀镇,上三和数到下三和,上下百沙南通扫北的小镇像颗颗明星落海门。若问我家住在啥个镇,就在袁家河头方家桥的轧煞镇。"歌词内容充满泥土气息,贴近生活,风趣诙谐,辅以强烈的时代精神,讴歌海门改革开放初期的农村新面貌。而且,从他口中唱出的山歌,特具家乡风光,脆松松,响铃铃,无伴奏,自吟唱,随心所欲,自由发挥,高低有致,收放自如,朴实无华,变化多端,跌宕起伏,引人入胜,可谓是山歌绝唱,倾倒了众位专家及广大观众,当之无愧地获取一等奖的殊荣。

(2011年3月《江海晚报》)

82. 余音缭绕赞"山歌王"

(2011年《海门日报》)

最近,笔者接到一个陌生电话,询问2月21日于《海门日报》发表的《民间歌王宋陈礼》的创作内涵。

那是2月26日傍晚,笔者从平山水带厂回到家,说是宋陈礼的儿子,想问创作宋陈礼文章的来龙去脉。于是,笔者查了来电显示,从显示的区号0511来看,那是镇江来电。接着,笔者就按此号码拨打,可是无人接电话。稍等片刻,又拨打了一下,还是无人接。晚饭后,再拨打,仍然无人接电话。这让笔者很纳闷,电话号码明明是拨对的,怎么会老是无人接?

2月28日,笔者因事来到报社,也顺便打听打听这个不解之谜。这一打听啊,好极了,是报社想办法为笔者解了这个谜,打来电话的叫宋卫杰,手机号码为151629……

是日下午,非常顺利地打通了宋卫杰的手机,确认他是宋陈礼的二儿子。宋卫杰今年43岁(宋陈礼生有三个儿子,大儿子宋卫东,小儿子宋华,宋陈礼老伴黄竹英)。他说,海门的战友将《海门日报》网上下载的《民间山歌王宋陈礼》一文发给他,令他特别惊喜。父亲病故11年后,竟然还有人撰文怀念,"山歌王"真是名不虚传。他产生了一定要找到作者的念头,发动了在海的多位战友,花了两个多小时,好不容易转辗从《海门日报》寻觅到了笔者的电话号码。

笔者在电话里由衷地叙述,人的一生总会有太多的人和事,其中大多似过往烟云。但是,宋陈礼为传承海门山歌做出了毕生的贡献,令人难以忘怀,于是撰写了这篇拙作。

个性率真的宋卫杰还说:"1986年,我身带20元钱离家去当兵,历任连指导员、营教导员、支队政治处宣传股长,还三次荣立三等功,于2003年转业。2010年,被提升为镇江市新区一个镇的党委副书记,并一贯保持先进工作者的光荣称号。自己觉得不管在部队里也好,还是到了地方上也好,所干的工作总是与文化密切相关,这种密切相关,其实是遗传了父亲的文化基因。"

关于"山歌王"一文,宋卫杰说:"我一口气读完此文,又一次激起我缅怀父亲的灵感。听母亲说,尤其是当年,'十年浩劫'时,父亲还年轻,因为搜集整理民间歌谣而遭受审查,为怕家里人因此而产生恐惧,便装作若无其事的模样,强颜欢笑。此情此景,《民间山歌王宋陈礼》中虽未提及,但今日联想起来,父亲提着一支笔,拿着一个本子,不时地四处搜集整理民间歌谣的音容笑貌不禁又浮现在我的眼前。父亲就是如此这般地在传承优秀文化,多么值得缅怀!而且,不仅是缅怀,还要更好地向父亲学习,传承父亲那种踏踏实实做人、兢兢业业做事的精神人格,以优异成绩告慰父亲的在天之灵。"

(2011年4月《海门日报》)

83. 悠悠麦笛

(2011年《大江东流海门宽》)

　　我本是农家子弟,从小迷恋麦笛。那是新中国诞生时,早春风力已经柔,经风情万种的春姑娘那么一吻,壮汉似的大地顷刻间生机勃发,草芽咬破地皮,麦苗蘸绿,迎春茁壮,吹上几天的暖风,麦穗吐蕊,麦秆拔节,迎风摆舞,麦浪滚滚,无边无垠。待吃罢软糯清香的"麦蚕"后,童年时代的我就开始准备制作麦笛。

　　制作麦笛,必须采用没有被虫子咬过的麦秆,而且要干湿得当。每逢打谷场上拔直仔喉咙高唱《打麦号子》后,我会从堆积如山的麦秆中精选出那么一小把,再在太阳底下晒上半天,然后,以上学时扦铅笔用的"脚刀",截取中间部分的那一段,这样,约半寸长的麦笛,就很快地制作成功了。其中,至关重要的是,所选麦秆要不老不嫩,老了不能产生摩擦共振,嫩了一吹就破。然后,将此麦笛含于唇边,使上不大不小的"口风",加之"气息"的控制,"嘴劲"的配合,随着腮帮子的一鼓一瘪,机灵变化,鱼跃似的天籁之音,泉水般淙淙流淌而出。嘴里是苦苦的清香,耳畔是脆生生的单调而纯正的笛音。

　　那麦笛也确实神奇,既没有笙和唢呐的气孔,也没有二胡与古筝的琴弦,更没有西洋乐器长笛与$^\flat$B调小号的音管,但经一番磨砺下来,掌握了娴熟的技巧,竟能发出如此绝妙的声音。那声音极为美妙、空灵,有点像唢呐,但没唢呐的悲哀;也有点像竹笛,却又比竹笛流畅。麦笛音质清澈,基调悠扬,不像如影随形的柔女子,更像一位勇往直前的小伙子。幼时我用麦笛吹奏民歌《小放牛》的情景,至今回想起来还是记忆犹新。

　　传唱于江海大地的民歌《小放牛》,描述了一村姑向一放牛牧童问路,调皮的牧童却故意难为她,向她提出了一系列的问题,而聪明的村姑机灵地对答如流。男女二人互相逗趣,非常活跃和富有农村生活气息。该民歌曲调平易、流畅、明快、热情,所涉及的内容多为民间传说、民间故事。如有一段是这样唱的:"赵州桥来什么人修?玉石栏杆什么人儿留?什么人骑驴桥上走?什么人推车轧了一道沟?""赵州桥来鲁班修,玉石栏杆圣人留。张果老骑驴桥上走,柴王爷推车轧了一道沟。"赵州桥俗称大石桥,因其跨度大而弧度平和拱肩加拱式(即"敞肩拱")的造型而成为世界名桥。《小放牛》一歌也从侧面表达了对这一名桥和中国古代建筑工艺的赞誉,可以说是"歌借桥而生,桥借歌而名"。

　　在这首悠扬的《小放牛》乐曲陪伴下,我宛似一只春燕,轻盈盈地飞翔于充满春色的江海大地,那里是一幅麦苗成片、桃李争妍、鸟语花香的画卷。放牛娃在自由自在地欢笑,似银铃洒下一串,不是天籁,胜似天籁。笛音随着春风从我的心中流出,跌进花丛,送出一片烂漫春光,描绘和渲染了放牛娃扬鞭春意闹的景色,令人似乎又闻到了碧绿肥嫩的麦苗儿的清香。

那时,我于田间割羊草,还常常会情不自禁地玩起麦笛。一日,我头顶酷日,脚踩发烫的田块,独自割羊草,身边连一个说话的小伙伴也没有,怎样熬过这漫漫长昼呢?办法只有一个,以麦笛吹奏山歌小调。于是,一曲曲海门山歌的优美旋律悠然飘起,抑扬顿挫,丝丝入扣。脸上的神情随着曲调的变化而变化,喜怒哀乐,出神入化,依稀在无邪而率直地追求着什么,又仿佛在痴情地诉说着什么。似小桥流水,碧波荡漾,如诉衷肠,惟妙惟肖。山歌的尾音拖得很长很长,绵绵延延将我心中的情意,在旷野里化作一缕缕天籁,而且,那情意真切、悠悠扬扬的山歌会引来阵阵凉风,然后回荡在我的心间。

江海先人素有种植麦子的习惯。早在二三百年前,江南移民来到这里,即传入了种麦的习惯,麦子成为我们的主粮,适逢亲朋好友上门,才难得以"和米麦饭炖春鱼"款待。

在我迷恋麦笛的年代,家乡成立了人民公社,正值大面积种植麦子之际,有道是"一熟棉花一熟麦,种到头发苏牙雪雪白"。当时,仍然遵循着一种大熟种棉花,小熟种三麦(元麦、小麦、大麦)的世代相传的种植常规。社员们隔年将麦播种下田,若遇上干旱,往往是艰难地"凿石头种麦"。麦苗经严寒考验,而且是越冷越好,"冻断麦根,腰断担绳"嘛。春天一到,绿油油的麦苗迅速成长,长势喜人,正如农谚所云:"人老一年,瓜熟一夜,麦熟过条桥。"于是,进入了"小满三朝枷头响"的收获期。丰收在望,孩子们高兴得手舞足蹈地钻麦园,父老乡亲欢声笑语的情景亦可想而知,正如著名歌唱家郭兰英在《丰收歌》中唱的那样:"麦浪滚滚闪金光,棉田一片白茫茫。丰收的喜讯到处传,社员人人心欢畅,心欢畅。"

但是,在那春三二月青黄不接之际,个别社员因"春荒"而揭不开锅,出现一种"麦在场上饿煞在床上"的窘境。于是,政府每年都要发放救命粮,扶助这些人渡过难关。

家乡还有个加工"麦蚕"的习俗。在开镰收麦前,有些农户将灌浆饱满但仍呈青色的麦穗剪下来,倒入筐里,用洗衣搓板把麦子搓下,扬去麦芒麦秸,麦壳却是紧贴住麦子不肯离去。于是,生火放锅里炒,待到满屋蒸腾起略带焦味的清香时,就盛起来放进结实的土布口袋,捏紧袋口往石块上掼,掼至麦壳与麦子脱离,扬尽麦壳,就上磨磨,犹似锡剧《双推磨》那样,悠悠磨转,伴着"叽嘎叽嘎"的响声,青青的糯糯的麦子就被揉成绿色的条条,从磨缝里滚下来,酷似一条条深绿浅绿的蚕宝宝在筐里蠕动,"麦蚕"的美名由此而得。此种绿色食品,糯而不腻,颊齿留香,极易消化,老幼皆宜。农户除自个儿享用外,也有的肩挑两只大簸箕,盖上雪雪白的毛巾,走街串巷叫卖麦蚕,价廉物美,别有风味。

改革开放后,家乡飞跃地走进了新时代,彻底打破了传统的种植习惯,实行了一种创新的间、套、夹种结构,多熟制耕作。为了提高经济效益,农民可以放开手脚地自由选择种植。一望无际的农田里,铺满了金灿灿的油菜、五花八门的大棚蔬菜、鲜嫩可口的草莓、碧绿飘香的花木以及各种门类的中药材等。原先那种生长期长、既花劳力收成又低的种植麦子的习惯，一去不复返。倘若再想制作麦笛，材料亦几乎断了来源。而家家户户的餐桌上，那种粗糙的麦饭早已成为过去，偶尔再吃一顿"和米麦饭"，那纯属是回味一下悠悠岁月的感觉而已。

而今，孩子们玩的吹奏乐器也日新月异，都是崭新的竖笛、竹笛、葫芦丝、长笛、双簧管、长号、圆号、小号、萨克斯等等，不一而足。时过境迁，现代少年看来已无人问津这濒临失传的麦笛了。然而，我的童年是在麦笛的陪伴下度过的，那纯净如诗的悠悠麦笛，似乎又从很远很远的麦田轻盈飘来，如一股春风，从耳畔径直注入我的心房。那"虽然无画都是画，不用写诗皆是诗"的意境，让人感同身受，那春意盎然勃勃生机的景象，引起我对美好未来无限的遐想……

（2011年《大江东流海门宽》）

84. 茅镇业余剧团与《淘米记》

(2014年《海门政协》)

在新中国诞生后的大好日子里,海门的父老乡亲与全国各族人民一样,怀着无比激动的心情,翘首企盼着文化建设高潮的早日到来。在这喜人形势的感召下,茅镇业余剧团于1950年宣告成立。

当初,茅镇业余剧团的组成人员来自于全镇的方方面面,主要是工商联和店员工会、工厂及社会青年中的文艺活动骨干分子。首任团长是曹振环和庄表东。演职人员有刘季方、季秀芳、陶伯明、贺戌寅、陆寿康、陆建平、项一萍、丁六一、曹振环、陆九龄、周凤美、方景范、黄永林、茅雅芳、孙一聪、唐德培、王业善、汪和森、张孝新、陶雪松、庄表东、胡雪安以及茅镇红星篮球队等五六十人之多。

茅镇业余剧团的演出活动,初期阶段以唱歌、舞蹈、小演唱及活报剧之类短小精悍的节目为主。所唱歌曲有《解放区的天》、《没有共产党就没有新中国》、《南泥湾》、《游击队之歌》、《军队和老百姓》、《咱们工人有力量》、《志愿军军歌》、《大刀进行曲》等数十首群众耳熟能详的大众化歌曲。舞蹈方面有《打腰鼓》、《打莲湘》、《蒙古舞》、《新疆舞》、《马车舞》、《莲花灯舞》、《采茶扑蝶》等老百姓喜闻乐见的诸多舞蹈。小演唱有《青年曲》、《杨柳青》、《金陵塔》、《婚姻曲》、小放牛调《牧牛》等即兴创作、贴近生活的节目,及时进行街头宣传,以及县里各种会议的宣传演出。其中,由刘季方与陆建平自编、自导、自演的一出活报剧《李永春的下场》至今还让人记忆犹新。为了写好这个剧本,他们深入监狱体验生活,做到尽可能地演得逼真。通过废寝忘食的刻苦钻研,终于使此剧更上一层楼,感化得台下观众不由自主地高呼要求枪毙李永春的口号,强有力地配合了当时的反赌禁赌中心工作。为此南通市公安处特地专程来海赠予一面大红锦旗。

1953年,茅镇业余剧团由海门县文化馆主管,此乃认真负责的具体主管,并不是挂挂名而已。馆长由吴锦石、崔行之兼职业余剧团作为行政领导,馆群众文艺组的陆国荣、俞适、蒋方润、段颖超担负起剧团的业务工作,包括导演、作曲等艺术门类,把剧团管理得井井有条。在倾心尽力的不断奋斗下,艺术生产蓬勃发展,蒸蒸日上,推出了以沪剧、锡沪、越剧为主的许多大型剧目,如《锁不住的人》、《幸福》、《罗汉钱》、《两兄弟》、《一锅稀饭》、《陶福增休妻》、《应征前夕》、《风箱》、《冲破黎明前的黑暗》、《漳河湾》、《一捆稻草》、《三上桥》、《夫妻合作》、《社员讨亲》、《女儿的亲事》、《兄妹挑煤》等数十个剧目。

当时,为了紧锣密鼓地配合"新婚姻法"的实施,剧团设想排个大戏,但遇到的重大困难,那时手头没有这方面的剧本,伤透了脑筋。后来,剧团领导想出了个金点子,即采取"呒牛狗耕田"的一种极办法,根据连环画《小二黑结婚》排演同名话剧。于是曾在土改文工团工作过,又是当年文协(现时的文联)会员的热血青年段颖超,主动担当了此剧的导演。接着,立即分配了角色,你一言我一语地即兴创作拼凑"台词",产生了个没有剧本的"剧本"(老艺人称之谓"路头戏")。舞台调度、一招一式、面部表情、内心活动等全由段颖超、蒋方润给予指点。可以说,这在我国的话剧史上是个罕见的创举。紧接着,首先在县扩会上亮相,时任县委书记张惠和对其评价很高。然后,剧团带着这出戏在县城隆重上演,盛况空前,人们争先恐后地去看戏,出现了万人空巷的情景。

茅镇业余剧团鼎盛期间(1955年间),笔者正在海门中学念书,至今还清楚地记得他们曾多次深入学校的草饭堂搭台演出,剧目有《幸福》、《漳河湾》等,开场白总是由俞适导演高声宣布:"今天我们文化馆茅镇业余剧团,来到海中演出……"当年,他们的演出水平并不亚于县级的专业剧团。演员阵容强大,拥有刘季方、季秀芳、贺成寅等一批水平较高的知名业余演员,唱腔、做工都是呱呱叫。乐队的伴奏水平也相当出色,唐德培的主胡,王业善吹奏的笛子,孙一聪敲的扬琴,都是海门首屈一指。灯光、服饰、布景等亦让人耳目一新,充分衬托出了人物的光辉形象。学生们观看演出时,时有掌声不绝于耳的情景,让人有滋有味地享受了艺术美餐。

茅镇业余剧团的奉献精神亦很可贵。他们全身心地扑在业余文艺事业上,经常去为连元、坝头、天补、三厂等周边地区的农民兄弟送戏上门。他们还以罱泥"摇啊摇啊摇"地摇至路远迢迢的启东聚星镇等地献艺。那是一种"不拿工钿自吃饭,坏脱傢生自己办"的义务演出,即使人家招待半夜饭,也不过是吃一碗粥而已。他们自个儿手推着满载布景道具的独轮木小车,肩挑着汽油灯,手提着置满服装的竹篮,浩浩荡荡地步行而去。他们还与当地的业余文艺骨干分子常来常往,亲如一家。他们不讲名利,从不计较个人得失,自己动手制作布景道具,演出服装基本上是自备的。他们还轰轰烈烈、声势浩大地为抗美援朝义演,不仅上演了《应征前夕》、《冲破黎明前的黑夜》等紧密配合形势的力作,而且还将义演收入如数捐献,以表达他们与志愿军心连心的一片情意。

1956年,海门业余文艺界发生了一件奇事。那是三厂中兴镇业余剧团赴通会演的一出山歌小戏《摇船郎》(即《淘米记》的前身),被省、地领导定性为毒草。这样的当头一棒始料不及,着实令人灰心丧气,大失所望。面对这一残局怎么办呢?文化馆的陆国雄等人,大胆地提出了异议,认为此剧有优美的文化底蕴,地方特色浓郁,一剧之本与音乐色彩无与伦比,这是非常有利的优越条件。现在是演员的动作、舞台调度太偏差,竟成为一种歪风邪气占上风的格局,反角小船板子表演得神气活现,张牙舞爪地满台飞,而正面人物小珍姑娘处于被动地位,缩手缩脚,十分尴尬,正气被邪气压倒。这怎不叫省、地领导摇头,以致被定位毒草呢?但说到底,此剧尚有值得修改余地,更何况,化腐朽为神奇的戏曲作品亦不在少数,难道我们不能效仿?于是,在接受深刻教训的同时,从剧本、音乐、导演及演员等诸多方面着手,还将剧名改为《淘米记》(编剧陆行白),并优选文化馆的茅镇业余剧团重新排演,由小巧玲珑、生来漂亮的季秀芳担纲主演小珍姑娘;请可塑性很强、嗓音明亮、本土风格鲜明的刘季方演小船板主。舞台调度、身段舞姿、举手投足、一招一式皆围着主人公转,浓墨重彩地美化小珍姑娘,竭力丑化小船板主。尤其突出的是,季秀芳的那种"海潮音浪花调"、原汁原味山歌特色,"哎"字一声足足能飘出去三条明沟四条港,悠悠扬扬,潇潇洒洒,自然流畅,令人陶醉。

如此锲而不舍、千锤百炼后的崭新《淘米记》,首先走上河堤为开河民工试演,深受欢迎,感人至深。然后,向县委领导汇报演出,得到了时任县委副书记倪汉民等领导的一致认可。这出戏剧情生动,贴近生活,好像事情就发生在身边,让人倍感亲切。曲调悦耳动听,唱词质朴优美,诙谐风趣,妙语连珠,引人入胜。人物性格鲜明突出,给人留下了深刻印象。

后来,重整旗鼓的《淘米记》再度赴通会演,反响强烈,好评如潮。当然,这与演员辛辛苦苦的二度创作密不可分。失败是成功之母,《淘米记》化腐朽为神奇,由毒草变香花,挽回了差点儿被扼杀在摇篮里的命运。换言之,是茅镇业余剧团立下了"扭转乾坤"的汗马功劳。

1957年,《淘米记》代表南通专区参加省农村文艺会演,荣获优秀剧本奖、优秀演员奖等,并由江苏文艺出版社广泛发行。接着,此剧与《拔根芦柴花》等佳作代表江苏省进京参加《全国第二届民间歌舞会演》,并受到周总理、朱德委员长等中央领导亲切接见,合影留念。1958年,根据周总理的指示,在《淘米记》的基础上,创办了海门山歌剧团。

1958年8月5日,由茅镇业余剧团培养起来的刘季方、季秀芳、贺戍寅、陆建平、唐德培等人被优选进了山歌剧团,成为剧团的"台柱"演员,为海门山歌事业奉献了宝贵的青春。

(感谢贺戍寅、刘季方、段颖超提供宝贵资料)
(2014年2月《海门政协》)

85. 江海蚕歌与蚕俗

(2012年《江海晚报》)

一个偶然的机会,笔者聆听了一首声情并茂的崭新蚕歌,那就是电影插曲《蚕花姑娘心向党》,歌曲唱道:

鱼米乡,水成网,两岸青青万株桑。
满船银茧闪亮光,照得姑娘心欢畅。
一把那个青桑一呀么一把汗哪哟喂,
一条那个蚕儿一颗茧。
蚕儿肥壮人辛苦呀哟喂,
换得那个丰收心里甜。
满河那个小船忙呀么忙运茧哪哟喂,
好像那个白云飘水面。
今年粮桑双丰收呀哟喂,
人人那个干劲冲云天。
迎朝阳,破碧浪,锦绣前程长又长,
心红手巧为集体,颗颗红心向着党。

这首新蚕歌不禁令我回忆起往日家乡栽桑养蚕的情景。

色彩斑斓、质地轻柔、飘然若仙的丝绸,一向是我们的骄傲。就以笔者家乡长兴镇为例,亦可看出新中国成立前家乡的栽桑养蚕是相当发达的。那时,长兴光是收购蚕茧的茧行,就有沈邦清、倪万春、瑞圆等多家。他们将收购的大量蚕茧,以多艘驳船由青龙港运往上海等地。在滔滔长江的运输途中,还曾历经了翻船的险境。镇上不仅设有这些茧行,而且还开着倪凤山等几家丝线店。那时的丝线由店家以蚕茧加工制成,然后再到门市上出售,生意兴隆,财源茂盛。这样,在养蚕生产红红火火的影响下,自然而然地孕育了反映蚕事活动,表达蚕农思想情感的蚕歌,成为江海大地的一道靓丽风景线。

一、蚕歌与养蚕生产习俗

歌谣的产生与人类的劳动有着密切的关系,而不少习俗又是伴随着劳动生产进行的。蚕歌当中有不少是直接反映养蚕生产活动的,这些蚕歌不仅反映了养蚕的具体生产过程,也记录了长期以来相沿成习的养蚕生产习俗。有首蚕歌《清明一过谷雨来》,当年在家乡广为流传,是这样唱的:

清明一过谷雨来,谷雨两边要看蚕。
当家娘娘有主意,蚕种包好轻放入在被里面。

隔了三天看一看,布儿上面绿茵茵。
当家娘娘手段好,鹅毛轻轻掸一掸。
快刀切叶金丝片,引出乌娘万万千。
头眠眠得崭崭齐,二眠眠得齐崭崭。
火柿开花捉出火,楝树开花捉大眠。
……

蚕歌一开头就提醒人们,谷雨季节来了,应该准备养蚕啦!养蚕的第一步是催青、收蚁,即孵化幼蚕。从前催青均用土法,即以被头焐,焐出幼蚕后,再用鹅毛将幼蚕从纸板上掸下来饲养。歌中对如何催青、收蚁,如何切桑叶、喂养蚕等生产过程,以及头眠、二眠、出火(三眠)、大眠(四眠)的时间都做了交代。不难看出,这些都是长期以来养蚕习俗的生动反映。

二、蚕歌与蚕农生活习俗

蚕歌是蚕农生活的形象反映。蚕歌在反映蚕农生活方面范围相当广泛,但凡衣食住行、婚丧嫁娶,无所不及。如有首名为《撒蚕花铜钿》的蚕歌,为蚕农迎亲时所唱,歌中唱道:

新人来到大门前,诸亲百眷分两边,
取出银锣与宝瓶,蚕花铜钿撒四面。
蚕花铜钿撒过东,一年四季福寿洪;
蚕花铜钿撒过西,生意兴隆多有利;
蚕花铜钿撒上南,添个小官中状元;
蚕花铜钿撒落北,田头地横路路熟;
东西南北撒得匀,今年要交蚕花运;
蚕花茂盛廿四分,茧子堆来碰屋顶。

过去,家乡流传着这样的风俗:蚕农家迎娶媳妇,当新娘被接到新郎家门口时,新郎家必须先在大门口向四周撒一些钱币,俗称"撒蚕花铜钿",然后才可接新娘进屋。在撒铜钿时,由喜娘演唱这首蚕歌,以此祝福新人"一年四季福寿洪,蚕花茂盛廿四分"。这首蚕歌,以形式上看,近似一般婚嫁仪式歌,但又不尽相同,仪式歌是在新人拜过天地进入洞房之后才唱,而《撒蚕花铜钿》则主要祝愿新人"交蚕花运"。据家乡老人述说,这里唱了《撒蚕花铜钿》后,仍然要唱仪式歌。可见《撒蚕花铜钿》是蚕农特有的风俗,这首蚕歌正是伴随这种特有的风俗而产生的。

三、蚕歌与蚕农信仰习俗

蚕农信仰习俗主要表现在对蚕神的崇拜方面。蚕农对蚕神的崇拜,除了惧怕降灾布祸之外,更多的是祈求蚕神保佑和降福。前面提到的《清明一过谷雨来》蚕歌,正是迎合了蚕农的这种心理。

旧时,每年农历四月廿八,家乡有谢蚕神的习俗,俗称"请落山五圣"。为什么谢蚕神要放在四月廿八呢?据传,这天是"落山五圣"(管蚕茧的蚕神)生日,此时正处于小满、芒种之间,春蚕已经采茧,并已做成土丝出售。蚕农往往把蚕茧丰收归功于蚕神的保佑。这天,蚕农们备些酒菜、水果,如猪肉、黄鱼、梅子、枇杷、软糕等,供请蚕神,表示感谢。谢过蚕神后,软糕、梅子、枇杷等当即分给小孩吃,人神共娱。

蚕农除崇拜蚕神外,还崇拜黄蟒蛇。他们认为,黄蟒蛇是蚕神放到人间的青龙,是蚕的保护者。旧时,每到春季蚕忙前夕,总有一些民间艺人身背竹篓,篓中藏有黄蟒蛇,走村串户唱着《赞蚕花》的蚕谣,乞赐丝绵。蚕谣是这样唱的:

青龙到,蚕花好,去年来了到今朝。

看看黄蟒龙蚕到,二十四分稳牢牢。

当家娘娘看蚕好,茧子采来像山高。

十六部丝车两行排,脚踏丝车鹦鹄叫。

去年唤了张大娘,今年唤了李大嫂。

大娘大嫂手段高,做出丝来像银条。

当家娘娘为人好,滚进几箩大元宝。

上白绵儿拷两拷,送送放面个放蛇佬。

蚕农们听了民间艺人的演唱后,总是乐意送他一二拷丝绵,以做祈神保佑的酬谢。

综上所述,可见蚕歌与养蚕习俗有着非常密切的关系,这种关系具有广泛性、依存性、直接性。蚕歌与蚕谷相互依赖、共生共存,蚕俗孕育了蚕歌,蚕歌反映了蚕俗,两者互相依存,缺一不可。

(2012 年《江海晚报》)

86. 门外的山歌传承人

（2012年《补天戏苑》）

一日，老团友闲聊，聊起"山歌丑星"陆建平之女俞伟的嗓子不错，也爱唱海门山歌，是市红十字艺术团山歌表演唱《甜酒酿》中的挑梁者。她还在今年市首届戏曲演唱大赛喜获银奖，接受电视台采访时，曾发誓继承父亲热衷于山歌事业的遗志。这不由得令我生发了想为她谱写山歌的念头。

为参与市里正在紧锣密鼓筹办的海门山歌（民歌）大赛，张垣老师废寝忘食地创作了山歌唱词《滨海女儿董竹君》，并盛情邀我为此谱曲。音乐初稿谱写完成后，供市红十字艺术团排练，演唱者恰好就是俞伟。真是巧极了，得以让我如愿以偿。因此，我特地抽空到俞伟家，想听听她对此曲的感觉如何，以便加工提高。听了她的试唱，顿时令我兴奋不已，感到她山歌音乐的悟性非同寻常，唱起来与我谱的曲一拍即合，竟然唱得那样惹人喜爱，山歌风味浓郁，且富有新意，尤其是吐词清晰，用的纯属海门方言。其实，以海门方言演唱海门山歌本身就是一种特色，这种乡韵是海门父老乡亲最喜闻乐见的，是山歌迷们最愿意听到的。但现时有不少人采用普通话演唱海门山歌，显得那样的不伦不类，走入歧途。而俞伟不赶时髦，尊重传统，坚持运用海门沙地乡音演唱，反璞归真，难能可贵。

我聆听了她试唱的《滨海女儿董竹君》，有山歌软糯悠扬、优美婉转的特色，低音浑厚沉稳，高音清脆靓丽，声情并茂地赞美了传奇人物董竹君。山歌音乐也属听觉艺术，让人在欣赏歌声的同时，受到一种艺术熏陶，在潜移默化中被董竹君的精神感化。

俞伟之父陆建平是海门山歌剧团的创始人之一，一生热衷于山歌事业。这也在俞伟身上打下了深深的烙印，使她的血液里流淌着山歌韵。出于一种"天性"，或者说是一种"传承"，她在年轻时，也曾萌生过想进山歌剧团的愿望，可惜愿望破灭了。这就难怪她在获得戏曲大赛银奖时，感慨万千，发誓继承父亲的遗志。换言之，就是立志做门外的山歌传承人。

追根溯源，山歌剧团诞生已50多年了，但老演员的后代爱唱海门山歌的少之又少，而54岁的俞伟是罕见的传承人，怎不令人格外欣慰呢？

（2012年《补天戏苑》）

附：

新山歌振奋我的心

6月23日中午,我收听了海广的"东洲戏苑"播出的新山歌《滨海女儿董竹君》,我激动,我开心,我振奋,因为这首《新山歌》的歌词是我创作的,想不到这么快就唱进了广播电台。

主持人先入为主播出了盛永康作曲、俞伟演唱的海门山歌《滨海女儿董竹君》,接着用内行的语言评论了此歌:山歌运用了节奏自由、旋律舒展悠扬的笛子作为引子,加之汹涌澎湃的浪涛声做陪衬,既展示了田园风光,也渲染了美丽的黄海风采,接着自然地引出优美动听的海门山歌,将人们带到董竹君的美丽家乡黄海之滨。山歌越唱越悠扬,当倾听到"诚信作为座右铭"时,激情高涨,自然地从心底里流淌而出崭新的音调。汲取江南民歌的精华融进山歌之中,既体现了创新之意,又万变不离其宗,做到特色与创新的融会贯通,顺势过渡到"独树一帜引川菜,填补空白客盈门",脱颖而出,异峰突起,让人在聆听美好山歌的同时,尽心领略董竹君的光辉形象。演唱者俞伟保持了软糯悠扬、优美婉转的山歌特色,低音浑厚沉稳,高音清脆靓丽,声情并茂地赞美了传奇人物董竹君。

这首歌让人在欣赏山歌的同时,受到艺术熏陶,在潜移默化中被董竹君的高风亮节所感染。更令我激动的是,主持人不忘记我这歌词创作人,特地采访我,推出了我的同期声:"滨海新区要出一个山歌,我就想到董竹君,因为董竹君是海门的女强人,她是东灶港人,赫赫有名的上海锦江饭店创始人,当年她把川菜引到上海,生意做得蛮红火,并把饭店作为开展革命工作的联络点。"歌词中有"营业红革命红双红辉映","营业红"就是生意做得非常红,"革命红"就是帮助共产党闹革命。实际上她的"锦江饭店"就像《沙家浜》中阿庆嫂的"春来茶馆"一样,许多共产党员都把这里作为联络点,她就是地下联络员,像共产党员宋时轮、文化名人郭沫若、鲁迅夫人许广平、上海戏剧家于伶等人都得到过她的帮助。

新中国成立后,她被吸收为全国政协委员,我查看有关董竹君的一些资料,比如《董竹君自传》,找出其中的亮点闪光点,运用到歌词中。歌词的开头运用铺垫的形式,三个"不唱那"排比句,有山歌的格律。山歌剧团的元老盛永康谱的曲很土气,充满了山歌味。新山歌振奋我的心!

(作者:张垣)
(2012年《补天戏苑》)

87. 海门方言·山歌

(2012年《南通日报》)

一

有个小品节目里,针对海门沙地方言有这样一段笑话:一位海门沙地人去酒吧玩,小姐为他开洋酒,价格相当昂贵。他连忙说:"拗开拗开。"但小姐听成了OK,原本"不要"之意一下子变成了"要"。

海门方言的微妙之处很难用普通话表达出来,也只有土生土长的海门沙地人才能意会。比如普通话将"光着脚"说成"赤脚",而海门方言却说成"赤脚卜跌倒",不少人误以为是指赤脚走路就要摔跤,但实际上就是赤脚之意。"合扑拉"后面常跟着"一跤"或"跌特一跤","合扑拉"是为了形容这一跤是从正面跌下,胸口着地,"扑倒"也。"乌吃早鸡"这个词往往是大人批评小孩吃东西的馋相,真是太形象生动了。你看,睡在笼子里的鸡饿了一夜,早晨一扑出笼子就拼命争食吃,吃得伸脖子瞪眼睛,这就叫"乌吃早鸡"……

总之,海门方言魅力无穷!但现在呢,有些人认为海门方言土里土气,谁说谁便是"阿乡",竟然演唱海门山歌也用上了普通话。其实大可不必,乡音乡情,可爱可亲。再则,地方戏曲不用方言,还叫什么地方戏呢?

二

海门山歌已列入国家级"非遗"行列,影响力相当之大,亦为重振雄风奠定了牢固基础。

现举国上下正处于文化大发展期间,海门山歌也不例外,笔者认为,创办一所山歌学馆正当其时。可由现在剧团的山歌行家担负起培养接班人的重任,趁有些老山歌人还健在,邀请他们讲实践经验传承下来。还应争取南通、南京等有关方面的积极扶持,尤其在编导、作曲、练功老师等方面。另外,上海沪剧院为培养接班人近年来奔赴安徽等地广泛招生,诸如此类的"高招",也非常值得我们学习。

张謇当年兴办伶工学社,亲任董事长,收获了硕果。今日我们创办山歌学馆,如能培养出一批优秀的山歌接班人,让源远流长、经久不衰的海门山歌,口口相授,代代流传,善莫大焉。

这里还要重申一个底线:山歌特色不能"变味"。那是海门的父老乡亲不愿看到的。

(2012年4月《南通日报》)

88. 赏笛随想

(2012年《南通日报》)

  一个偶然的机会,在荷香飘溢的公园湖畔,晨风送来清脆靓丽的竹笛声,将我深深地吸引住了,不禁驻足欣赏。

  那悠扬潇洒的笛音,充满江南的风情、江南的神韵。舒缓的行板、委婉瑰丽的曲调里,分明是一幅古城苏州的水墨风景画:袅袅的晨雾,通幽的曲径,楼台亭阁深巷,小桥流水人家,更有啾啾的鸟鸣……让我想起来了,此乃《姑苏行》,是经已故著名笛子演奏家俞逊发再创造的名曲。

  隔湖望去,吹奏者独自一人,十分投入。他运足丹田之气,让满腔激情从心底倾吐到笛管里,又从笛管里或是流淌,或是喷发而出,倾情舒展,抑扬顿挫,缠绵悱恻。

  老人多怀旧。听着,听着,不禁令我触景生情。本人也从小钟情笛子,那时我们有三位小弟兄,一个拉胡琴,一个唱歌,加上我这个吹笛的,常在一起自娱自乐。夏日黄昏,清风明月,还参与在大人中间合奏《三六板》、《老老板》及山歌小曲等,曾加盟业余剧团演出。我18岁那年(1958年),就凭着吹笛的小本领,如愿以偿考入了山歌剧团。从此,拳不离手曲不离口,为山歌事业伴奏了18年。其间,我还如痴如醉地专门求教于上影乐团笛子专家陈立峰老师,得益匪浅。1976年调离剧团后,仍坚持为业务文艺伴奏了30余载,还"吭牛狗耕田"地自编笛曲《山歌调》等。如今,我已步入老年,但还如老顽童般时不时地吹着玩玩,笛子成了我的终生"伴侣"。其实,吹笛还能增大肺活量,可谓健身之道,一举两得,何乐而不为呢?

  笛子在我心中始终是一种神奇玄妙、魔力无穷的乐器。那极普通的一段竹子,打通竹节,挖上几个孔,贴上块薄薄的笛膜(芦衣),但清脆靓丽,充满灵气,动人心弦。吹奏者凭气息的控制,舌头的翻卷,口风的大小,嘴劲的松紧,手指的滑动,使乐曲随心所欲,变化多端,极富穿透力。既有柔情如水的江南神韵,又有壮阔雄浑的塞北风情,千般思绪、万种情怀、憧憬未来,皆可蓄于盈尺的中国远古的笛管中。难怪诗圣杜甫有声有色的吟诵:"锦城丝管日纷纷,半入江风半入云;此曲只应天上有,人间难得几回闻。"悠悠笛声似万花筒般变幻莫测,翻江倒海,云舒云卷,翩翩缥缈,穿透沧桑,真令人烦心顿解,万虑齐除。

  此刻,湖畔那位笛手又换了一曲《扬鞭催马运粮忙》,轻快灵动,悠扬婉转,行云流水,另有一番滋味。

  行文至此,意犹未尽,我想将古人赞赏吹笛的诗句摘录几首,以飨读者。李白写过《金陵听韩侍吹笛》,吟唱道:"韩公吹玉笛,倜傥流英音。风吹绕钟山,万壑皆龙吟。王子停凤管,师襄掩瑶琴。徐韵渡江去,天涯安可寻。"杜甫诗云:"吹笛秋江风月清,谁家巧作断肠声。风飘律吕相和切,月徬关山几处明。胡骑中宵堪比走,武陵一曲想南征。故园杨柳今摇落,何得愁中曲尽生。"苏东坡在一首词中写到吹笛云:"闻道岭南太守,后堂深、绿珠娇小。绮窗学弄,梁州初遍,霓裳未了。嚼征含宫,泛商流羽,一声云杪。为使君洗尽,蛮风瘴雨,作霜天晓。"娇小的绿珠姑娘在后堂雕饰精美的窗户前,为岭南太守吹笛,吹罢《深州曲》,又吹《霓裳羽衣舞》曲,还吹了《霜天晓角》曲,笛声中含有徵调、宫调和商调及羽调,驱散了蛮风瘴雨,缭绕于云杪间。宋代陈与义在《临江仙》里也写到吹笛,沉吟道:"忆昔午桥桥上饮,座中都是豪英。长沟流月去无声。杏花疏影里,吹笛到天明。二十余年如一梦,此身虽在堪惊。闲登小阁看新晴。古今多少事,渔唱起三更。"二十多年转眼过去,北宋成了南宋,西京洛阳已经回不去了,只能凭借记忆回到从前。最难忘的是,杏花疏影里,吹笛到天明。有许多故事藏在笛声里,吹笛能让故事复活。吹得花开花落,吹得繁星满天。

(2012 年《南通日报》)

89. 山歌代表我的心

（2012年《南通日报》）

　　十年前,我曾三易其稿,谱写了一曲海门山歌《唱支山歌给党听》,不仅过了把山歌瘾,而且作为一种心声,献给当年党的十六大。

　　去年,庆祝建党90周年时,我听到了新创歌曲《再唱山歌给党听》,顿时萌发了采用海门山歌来演唱的念头。

　　于是,我开始寻找《再唱山歌给党听》的歌词,却怎么也找不到。过了一个多月,我托海门电台的洪娟帮助寻找。几天后,她为我从网上找到了歌词。但我细读下来,发现有些地方还不够准确。我想,海门烈士陵园是个吹拉弹唱非常闹猛的地方,不妨前去碰碰运气。第二天清晨,我赶往烈士陵园,在那里遇见了久违的琴友沈忠源。讲清来意后,沈忠源给了我一本他随身带着的歌本,我立即翻阅寻找。这一翻啊,真是芝麻落在针眼里——巧极了,我真的从厚厚的歌本里找到了《再唱山歌给党听》的歌词。

　　从此,我全身心投入去领会歌词。歌词内容深深地打动着我的心,创作灵感也随之而来,一曲海门山歌《再唱山歌给党听》很快完成。作品一开头,我运用了山歌笛引,节奏自由,旋律潇洒。紧接着,让那山歌插上金翅膀,充分发挥了山歌元素,朗朗上口的音符飞出心窝,山歌越唱越悠扬。当演唱"我们一起再唱山歌"时,我融入了江南民歌音韵,突出歌词"五十六个民族再唱山歌,再唱山歌给党听",仿佛倾泻而下的江河之水,既充满激情,又自然流畅。

　　海门山歌《再唱山歌给党听》,与我原创的海门山歌《唱支山歌给党听》,主题一脉相承,算得上是姐妹篇。山歌代表我的心,这首创新的海门山歌,是我这个山歌音乐人献给党的十八大的一份薄礼。

（2012年《南通日报》）

90. 乐此不疲献余热

(2012年《海门视听》)

12月29日,海门电视台的新闻节目中热播了"首届平山托老院文化节"的盛况,内容丰富,形式多样。我有幸参与了这次文化节,不妨在此聊聊一些花絮。

一日,有位陌生女同志前来找我,自我介绍名字叫朱娟,诉说她筹办首届平山托老院文化节的情况,想请我尽力支持。我是平山人,光从乡情的角度而言,亲不过故乡人,吹几首笛曲为文化节助助威,那是完全应该的。接着,我推荐了"乡村牡丹王"龚素芳一起参加。于是,那位朱院长就驾车前往常乐去找龚素芳。她刚走不多远,我脑海里马上反应过来,她去找龚素芳,人生地不熟的,怎么找呢?即使找到,也要费不少周折。为减少周折而便于找到人,我当即按响了朱院长的电话,干脆自告奋勇地愿做个带路人。她连忙笑着对我说:"那再好也没有了。原来我也想请你带路的,但不好意思开这个口啊!"从而,她顺理成章地邀请到了龚素芳。

两天后的黄昏时,接到了朱院长的来电,想请我帮忙找位有书法特长的老人。翌日清晨,我不顾寒风刺骨,迅速去找一位毛笔字写得不错的老先生。哪知门上"铁将军"把守,此人已到南通去了。但我并未就此作罢,而是赶紧与一退休教师商量,了解一下老教师中是否还有人撰写书法。可答案等于零。后来,到了演出的当日清晨,我才好不容易地从好友处打听到一位毛笔字写得较好的耄耋之人茅凤之,特邀他老人家一起参加文化节演出。当老人看到自己有生以来第一次出现在荧屏上的镜头时,哈哈大笑,嘴巴也合不拢。

我虽自告奋勇地答应参与演出,但身体不帮忙,近日得了重感冒,喉咙、舌头疼痛厉害,还止不住地流淌鼻涕,怎么还能吹奏笛子呢?对此,我全放在自己心里,不作声。结果,我用意志和毅力克服了身体不适的困难,坚持上台,吹奏了一首山歌调和另一首《十五的月亮》,将支持家乡托老事业的深情厚谊乐此不疲地倾注于每个笛音中。

(2012年《海门视听》)

91. 被遗忘的山歌功臣姚志浩

(2013年《海门政协》)

　　一日,山歌剧团部分老团友欢聚,笔者有幸遇到山歌剧团原副团长、市政协委员、市佛教协会副会长、中国戏剧家协会江苏分会会员姚志浩。顿让人猛醒,在我曾经描写过的一些老演员中,怎么将这位山歌功臣遗忘了呢?原来由于本人调离山歌剧团数十年后,其间从未有机会与他谋面过,于是也就是说不清道不明地将他忘记了。而今日巧遇,他往日在剧团期间出彩的演艺生涯,立刻又浮现在眼前。

　　追溯起来,姚志浩1959年进入山歌剧团,属于剧团的创始人之一。上了年纪的人都还记忆犹新,妇孺老幼皆知他是该团的顶梁柱,亲睹了他在长达25个春秋中的演艺生涯。他献演了大量剧目,如《采桃》、《夺印》、《争儿记》、《亮眼哥》、《罗汉钱》、《俞丽娜出死》、《半把剪刀》、《孟姜女》、《红灯记》、《智取威武山》、《杜鹃山》、《江姐》、《枫叶红了的时候》。可以说,仅就演出数量而言,这在海门山歌剧团史上确属独一无二。而且,戏路特别宽广,从跑龙套起,逐渐成为"挑大梁",数量可观,质量上乘,善于采用丰富的想象,发掘由内而外的气质,塑造了众多的正反面人物形象,演技纯熟,气质优雅,多才多艺。演啥像啥,有血有肉,声情并茂,唱做念打,别具一格。给广大观众留下了不可磨灭的印象,为山歌事业做出了巨大贡献。这里不妨略举一二。

　　剧团创办初期(上世纪五六十年代),我团上演了许多现代剧,其首要任务是直接为政治服务,密切配合党的中心工作。当年,从时任县委第一书记的赵洪程起,都隔三岔五地来到剧团,曾亲自率领我们慰问开河民工,前往句容下属开矿工人身边慰问演出,还每年不忘数次为驻地部队慰问演出,特别是带领我们奔赴东海舰队慰问演出。平日里,这些县领导常与我们亲切相处,促膝谈心,嘘寒问暖,关爱备至。这样,很大程度上激励了演职员工,演出情绪高涨。在此种良好的氛围下,事业心特强的姚志浩领衔主演了大型现代戏《夺印》,担纲的主人公是何书记。此剧情节引人入胜,人物鲜活生动,让人看得眼花缭乱,心惊肉跳。为塑造何书记这一光辉形象,他再次学习和领会毛主席在延安文艺座谈会上讲话的精神实质,并切实武装自己的头脑,及至于渗透到骨子里,再结合该剧瞬息万变的情景,深入生活,激发人物内心情感,让强大的内在力量表露无遗。举手投足,贴近生活,有如沐春风之畅快,如行云流水般自然,达到了一种"不仅形似而且神如"的艺术境界,真实地将何书记的风采栩栩如生地树立起来。从而产生了寓教于乐、潜移默化的感动人心的艺术效果。更值得一提的是,山歌剧素来就有方言非常突出的浓郁风格,姚志浩恰在剧中灵巧自如地抓住了海门方言的这一功力,面对紧张剧情,善于掌握海门话亦能"四两拨千斤",咬字清晰,自然流畅,刚劲有力,掷地有声,音色洪亮,如雷贯耳,声情并茂,感人至深,成功地刻画了人物的性格特征,集思想性、艺术性、观赏性于一体。

　　不妨再举一例。1971年7月,为将现代京剧《杜鹃山》移植成山歌剧,我们冒着酷暑赶往苏州,观摩苏州京剧团正在上演的这出戏。姚志浩于剧中扮演主角雷刚,这是他许多年来从未饰演过的角色类型,逆差之大可以想见。于是,他就狠抓"认真"二字,认真观摩,认真悟戏,认真排练,认真演出。一招一式,入木三分,刻苦钻研,厚积薄发,脱颖而出,后发制人。他以"越是艰险越向前"的毅力,吃大苦,耐大劳,掌握扎实过硬的基本功,练就了从平台上"飞脚"下来连打七个"劈叉"的高难度武功,让在场的剧团领导与演职人员们都瞠目结舌,在山歌史上属创新之举,难怪山歌迷喻他是山歌剧团的"童祥苓"。在如此这般锲而不舍的全身心刻苦努力下,他将雷刚这个人物形象活灵活现地呈现在观众面前,掌声不绝于耳。一次演出结束,姚志浩谢幕多次,"粉丝"们还是不舍得回家。而姚志浩在一片喝彩声中,不骄不躁,从不自满,不断进取,精益求精,还继续历练,更上一层楼。尤其是当他被县政府任命为副团长以后,多次要求我们莫以团长相称,照旧称他志浩为好,这种始终与演职员打成一片的美德实在不易。

　　1984年,这位山歌元老调离剧团。其间,他曾任市服装鞋帽工艺美术公司副经理、市"协作办"副经理、市乡镇企业局乡镇公司副经理、天补区文化站长等职。1996年光荣退休。

　　综上所述,笔者认为姚志浩是被遗忘的山歌功臣,应属山歌"非遗"中多才多艺的主演,更是25个春秋致力于山歌事业而不为出什么风头的"无名英雄"。

(2013年《海门政协》)

92. 沙地谚语回旋美

(2013年《江海文化研究》)

沙地谚语是一种广泛流行于海门、启东及崇明等沙地的俗语、俚语、古语、传言等。回旋亦可称回环,又可叫反复,沙地还俗称其为颠倒句,而且颠倒时往往具有一定的灵活性,体现了谚语的音节美、形态美及意境美等,有利于阐述事物或事物的关联、对应、制约和因果关系。也有的看似重复,但骨子里加深了人们的印象,是一种饶有趣味的沙地文化样式。为此,笔者在此略作概述,让这优秀的沙地文化遗产得以发扬光大。

沙地谚语回旋有双复句和三复句两种,而绝大部分属于双复句,如"缠麦头,麦头缠"(调换字位回旋)。麦苗原本长得挺拔齐整,不会有什么缠绕现象。但是,偏偏有些人反其道而行之,搞错精神而缠绕不清。至于三复句的回旋形式极为少见,如"做人难、难做人、人难做"及"口难开、开口难、难开口"等。

沙地谚语回旋按字数分类,字数最少的是两字回旋,如"霜降、降霜";"冻冰、冰冻";"混水、水混";"见面、面见";"善心、心善"等。

三字回旋:"一团糟,糟一团"(调换字位回旋);"唱山歌,山歌唱";"口眼闭,闭口眼";"人欺病,病欺人"(有的人依靠精神力量战胜病魔,也有的人易被病魔吓倒);"诚则信,信则盛"(谐音回旋);"好心意,心意好";"有心人,人有心"等。

四字回旋:"一毛不拔,勿拔一毛。"沙地传说,有只猴子活得厌了,恳求阎王让它转世做人。阎王说:"可以,但要拔掉身上的毛。"阎王才给它拔掉一根毛,猴子竟"哇"一声大叫起来。阎王说:"一毛不拔,怎能做人?"沙地从此流传了谚语"一毛不拔",用作讥讽那种"一钿勿落虚空地"的吝啬之人。"瞎子靠杖,杖靠瞎子。""强(廉价)货勿好,好货勿强。""馋狗勿肥,肥狗勿馋。""疑人勿用,用人勿疑。""结识私情,私情结识。""捧腹大笑,大笑捧腹。""脱头篮攀,篮攀脱头。""攀"指篮子上的拎攀;"头"指固定拎攀的结。篮攀脱掉结,篮子还能拎吗?喻指"昡头昡脑"的"烂污"人。"吃的勿买,买的勿吃",揭露现时一种不正之风的丑恶现象。"梦想成真,成真梦想。""宠子勿孝,孝子勿宠。""乌吃早鸡,早鸡乌吃",形象化地指出一些人的馋相,大鱼大肉地乱吃。你看,睡在笼子里的鸡饿了一夜,早晨一扑出笼子拼命争食吃,直吃得伸脖子瞪眼睛,名副其实的乌吃早鸡。"你越理财,财越离你。""理"与"离"属谐音,谐音回旋。这是去年沙地股民流传的一句新谚语回旋,意思是2012年为炒股亏损年的戏谚。"货真价实,价实货真。""眼泪滚滚,滚滚眼泪。"

五字回旋:"好话勿背人,背人勿好话。"此乃对背后议论、说三道四的实质所在做了无情的剖析,精辟独到,一针见血。"是祸躲勿过,射过勿是祸。""人敬我一尺,我敬人一丈。"(换字回旋)"真人勿露相,露相勿真人。""贫贱生勤俭,勤俭生富贵,富贵生淫欲,淫欲生贫贱。"(连环回旋)"多一个心眼,心眼多一个",用作防止受骗上当。"情人节快乐,快乐情人节。"

六字回旋:"船到桥,直瞄瞄;直瞄瞄,船到桥。"指船航行至桥孔时,不要恐惧、担忧,只要撑好舵,船会顺利通过的。灾难是难免的,事到临头,更要坚强,灾难无情人有情,不也就挺过去了吗?"黄豆星,滚滚动;勿滚动,是真心。"(变化回旋)常用来比喻小姑娘谈恋爱心神不定,有"朝三暮四"之嫌,滚滚动动,缺乏真心。"日枷风,夜枷雨;夜枷雨,日枷风。""枷"是沙地土语,意指日月周围的圈圈儿。"蛮娘好,子女孝;子女孝,蛮娘好。"蛮娘是亲娘的反义词。"动仔雷,勿做梅;做仔梅,勿动雷。""只养人,勿养心;勿养心,只养人。""姐心焦,似火烧;似火烧,姐心焦。"

七字回旋:"同样价钿比质量,同样质量比价钿。""有心来走山成路,无心来走路成山。""千年碰着海瞌琉,海瞌琉千年碰着。"意指大海也会打瞌琉,但要千年等一回。"海门山歌交关多,交关多海门山歌。""锅炒芝麻粒粒爆,粒粒爆锅炒芝麻。""南沙北荡种田去,种田去南沙北荡。""堆起歌山唱山歌,唱山歌堆起歌山。""姐唱山歌顺口开,顺口开姐唱山歌。""山歌好唱口难开,难开口山歌好唱。""山歌勿唱忘记多,忘记多山歌勿唱。""山歌勿会起啥调,起啥调山歌勿会。""人头顶上爬小人,爬小人人头顶上。""车盘铲到脚后跟,脚后跟铲到车盘。""五颜六色样样有,样样有五颜六色。""四面都来轧闹猛,轧闹猛四面都来。""小娘女客穿过街,穿过街小娘女客。""自动阳伞来遮阴,荫来遮自动阳伞。""豆芽满桶挤勿进,挤勿进满桶豆芽。""牌位塔足灵甸镇,灵甸镇牌位塔足。""日出东方白潮潮,白潮潮日出东方。"

八字回旋:"有算有用,一世勿穷;一世勿穷,有算有用。""勿在羊群中逞好汉,勿在好汉中成绵羊。""一人种竹十年成林,十人种竹一年成林。""等镴勿开,望人勿来;望人勿来,等镴勿开。"

九字回旋:"有盐盐好,吪盐卤也好;吪盐卤也好,比吪得好。"制盐剩下的黑色汁液或盐受潮后化成的液体称卤。常用于形象化地比喻事情的无奈至极。"真人面前勿好说假话,假人面前勿好说真话。""越吃越馋,越白相越懒;越白相越懒,越吃越馋。""冰冻三尺非一日之寒,非一日之寒冰冻三尺。"

十字回旋:"过了雨水(节气名称)天,农事接连牵;农事接连牵,已过雨水天。""头顶上一拍,脚底下汪响;脚底下汪响,头顶上一拍。"反应非常灵敏之意。"痒要自己搔,好要别人讲;别人讲才好,要自己搔痒。"

十一字回旋:"未秋先秋,棉花萝朵像绣球;绣球像棉花萝朵,秋天先到。"

十二字回旋:"吃菜要吃鲜头,听话要听音头;听话勿听音头,吃菜勿知鲜头","鲜头"即滋味,"音头"指话中隐含之意。"胡萝卜小人参,经常吃长精神;经常吃胡萝卜,好比吃小人参。"(变化回旋)"天有不测风云,人有旦夕祸福;人有旦夕祸福,天有不测风云。"

十三字回旋:"人老一年,瓜熟一夜,麦熟过条桥;过条桥麦熟,一夜瓜熟,一年人老。"

十四字回旋:"桃花落在烂泥里,打麦打在蓬尘里;桃花落在蓬尘里,打麦打在烂泥里。"指桃花时节下雨,打麦时多晴天;桃花时节风沙大,打麦时多雨。"日里勿做亏心事,半夜敲门勿吃惊;夜里敲门若吃惊,日里做了亏心事。""手脚勤快样样有,好吃懒做样样无;好吃懒做海也空,手脚勤快生富贵。"(变化回旋)

十六字回旋:"正要日长夏至一梗,正要日短冬至一赶;冬至一赶逐渐日长,夏至一梗逐渐日短。"(夏至后日短,冬至后日长)

二十字回旋:"鸡在棚里闹,猪在圈里跑,羊跳狗也叫,将有地震到;地震即将到,狗跳羊也叫,圈里猪在跑,棚里鸡在闹。"此类动物的异常反应,相当于预报了地震。

回旋看似文字游戏,实为殚精竭虑之作,寄寓了深挚情感,具有特殊作用。古代十六国时,前秦官员窦滔宠爱小妾阳台,并携带其镇守襄阳,竟与结发妻子、女诗人苏蕙断绝音讯。苏蕙因思念丈夫心切,特作《回旋文图诗》,在一方五彩绢帕上题诗两百多首,纵横反复皆成章句,回旋读之,可得诗三千七百五十二首,美妙绝伦,举世无双。当窦滔见了此《回旋文图诗》后,感动不已,终于回心转意。

沙地谚语回旋美,诵之于口,婉转自如,抑扬有致;撰之于文,整齐和谐,语句精巧,富含哲理,错互如锦,耐人寻味。沙地谚语回旋美,犹似聪慧者手中的七巧板,可拼出各种各样的图案;亦好比是夏日傍晚的云彩,充分展示了一种民间智慧,是民间文化的精品之一,可称得上是一种美好的沙地文化遗产,很值得我们好好加心鉴赏和研究。

(2013年2月《江海文化研究》)

93. 海门民间文艺一览

(2014年《江海文化研究》)

追溯起来,海门民间文艺源远流长、经久不衰。早先,海门由于屡遇风潮,人民难以安居乐业,无奈之下将命运寄托神灵,于是祭神活动相随而来,并萌生了原始的傩舞傩戏。余东于明代洪武年间建有城隍庙戏台,以供演戏谢神。明末清初,海门民间书画得以传播,出现了著名书画家程源、张光监、李潜昭等,尤以"外八怪"著称的个道人丁有煜最突出。清代中叶,江南吴地等大批移民来海,民间文艺日益活跃,海门山歌与通东民歌广泛流行。光绪三十三年,六甲诞生了海门第一个京剧班张洪福京剧班。沙地还首创了民间曲艺"阳签书",海门民间文艺得以茁壮成长。

民间舞蹈

清代中叶,海门祭神娱乐的民间舞蹈不断丰富起来,如"跳财神"、"跑五方"等民间舞蹈流行于各地庙会和喜庆活动之中。"跑五方"原是海门本土祭祀习俗"放施食"的一种仪式,常在丧事等活动中,于殡葬前夜开始,直至次日午后结束。而后的"三七"、"五七"、"六七"、"七七"等七素,都举行这种"放施食"仪式。富户人家还在死者周年、冥寿也举行这种"跑五方"之舞。舞者头戴珍珠装饰材料制成的花帽,身穿红色、黄色服饰,服饰上绣着龙凤、花鸟之类的图案。常用乐器有大小锣鼓、二胡、唢呐、笛子等。演奏乐曲有"四句头"、"寿上星"、"大开门"、"小开门"、"劝君杯"、"过街心"等。

所谓"跑五方"原先是这样的:将五张桌子分别置在东、南、西、北、中五个方位,桌上分别写着金、木、水、火、土五个大字,奉请东方青灵、南方丹灵、西方皓灵、北方玄灵、中方黄灵五方"童子",手之舞之、足之蹈之地手舞足蹈一番,动态地召请鬼魂前来受施。表演"跑五方"时,由领舞决定所舞的"阵图"(指三角阵、四角阵、五角阵、月里偷桃、荷叶包蟹、狮子还桩六个阵图),按传统的"四穿结"编队方式变换阵图,蹦蹦跳跳、翩翩起舞,一招一式,武技熟练,穿插队形首尾相顾,节奏分明、有张有弛,直至舞到高潮像"旋风"(俗称鬼头风)一样,以此热闹情景吸引鬼魂前来受施,同时吸引民众围观。

海门民间舞蹈"跑五方"沿袭至今,逾越了七百多年的悠久历史。如今,四甲镇路西村的陶冠洪,是个远近闻名的"跑五方"陶家班子第五代传承人,从艺七十余年,还带有众多徒弟。此陶家班子的传人陶旭展等人,均有宝贵实物留存并还在继续使用。海门狮山路的姜明田老先生,珍藏着"跑五方"的难得资料约六千字、照片五十五张、录音两小时三十多分钟。

那时,还出现了个名曰"踏高跷"的海门特色民间舞蹈,平时较为少见,适逢过节与庙会期间才能看到。"踏高跷"看似平常,实属一种难度较大的民间舞蹈,分高跷、中跷与低跷(跑跷)三种,最高的达到3米多,最低的0.7米左右,多数为1米多高。表演有群舞和双人舞以及独舞。领舞者称"头跷",需有高超的技艺才能担纲,除了引领队形的变换外,还要擅长独舞,穿插于队列之间舞动各种主角。群舞者分别担当生、旦、净、末、丑等角色。

1949年的一日,为庆祝海门全境解放,一游行队伍中出现了好几支高跷队,表演"都天出巡"(即出会)、"温元帅出巡"等节目。其中,最引人注目的要算扮演那八仙的一支高跷队了,汉钟离、张果老、吕洞宾、何仙姑等饰演得格外惟妙惟肖,铁拐李身背葫芦、手撑拐杖、独脚翻滚腾挪的舞姿令人拍手叫绝。韩湘子的一支云笛、曹国舅的一对笏板,敲击念唱吹等亦有非凡表演。还有两支中跷队的技艺堪称一流,一支表演《白蛇传》中许仙、白娘子、小青的形象,小生的风雅、青衣的婀娜、武旦的飒爽英姿可谓拿手绝活;另一支表演《西游记》中的唐僧,一副阿弥陀佛的样子,孙悟空抓耳挠腮,猴相逼真,沙和尚憨厚老实,尤其是猪八戒挺胸凸肚、咧嘴大耳的扮相,加上其丑态百出的逗人表演,观者无不为之捧腹大笑。还有,三四支跑跷队饰演的贪官、师爷、公主、小姐、书童、丫鬟、渔翁、蚌壳精等形象,可谓栩栩如生。诸如此类的"踏高跷"民间舞,将欢庆活动一浪接一浪地推向高潮。

民间曲艺

清代光绪年间,海门的民间唱书艺人,在沙地的民间小调、山歌及民歌等基础上,独创了采用沙地话说唱的"阳签书"形式,将此唱腔贯穿于长篇故事之中。这些沙地唱书艺人,左手拿着一只响铜制的钹子,右手执着一根竹签,以竹签击敲钹子作为伴奏,唱时停击,一句唱完即有声有色地敲击起来,唱、击有序,板眼分明。钹子是圆形的,广泛流传于海门、启东、崇明、如东、南通、大丰、射阳等沿海流行沙地话的地区。演唱的长篇传统书目有"呼家将"、"双珠凤"、"珍珠塔"、"青龙传"等。值得一提的是,唱那"阳签书"的民间艺人,善于运用自身独特的唱腔发挥创造,经长期实践,逐渐形成了别具一格的流派,流传至今。演唱时,只需一只钹子、一根竹签、一把扇子、一块醒木、一身长衫、一人上台即可闯荡江湖、随时随地演出了。可见"阳签书"的适应性特强,既轻便又灵活,大至广场或大剧场,小至茶馆或街头巷尾,皆留下了"阳签书"民间艺人的足迹。曾记得,我在童年时,放学回家就急着蹦蹦跳跳赶往长兴茶馆书场,津津有味地听"阳签书",书目"三门街"中刘士春等的人物形象,至今还历历在目,记忆犹新。

想当年,海门评弹团团长蔡翠萍、唱做念都相当高明的评弹艺人潘德祥等,他们从小拜倪省三、李承山等名家为师,包括学唱"阳签书"在内,数十年如一日,成就卓著,深受广大群众欢迎,还培养了众多优秀接班人,有人至今还活跃在民间文艺舞台上。海门文广新局的江淑华女士,仍然很好地保留着万言的"阳签书"等文字资料,潘德祥还珍藏着"阳签书"等录音资料。

民间游艺

海门山歌的传统曲调"闹元宵"中,开头部分十分闹猛地唱着"正月十五闹元宵,家家户户挂红灯……"

旧时沙地的元宵节,孩子们提着七禽六畜图案灯和各种形状的花灯,总是花灯队伍快乐的尾巴。排头灯、狮子、旱船、花灯被人流挟裹着,从四邻八舍流向南村北堘。擎排头灯的彪形大汉,脸上涂了黑黑的油彩,右手擎灯,左手持棍,是位高大威猛、武艺高强的农夫。旱船中的花旦,唱起悠扬缠绵的山歌,让冬夜变得十分温馨。家家户户敞开大门,等待威风的狮子进屋降妖驱魔。接灯人家已准备好彩礼:香烟、糕点、果糖、鞭炮,富户常将一匹红绸缎悬挂梁上。如果是两班花灯偶尔同时进门,两位舞绣球者就有了一番"明争暗斗",胜者纵身跃上方桌,腾身而起,披红挂彩。

还有毗邻的两个村子同时出灯,双方领班会有讨价还价,划定地界。倘若狭路相逢,只有勇者胜。因此,擎排头灯者必须有一身好功夫和腱子肌,同时又是舞绣球的高手,一般人舞绣球伸胳膊蹬腿,而他手持绣球打的可是正宗南拳,取得梁上红绸的矫健身姿,并不亚于篮球明星的精彩扣篮。那一夜,他成了姑娘们的梦中情人,她们含蓄的目光会像膏药般贴在他身上。

家家户户门楼上,左右都挂着红灯。小镇街头巷尾,每一条走廊,每一颗大树,都牵牵连连地缀上花灯。走在大街上,说不清是人比花灯多,还是花灯比人多。

沙地过正月半,人们还一边观灯,一边猜灯谜,相得益彰,妙趣横生。自宋代起,人们将谜面写在丝绢糊的灯笼上,"灯谜"即源于此。猜灯谜的内容,其中很大一部分是有关爱情方面的。

还有,每逢正月半下午,沙地人家以芦苇、茅草等扎成碗口粗的长草把,日落夜幕降临,人们纷纷将草把点燃,高举挥舞,沿着自家耕作的田埂奔跑,口中高喊:"田财田财,大家发财……"遍地似火龙游走,场景热烈。这"照田财"的游艺,直至月亮升高后才结束。这源于沙地农民驱虫赶兽之需要,并演变为祈求丰稔、希冀富裕的一种游艺形式。

山歌与乐器

明代探花崔桐在修《海门县志》时有诗道:"山歌悠咽闻清昼,芦笛高低吹暮烟",如实反映了当时海门的民间山歌与自制的海门芦笛已盛行于民间。

芦笛是海门民间艺人创制的独特器乐。极其普通的一段芦苇,打通芦节,挖上几个孔,贴上块薄薄的笛膜(芦衣),吹奏时,凭气息的控制,舌头的翻卷,口风的大小,嘴劲的松紧,手指的滑动,让乐曲随心所欲,变化多端,既有柔情似水的山歌韵律,又有古风浓郁的"三六板"、"老老板",千般思绪,万种情怀,皆可蓄于盈尺的芦笛中,令人烦心顿解,万虑齐除。但很可惜,民间芦笛盛极一时而走上了自生自灭之路。

"山歌悠咽闻清昼",说明民间山歌(包括海门山歌在内)在早年就口口相传、代代流行了。尤其是1935年管剑阁、丁仲皋将搜集的海门山歌整理成《江口情歌》,在上海辑成专集,标志着海门山歌的发展达到一个新的顶点。如今,改革开放之后的举行山歌会唱更加值得回眸。

那是1985年8月,"市首届山歌会唱"举办,50多名歌手演唱山歌40余首,《光明日报》《新华日报》等先后做了报道和评论。事前。首先抽调陆行白、梁学平、汤炳枢以及我等组成创作班子,在一段时间内创作出相当多的新作,为山歌会唱做了充分的前期准备。曾记得,我是由市总工会从市液压件厂借出来的,安排于人武部招待所食宿。那时,同舍住着一位总政歌舞团的创作者(他到手帕厂军人家庭服务中心采风),我趁机与他聊起山歌会唱之事,请他为我的新作指点迷津,这使我受益匪浅。我在创作就绪的基础上,组建山歌剧团、文化宫、文化馆三个代表队,将创作和挖掘的各种山歌(独唱、对唱及联唱等)专门进行排练,然后在人民剧场、工人文化宫等娱乐场所开展了令人耳目一新的演唱活动,最后,由专家与群众相结合评出一、二、三等奖,为发展山歌事业起了推波助澜的作用。

此次荣获一等奖的是《小平同志听仔喜盈盈》。那时,我有幸又一次与陆行白(中国民间文艺家)亲密合作,他作词,我谱曲,歌词中唱道"你看我现在是:缸里满,瓮里剩,高楼房,澄光新,四季衣,着勿尽,鸡鸭鹅,一大群,电视天线透天心,出门新车响铃铃,新打家具照见人,银行里有钞票存。只要政策勿变一直走仔这条致富路,朝后个日子更称心,好比平地造屋,屋上搭楼,楼上砌塔,塔上穿梯,一层更要高一层!"多姿多彩的叠句特色,既发挥了山歌传统风格,又富有强烈的时代精神。

民间文艺是人们社会活动的历史积淀,是珍贵的民族文化遗产之一。民间文艺作为百花园中一朵奇葩,很值得文艺工作者去深入挖掘,发扬光大。

(2014 年 1 月《江海文化研究》)

94. 苏北垦区的海门山歌

(2014年《海门日报》)

追溯起来,由于海门几经沧桑,地理环境的剧烈变化,致使不少海门人迁徙苏北沿海大丰、射阳、如东、通州等,并自然将海门山歌传播了过去。还有,清末状元张謇在黄海沿岸创建了通海垦牧公司以及其他几十个公司,约23万海门人移民而去,不仅带去了生产技能和生活方式,而且带去了海门山歌。这些流传于沿海的天籁之音,随着时间的推移、居住环境的变化、生活方式与生产技能的演变,在那里生根、开花、结果,为异乡带去了欢乐,也为散落在那里的海门人消解思乡之情。近年,笔者花了番心血对此做了些搜集整理,以飨读者。

南宅小阿姐结实北宅郎

大丰

南宅小阿姐(末)结实北宅郎,
吃的玉米糊饭搭黄花郎(一种海产小鱼),
郎勿嫌小阿姐粗茶淡饭怠慢,
有心相交(末)你郎来尝。

日头过西云过东

大丰

日头过西(末)云过东来(呀),
郎骑(个)白马姐骑龙(嘞);
郎骑白马要从江边走(哟),
姐骑(个)乌龙(呗)勒勒海当中。

东南风起白云跑

射阳

东南风起白云跑,
河干(个)水尽枉造桥;
姑娘(那个)无郎(末)空打扮,
稻到秋干(哪)也枉透苗。

小阿姐妮拔柴烧

射阳

十七八九岁小阿姐妮勒东南场角拔柴烧,
姐末叫一声你郎啊:
你郎要想白头相爱就要正来正往勿要骨头贱(呀),

我大姑姑勒厨房间里(末)拍台拍凳勒勒等柴烧(哟)。

新做荷包绿叶边

射阳

十七八岁小阿姐妮新做荷包绿叶边，
郎问你姐妮要卖多少钱？
叫声你郎荷包虽小功夫(末)好大，
要买红绸绿绸(末)素绸，
东海东头大伯姨婆、第一、第二、第三位，
小哥哥许我三两六钱细丝纹银勿曾肯卖(哟)，
我同你情哥哥(末)恩爱私情讲啥钱。

天上有云必有风

射阳

天上有云必有风，
大庙里烧香先撞钟。
小公鸡未啼先扑翅，
小姐妮勿曾学会谈情先会丢眼风。

绣只肚兜送情郎

如东

红娘子(末)本姓王，
要绣花花肚兜(末)送情郎，
上口要绣二龙戏珠粉红镶边素绢口，
下口要绣八仙过海(末)勒飘白浪，
当中央里要绣一对鸳鸯(末)登树下，
四角四周要绣三十六朵金花(末)都开放。

姐勒园里摘红菱

大丰

姐勒园里摘红菱，
郎勒园外(呀)要偷我一条水绿裙(啰)。
我姐叫声你郎：
你吃好红菱再拿三两把去(哟)，
要拿我水绿裙(末)我娘家屋里勿稀声。

吃仔饭唱饭山歌

启东

吃仔饭唱饭山歌，
今朝当家米和麦粞多，
蜡黄光光臭豆腐，
黄沙大碗黑漆多，

粮户算计帮工苦,
下遭头请我吃功夫。

东海东头一根芦

黄海沿岸

东海东头一根芦,
芦头顶浪做只麻雀窝,
麻雀窝里生仔麻雀蛋,
送拔唱歌郎吃仔唱山歌。

南通北路路路通

通州

南通北通路路通,
黄海边上长草丛。
潮涨推上,潮落推下,落下木头造仔
一条摇船路,
莫怕大海迷蒙蒙。

栀子花开芯里香

吕四

栀子花开芯里香,
情哥哥想妹妹想郎;
小妹好像山西白牡丹,
情哥就像八仙过海吕纯阳。

一对鸳鸯荷花水面上飘

通州

一对鸳鸯荷花水面上飘,
军山剑山对面瞟,
潮涨推上,潮落推下,白石头磨得像鸭蛋,
要造金街,要造银街,条条细缝嵌得妙。
黎民百姓,袖子捋捋;石匠师傅,手艺高超;白石栏杆,竖起航标;狼山朝北,九曲三弯;三弯九曲,造仔一条摇船路,通州南门造仔一条望仙桥。

唱歌容易学歌难

大丰

我唱山歌顺风走背风行,
王家小姐正思量:
绣花要绣一只绿鹦哥,
嘴巴尖尖,两翅扑扑,青背脊,白肚皮,扑落响来着地飞,
一飞飞到南海南头、南园街上、陆家祠堂、旗杆顶上、雀杆末头、顶顶梢上,高唱三声,曲曲动听;低唱三声,句句流利,唱歌容易学歌难。

有了手艺再勿穷

射阳

结识私情在北海北头北京东,
我小亲亲丈夫还会做街沿砌层、出外修补,还会做裁缝,
我小亲亲丈夫还会掌鞭点鼓、糊灯笼、铸铜勺、修缸甏、补镬子,
肩挑匠人一对箍桶担,
我小亲亲丈夫有了手艺再勿穷。

李闯五吃酒勿会钱

大丰

啥人吃酒勿会钱?
啥人骑马上西天?
啥人带仔千军万马从天桥上过?
啥人唱断霸林桥?
李闯五吃酒不会钱,
唐僧骑马上西天,
杨六郎带仔千万马从天桥上过,
小张飞唱断霸林桥。

啥车圆圆啥车长

如东

啥车圆圆啥车长?
啥车肚里乘风凉?
啥车相对童囡子?
啥车相对纺织娘?
牛车圆圆水车长,
风车肚里乘风凉,
龙车相对童囡子,
行车相对纺娇娘。

(2014年11月《海门日报》)

95. 亦俗亦雅《茅镇旧景》

（2013年《青山》）

由郁异人倾注心血的《茅镇旧景》问世啦！这是他根据史料、自己的印象和老人的回忆而创作的绘本，尤其得到了市老科协宣传文化分会的大力支持，并多次调查、修改，保证了茅镇旧景的原汁原味，是一份非常宝贵的艺术珍品，把读者带入了当年的情景之中：那孔庙、武定桥、寿丰桥、通济桥、集贤楼、南洋楼、徽州会馆、宁波会馆、绍兴会馆……栩栩如生的茅家镇古典风韵，画册呈现于广大新老市民面前，让人温故而知新。

郁老新作《茅镇旧景》，充分体现了一种亦俗亦雅、俗中见雅的高尚画风。所谓俗，是指此作具有流行于民间的大众化的画艺特点；所谓雅，指《茅镇旧景》亦能具有流行于有识之士之间、"温柔敦厚"的艺术作品特点。俗与雅之间又有着明显的互动性，当认知水平步步提高，原来的雅有可能化为普通民众都可以接受的东西，带上了俗的意味。俗向雅转化，则很大程度上因为俗的灵活性和开拓性，以俗为雅，可见亦俗亦雅、雅中有俗的渐成风气。而郁老这位雅俗共赏的民俗画家，真诚淳厚，质朴灵动，充满生气与智慧，既有独特的原汁原味民间色彩，同时又具有时代精神不断雅化的演进之迹，并有不朽的审美价值。所以说，郁老的《茅镇旧景》是江海大地难得的宝贝。

郁先生高尚的艺术修养，来自于他善于将人品放在第一位。2008年，我有幸从老科协宣传文化分会获得了一册《江海民俗风情百图》，从此也就有缘认识了郁异人。那时，我在筹划出本拙作《踏歌行》，正为寻觅不到插图而伤透脑筋。在那烦恼之际，却正巧弄到了这本《百图》，这不也是一种缘分吗？令我欣喜若的是《百图》中的不少画面可借作我乡土文章的插图之用。于是，我壮着胆子向从未谋面的郁老求助，想借用他的现成画作。助人为乐的郁老二话没说一口答应，欣然同意我任意选用。我能遇到一位如此的热心肠人，那也算是我的幸运。从此，我的拙作中就出现了不少《百图》中的画面，换言之，是郁老助了我一臂之力，是他在为我的拙作增光添彩。郁老对我这不相识之人，竟然如此慷慨大方，关怀备至，令人至今难以忘怀。

（2013年6月《青山》）

96.《风清气正得人心》创作杂谈

(2014年撰稿)

7月16日,从《海门日报》得知"廉政文艺作品征集活动公告",并仔细阅读了详情。对此,我这个年逾七旬的山歌音乐人,不管怎么样也应"重在参与"嘛!

"公告"规定的作品范围中有个"舞台表演作品"栏目,我考虑写一首山歌小唱形式反映反腐倡廉方面的内容。那么,歌词从何而来呢?瞬间,在我脑海里出现了多年前在《小水珠》词报上见过首勤俭节约、反对浪费的歌词,内容生动活泼、贴切自然,而不属于干巴巴的说教之类,和反腐倡廉也有些搭界。这不是可以重新改编吗?可以融会贯通吗?在此基础上,我还浓墨重彩地写进了"'老虎苍蝇'一起打,为民除害美名留。风清气正得人心,反腐倡廉前程锦绣"。并且,来了个"急刹车",将作品《反腐倡廉小唱》推向高潮。

我的作品题目叫《风清气正得人心》,在作品的曲调创作方面,首先,我注重了保持山歌风格特色的基本要素,让人一听觉得具有比较浓郁的山歌味。比如一开头的"笛引",接着的起腔也好,以山歌调先入为主抓住了人。原汁原味的海门方言特色当然也不可或缺,没有海门方言也就没有了山歌风格。在此基础上,必须要有所创新发展,让人听来既感到新鲜,又感到熟悉,并不是什么陌生的"怪味",就是"味道"没有跑了,融会贯通,风格一致。再次,在曲调创新时,善于吸取江南民歌小调中的一些音调,丰富山歌唱腔,如"一粥一饭来之不易,粒粟必惜才会富有"这两句旋律,就是具有说服力的一例,与山歌结合得很自然,并不会觉得生硬,既是格外新颖,又与山歌融会贯通。

这首比较简洁的小曲,从改编歌词到曲调创作,我确实也花了一番心血,尤其吸取了有识之士的点拨。就拿开头两句来讲,原先作品中是没有的,是通过试唱后才加进去的。这样,就让作品比较完整,并突出了山歌特色。这里,就有一个修改加工、逐步完善的过程。创新作品想要一蹴而就,完美无缺是不大可能的,必须有一个细细琢磨、丝丝入扣、尽心积虑、开拓思路,一步一个脚印的创新过程。

(投稿后此作得到了好评,并予以入选,2014年11月)

97. 难忘的书信情结

（2014年撰稿）

据悉,中国博物馆、中国民间文艺家协会联合发出文件,发起了抢救书信遗产这项工作,面向海内外征集散落于民间的书信。从而,勾起我得益于书信教诲的往日情怀。

那是1958年,我凭着吹笛的小本领如愿进入了海门山歌剧团。当时,团里没人作曲,而我这个仅有初中文化水平的农家子弟,对此是"擀面杖吹火———一窍不通"。但是,爱到极致能生智,加上年轻人拥有的一股热情,于是自告奋勇"吭牛狗耕田"地作起曲来。

说来也巧,与我同日进团的伟功兄,那时有幸被选送去江苏戏曲学院深造,期间他助了我一臂之力,辗转为我想尽办法暂借教材《戏曲音乐多声部》(原中国戏曲音乐学会会长武俊达编著)。从此,我如获至宝地起早带夜将此逐一抄下,边勤奋自学,边隔三岔五地真诚向武老师求教。武老师毫不推辞,热心地对待我这似饥如渴的求学之人,在短短一年多时间内,写了函授信件数十封之多,有问必答,一丝不苟,指点我一步一个脚印地走上戏曲音乐创作之路。更令人难忘的是,他多次在信函上,特地运用五线谱作图示的惊人妙招(见武老师亲笔信),善于把"宫商角徵羽"等民族音乐理论与五线谱结合起来论述,以使我明白无误地掌握"转调"之类的难题。五线谱上有许多繁复深奥的记号,书信函授可以由浅入深地说透,而在如今的手机上恐怕就说不清道不明。对此,若有异议,不妨运用手机来操作操作看。换言之,这亦凸显了一种书信情结的魅力,确属无疑。

还有上世纪90年代,我曾将长篇论文《纵谈海门山歌句式特征》的初稿邮寄给武老师征求意见,他不仅在百忙中抽空多次来信鼓励,而且还详尽地提出修改方案。一日,他在信上语重心长地写道:"信心和劳动是必要条件,你必须面对现实。有了研究方向、目标,深入下去就不会感到空虚和茫然,只有深入下去,才会感到鱼入大海俯仰自由、地阔天宽。我身体不好,挥汗作简复。"武老师如此抱病说出肺腑之言的感人情景,令人终生难忘。所以,我至今还妥善地保管着,以作我的一种书信遗产。在武老师忘我精神的激励下,促使那篇《纵谈海门山歌句式特征》于1994年第三期《中国民间文化》刊发。可以说,这亦属"书信抵万金"的又一种书信情结的魅力。

社会发展到今日,我们不得不承认,书信这种传统的沟通方式,已经正在被各种更加快捷、更加逼真的现代交流载体所取代,一个落后的、迟缓的、因长久音讯不通而使亲人饱受思念之苦、书信"抵万金"的时代,已经一去不复返了。但是,不要忘记,当你觉得有些话不便、不愿、不好在电话里说出口的时候,有些事不适合于用手机短信、网络QQ表达或谈论的时候,有些朋友内向、腼腆、木讷而恰恰能够下笔生辉、文采飞扬的时候,还有在各种条件受限(包括聋哑之类)或遇到特殊情况无法运用现代联络方式的时候,那就不妨拿起笔来写封信吧!即使是国家元首之间,撰写亲笔信也属司空见惯之事。

98. 创办海门山歌学馆正当时

——从伶工学社说开去

(2014年《张謇研究》)

1920年,张謇在南通创办了我国第一所新型戏曲学校伶工学社,由张謇亲任伶社董事长,张孝若任社长,梅兰芳任名誉社长,欧阳予倩任主任。创办经费由张謇筹措。欧阳予倩在开学时宣布:"伶社是社会效力之艺术团体,不是私家歌僮养习所。要造就改革戏剧的演员,不是科班。"伶社学制五年,毕业后服务两年,另给补贴费。后来,还派少数学生去北京由名师指点深造,培养出了葛次江、林秋霞等全国知名演员。

关于张謇兴办伶工学社的业绩,早已众所周知,今我缘何在此重提呢?因为,张謇的此种务实精神,对今日振兴海门山歌具有鲜明的现实意义,且这种办学经验就在我们家门口,即可信手拈来,对振兴工作极为有利,加上海门山歌列入国家"非遗"行列已有六七年了,其影响力相当大,更为今日振兴海门山歌奠定了牢固基础。

更可喜的是,时下习近平总书记召开了文艺座谈会,文艺百花园出现了前所未有的欣欣向荣景象,我们海门山歌当然也不例外,大势所趋,必须跟上。换言之,新形势为振兴海门山歌指明了方向,营造了优越条件。

振兴海门山歌切不可停留在纸上谈兵,当务之急、重中之重、迫在眉睫的是,必须立即行动起来创办山歌学馆,绝不是仅仅少数几个人赴省学艺而已,当然,也不可否认在省里学到了戏曲理论知识,训练了戏曲程式动作等,但省里没有海门山歌这一门类。据说,赴省学艺期间,还曾走进了"锡剧班"编制,正说明了省里也无奈呀!后来弄得没有办法了,只得单枪匹马委派宋卫香临时赴省教授,这样的零敲碎打能解决问题吗?海门山歌绝不能脱离老祖宗海门故地,海门山歌必须要与海门接上地气,海门是海门山歌的母体,培养山歌接班人万万不可离开海门。文化部"非遗"负责人本月14日在《人民日报》上是这样说的:"'非遗'保护的源头活水在基层和民众,鲜活经验和创新智慧潜藏于社区街巷,关键是怎样发掘民众的潜力,怎样调动普通人参与非遗保护的热情。民间的力量不会小于政府的力量,这一理念既体现联合国公约要求,也是中国非遗传承保护实践的重要经验。"那么,我们为何不按照文化部的精神去做呢?

为透彻说明问题,不妨趁此机举个本人也亲历的一个事例简要聊聊。那是1960年,全省所有剧种集中于省里加工剧目,省里一位大导演来到了山歌剧团,他沿袭了京剧、越剧的"技法"来加工《淘米记》,运用的举手投足、舞蹈身段等,完全都属程式动作,一反常态地全盘否定了原来《淘米记》的演法。好在时任省文化局长周邨得知此事后,及时地给予纠正,决不允许将《淘米记》弄成不伦不类的"四不像"东西,依旧按照海门山歌自身的艺术规律来提炼加工,保持山歌剧贴近生活、简洁洗练、自然真切的风格特色,在文艺百花园中独树一帜。历史的教训值得记取,切忌重蹈覆辙。

如今,创办山歌学馆务必要做到:一方面,由现在剧团的山歌行家义不容辞地肩负起培养接班人的重任;另一方面,趁有些老山歌人还健在,邀请他们将实践经验传承下来,可当当顾问之类,不要认为他们水平不高,他们毕竟是创始人,是一步一个脚印地走过来的,有切身体会,他们还曾受到周总理等党和国家领导人的亲切接见,在海门山歌的历史上留下了最辉煌的一页。

仅仅依靠这两方面是远远不够的,还应力争得到南通、南京等有关方面的积极扶持,尤其在编导、作曲等方面派出专家指导。对此,当然应掌握好非常重要的分寸问题,山歌特色不能因此而"变味",必须达到万变不离其宗,"变味"的话,那就是"败笔",那是海门的父老乡亲不愿看到的,历经多少年来不少人呕心沥血搞起来的山歌事业,绝不能因此而走入歧途。换言之,如今的赴省学艺绝不是什么"上策",属一种不解决根本问题的"镀金"而已。

还有,借鉴人家的成功经验也是很重要。如上海沪剧院为培养接班人,近年奔赴安徽等地广泛招生,录用后即从学习上海方言起步培养,其他方方面面的培训学习都在上海本土进行,根本没有采用什么赴京学艺的途径。诸如此类培养接班人的"高超"不胜枚举,很值得我们借鉴和学习。

最最重要的是,张謇兴办伶工学社,他自己亲任董事长,并带领他的儿子及不少名流一齐上阵,全力以赴,才终于收获硕果。如今我们创办山歌学馆,是否应由文化局长一级领导出任学馆头头,并且务必具有张謇所言的那种"天之生人也,与草木无异,若遗留一二有用事业,与草木同生,即不与草木同腐"的精神。

我深信,将山歌学馆坚持不懈地办它数年,定然会像伶工学社那样,培养出一批优秀接班人,让源远流长、经久不衰的海门山歌,口口相授,代代流传,独树一帜,茁壮成长。

(2014年11月25日《张謇研究》)

99．珍贵的沙地民间节日文化

（2014年《青山》）

沙地民间节日文化,是在漫长的历史长河中自然形成的,具有鲜明的群众性、自娱性、地方性等特征,小至家庭,大至一个村、一个地区共同展开某一项节日文化活动。而且,对场地亦不讲究,许多活动都是在街头、广场、集镇就地进行,形成了广场文化活动的方式。参与者十分广泛,男女老少皆宜,所谓"老到八十三,小到要人挢"。

这里,我想先从沙地民间的七夕节乞巧说开去。一日,我专程采访了家乡一位年逾古稀的民间艺人,他是这样讲述沙地传承着的七夕节乞巧会风俗的:"牛郎原是个不幸的好孤儿,在阿哥阿嫂家苦度光阴,从小就做牧童放牛。平日里嫂嫂欺侮他,分家不公平,要他靠一头老牛自耕而食。牛郎放牛时经常吹着竹笛解闷。优美清脆的笛声,让天上的织女躲在彩云里偷听了七七四十九天,对牛郎十分同情,并通过老牛之口表述了自己的倾慕之情。牛郎听了老牛开口说话后,向仙女招手,织女拔下银簪,变成通天大道。于是,牛郎骑着牛上天,与织女相会,结为夫妇。织女跟牛郎下凡,男耕女织,生下一子一女龙凤双胞胎,生活过得美满幸福。天帝发现织女私自下凡后,派天神天将捉拿她上天。牛郎披了牛皮,用箩筐挑了儿女,上天追赶。织女怕他们上天后斗不过天神天将要受苦,在头上拔出金簪,朝身后一划,划成一条天河,波涛滚滚,把牛郎他们阻隔在天河之东。地母娘娘(沙地传说是天帝之妻,分管大地上的一切事物)求情,天帝同意由喜鹊搭桥,让他们每年七夕相会一次。"

故事逐渐演变,"织女以金簪划河"的情节,一般变为王母娘娘划河阻隔;玉帝恩准,改为代表劳动人民的喜鹊自动搭桥让牛郎织女相会……

作为中国古代著名的四大爱情传说之一的牛郎织女也实无其人,鹊桥相会的故事也都是民间传说。沙地人十分同情牛郎织女的遭遇,编出了生动的故事,代代相传,大家信以为真,并建庙供奉,以表达人们良好的祝愿与内心的向往。从此,沙地自然形成了七夕乞巧会,赛如庙会,由庙主组织安排,主持此事。庙场上银杏树下,有小热昏、卖拳头、猴子出把戏、装配西洋镜的,有卖酒菜、馄饨、汽水、海棠糕、煎臭豆腐干等小吃的,还有卖衣服、玩具的,当然还有卖香烛、元宝、冥票等迷信用品的。最值得注目的是,沙地七夕节乞巧会的许多活动,重点突出表明了沙地妇女祈求心灵手巧、爱情坚贞,并以自己的双手编织幸福美好生活的良好愿望与内心向往,是一种沙地的情人节。

如今,沙地也盛行起了从外国传入的情人节,那当然也未尝不可,但由于商业炒作,书报杂志推波助澜,已大大超过了中国自古传承的七夕乞巧会(即中华民族的情人节),那就大可不必了。我认为此种现象属于"外国的月亮比中国圆"的另类翻版而已。

　　无独有偶，沙地元宵节亦别具民间节日文化的特色。笔者以前曾写了一篇《元宵花灯》，如今觉得意犹未尽，略作补充。农历正月半是沙地的元宵灯节，是晚，天上布满星，月亮亮晶晶，沙地到处流着名目繁多的花灯光影，好看极了。月亮与花灯交相辉映，别有情趣。所以，明代才子唐寅在一首写元宵节的诗中才说"……春到人间人似玉，灯烧月下月如银"。这种气氛，这种情调，简直是天造地设，难怪情侣们不辜负这良辰美景，"月上柳梢头，人约黄昏后"。

　　沙地元宵节的花灯，就品种而言，各种花灯中有兔子灯、山羊灯、荷花灯、火箭灯、飞船灯，还有那一团和气灯、二龙戏珠灯、三星高照灯、四季平安灯、五子夺魁灯、六连顺风灯、七子团圆灯、八仙过海灯、九节连环灯、十全富贵灯等不一而足，难于述尽。光源有了变化，干电池灯泡取代了蜡烛灯芯，这样花灯就显得更亮、更安全。但我总觉得蜡烛灯影摇曳所形成的那种朦胧的梦幻似的视觉效果，那种缱绻中带恍惚的气氛与情调，却不是一般的灯泡所能营造出来的。所以我暗地里多么希望看到沙地古老小巷里仍以蜡烛为光源的原汁原味的花灯，在元宵佳节的日子里，追寻那种文化背景和农耕社会和谐的历史氛围。

　　"千里不同风，百里不同俗"，每个沙地民间文化活动的内容、形式、意义不尽相同。自古相传，一代一代沿袭下来。有的能够流行数百年，跨越不同的形态。因此，传承性是极其珍贵的基本特征之一。其所以有稳定的传承，因为每个民间节日大多有一个优美生动的起源故事，这些故事大多是赞美某个英雄的，或者伸张正义，扬善除恶；或是追求爱情，赞美揭丑；或是祈望吉祥，祭神斗恶等。这些故事通过潜移默化的作用，使沙地民间节日活动扎根于群众之中，起着净化、陶冶、提升思想与道德品质的作用。

　　许多民间节日文化活动虽名称相同，但由于地域不同而并不相同。如沙地的端午节，原先盛行划龙船、吃粽子、挂香袋等纪念屈原，而在云南傣族泼水节的划龙舟是为了纪念一位傣族的英雄。又如中秋节的食俗文化，各地既有相同的一面，又有变异的一面。吃月饼是沙地很普遍的食俗文化，象征家家团圆。而同在中秋这一天，云南的仫佬族则要吃鸡子，在江西农村则要吃南瓜，在杭州有饮桂花酒的习俗。从中秋的娱乐活动看，各地亦不同。"人逢佳节倍思亲"，沙地的中秋有亲人团聚共度佳节的习俗，甚至天南地北的亲人亦都得赶回家参与团圆，皆大欢喜。香港中秋之夜有舞火龙的习俗，说舞火龙可将瘟疫驱除；而在江西婺源地区孩子们则有"地宝塔"的娱乐习俗；广州在这一天则有"树中秋"的娱乐习俗，家家以竹条扎成鸟、兽、鱼、虫灯，插于高处，满城灯火，与月争辉。

　　珍贵的沙地民间节日文化活动，在久远的历史长河中曾起着一定的积极作用。首先，寄托着沙地人们对美好生活的迫切向往，人们用来抒发自己的情感，虽然有些活动表层往往蒙上神话色彩，但通过这种表层，就可以发现其寄托着对五谷丰登、邻里和睦、家庭团结、人丁兴旺的美好愿望。沙地人都懂得，月饼象征团圆，汤圆象征太平，糖块象征甜蜜等，有的还象征吉祥，反映人们追求美好生活的愿望。

其次,促进沙地经济繁荣与生产的发展。由于农业和畜牧业与节气有着密切关系,产生了很多与节气有关的节日,如立春、清明、立夏、夏至、立秋、冬至等。农历五月初三的芒种节,表明了农业生产已进入了大忙时节,机不可失,时不再来,切忌因错失时节而耽误了农业生产。

再次,活跃了文化活动,增强了人们的体质。娱乐活动是沙地民间节日文化活动的主要内容之一,这些活动有助于文艺的繁荣,也延续了民间文艺传统。比如海门市举办的历届山歌会唱、"海门之夏"、金花节等民间活动都有娱乐的内涵。体育和娱乐向来是联姻的,有些沙地民间节日文化活动还包含了体育内容,如拳术、秋千、斗牛、踢毽子、舞蹈、爬杆、划船、射箭、爬山、滑冰等。

从信仰崇拜中求得心理平衡。如沙地的正月初五祭财神,祈求发财致富、身心愉悦等。

闻一多说过:"如果要让这个民间节日存在,就得给它装进一个我们时代所需要的意义。"事实上,在改革开放后,珍贵的沙地民间节日文化活动,早已增加了新的内涵,在保存优秀的民间节日文化的同时,又都充实了新的内容和项目,增进了旅游事业、民俗考察、经济洽谈等,在促进了经济繁荣、弘扬沙地文化等方面起了一定作用。"民间节日文化搭台、经济唱戏"的格局越来越引起了人们的重视,如我们的"南通民间艺术节"、"海门金花节"、"江海放歌巡回演出"、"海门社区廉政文艺汇演"、"春节慰问演出"等,都吸取了民间节日文化活动的优点,文化搭台,经济唱戏,成效显著。

珍贵的沙地民间节日文化,实属沙地文化遗产之一,在社会主义新农村建设中占有不可替代的地位,我们应改进其不足,而使之发扬光大。

(2014 年)

100. 六十春秋山歌缘

(2014 年撰稿)

海门山歌中有首《山歌勿唱忘记多》:"山歌勿唱忘记多,搜搜索索还有十万八千九百九十九淘箩,我挑仔末两淘箩从木桥、石桥、铁桥、银桥、金桥上过,压得桥断泼满河。零零碎碎落勤桥垮头,我堆起仔歌山末唱山歌,唱山歌。"(盛永康搜集、谱曲,季秀芳演唱)六十年来,我始终从未将海门山歌淡忘,它在我心底里留下了刻骨铭心的爱,即使在那1976年,本人因故不得不违心地改了行,但改行而情缘不改,至今我已情缘海门山歌六十载。试问,这么多年来究竟谱写了哪些海门山歌呢?

一、走上山歌音乐创作之路

说来话长,我从小就与海门山歌有缘。六十年前,我在家乡长兴小学求读时,有三位小兄弟经常在一起自娱自乐,犹似"孪生兄弟"般亲密合作,一位拉胡琴,一位唱着歌(陈伟功),加上我这吹竹笛的。夏日黄昏,清风明月,宅头乘凉,我还常沉迷于大人中间合奏《三六板》《老老板》及海门山歌等韵律。

1958 年,正值创建海门山歌剧团之际,我凭着吹笛的小本领,如愿以偿考入剧团。那时,团里没人作曲,而我这个农家子弟仅有初中文化水平,对音乐创作这玩意儿是"擀面杖吹灰——一窍不通"。但是爱到极致就能生智,加上年轻人拥有的一腔痴情,自告奋勇,一马当先,"吭牛狗耕田"地作起曲来。从此,我一发不可收地情缘海门山歌。

说来也巧,建团不久,与我同日进团情同手足的伟功兄,有幸被选送去江苏戏曲学院深造。那时,他特为我从该院辗转借得一教材《戏曲音乐多声部处理》(原中国戏曲音乐学会会长武俊达编著)。这是多么难得啊,于是我起早带晚地将此厚厚的教材迅速抄下,边秉烛夜读潜心自学,边隔三岔五地信函武老师求教,几乎成了如影随形、见怪不怪的函授生。只见那热心人武老师时不时地在信上以图示等通俗易懂的妙招引导我学习。特别对那有关"转调"、"移位"之类的难题,反复详尽、不厌其烦地耐心阐述直至使我透彻领悟,为我打好戏曲音乐创作的理论基础。然后,指引我理论联系实际,结合海门山歌自身独有的乡情、乡音、乡俗特色,一步一个脚印地走上山歌音乐创作之路。当然也离不开自己夜以继日的勤奋努力,尝尽其中的酸甜苦辣,熬出黑眼圈终不悔,终于做到梦想成真,18 年间顺理成章、滔滔不竭地为《采桃》《决算以后》、《银花姑娘》、《金训华之歌》、《黄浦怒潮》等数十个山歌剧目谱了曲(部分与人合作)。其中,显著的成果有:1962 年,被江苏省戏剧家协会吸收为会员,改行后的1978 年,海门山歌独唱《山歌插上金翅膀》发表于大上海《文艺轻骑》头版头条。退休后的1994年,在《中国民间文化》发表长篇论文《纵谈海门山歌句式特征》。1997年,山歌剧《红嫂》中的选唱《熬鸡汤》入选于《中国戏曲志》。2002年,海门山歌独唱《声声之歌颂家乡》荣获"中国首届民间艺术节"银奖。2009年,出版了近30万字的草根之作《踏歌行》等不一而足。但归根到底,武俊达老师才真正是海门山歌功不可没、无与伦比之人。

二、山歌论文问世

我与海门山歌是一种缘分。山歌缘并非是一时爱好的权宜之计,而是我终生乐此不疲的爱好与追求。退休后的1989年,我来到上海五角场一家商店打工站柜台。那时我人虽在站柜台,但心里仍旧迷恋着海门山歌,酝酿着撰写篇论文《纵谈海门山歌句式特征》。落笔时忽然想起我们商店旁边的复旦大学,大学里不是有位老教授赵景琛吗?他曾对海门山歌颇有研究,还在《文汇报》等刊物上对海门山歌大加赞赏。而如今我身处复旦一隅,何不前去登门求教呢?于是我就立即赶往复旦寻找他。可是十分遗憾,赵教授不久前已逝世,令我既悲痛又茫然。好在我并未就此作罢,而是抱着一种试试看的想法,痴心地再去复旦仔细打听,想寻到他的继承人。好极了,所幸终于让我探寻到了赵教授的得意门生李平。李先生面对我这苦苦求索的人,热诚相待,不厌其烦地指点迷津,并赞赏我撰稿中的成功之处,如有关海门山歌剧《淘米记》中四句头山歌的剖析:日出东方白潮潮,我小珍姑娘抄仔三升六合雪花白米下河淘。下河淘来末下河淘,窥见南云窗处一只小小舟船勒浪里飘。其中第四句唱腔是一句比较典型的山歌曲调,其中有四种节拍形式(1/4、2/4、3/4、4/4)交替出现,造成一种波浪起伏的节奏,而旋律围绕着主音以三度上行或下行级进,把小船在波浪里轻盈飘荡的模样生动地表现了出来,充分显示了山歌句式海潮音浪花调的特色。著名山歌手季秀芳在演唱此曲时,保持了传统山歌的原貌,带着浓郁的水土风情,富有韵味,且再创造,更显清脆悦耳,突出了山歌音乐的真正魅力。接着,李平还提笔写信给《中国民间文化》主编姜彬,介绍我前往研讨文稿。此后,每逢节假休息之日,我从五角场赶往老远的巨鹿路,痴情不改地请教姜老。偶然间,还得知他曾为我们的《海门山歌选》亲笔题写书名,还在海门做了海门山歌专题讲座,上门传经送宝,格外令人敬仰。而那时的上海乘车尚难,每次从五角场至巨鹿路转辗往返就得花去半天时间。我想,这点小困难何足为奇呢,即使路途再遥远我也得坚持不懈。经如此这般的努力奋斗,特别是姜老的倾情点拨,终于让这篇音乐与文学相结合的民间韵文研究方言论文《纵谈海门山歌句式特征》刊载于1994年10月《中国民间文化》。这不但让我感到溢于言表的惊喜,而且备受激励与鼓舞,亦使那海门山歌得以升华。

三、声声山歌颂家乡

我与海门山歌是一种缘分。山歌缘亦是一种动力,为有源头活水来,犹似滚滚长江,万古如斯,一刻也不停息澎湃的律动,勇往直前,自强不息,不断激发我的创作灵感。如在这新世纪的刚开头,我与海门电视台负责人聊振兴海门山歌的话题时,一个挥之不去的痴心梦想油然而生:尝试创作一首海门山歌来反映家乡改革开放后的新面貌,赞颂新时代,讴歌新生活,进而弘扬海门山歌。对此,海门电视台极力支持我,并立即邀约词作者邹仁岳共同切磋。接着,我在生动的歌词内容感化下,开启山歌音乐想象的发动机,精心设计音乐框架,继承山歌唱腔特色,敢于创新突破,情浓浓,意切切,婉转悠扬的声声山歌倾泻而出,粗线条地谱成初稿。紧接着,由演唱者宋卫香冒着酷暑奔赴省城征求意见,以使作品精益求精,更上一层楼。然后,海门电视台将《声声山歌颂家乡》制作成MTV,在全市上下广泛传唱,深受欢迎,反响强烈。

在那作品一开头,突出了地方风味浓郁的"笛引",田园风光,清脆悠扬,将人们带入激情洋溢奔小康的江海大地。紧接着,雄浑厚实的山歌合唱徐徐贯耳,烘云托月地引出女声山歌独唱:"家乡的山歌响铃铃,家乡的山歌甜津津……"乡土气息、温情脉脉的歌声,伴随着无边的涛声,赞颂那美好的家乡。山歌越唱越悠扬,山歌越唱越甜蜜,凸显了江海人焕然一新的精神面貌,系绕着家乡繁荣昌盛的情景。

然后,"嗨唷嗬!嗨唷嗬!嗨唷嗨唷……"的劳动号子响彻云霄,氛围热烈,场面闹猛,情绪高涨,盛况空前。音乐节奏松紧相间,山歌旋律行云流畅,起伏跌宕,情真意切。长江后浪推前浪,一浪高一浪,音乐发展推向高潮。"家乡的山歌响入云,家乡的山歌甜透心。一江春水一江歌,歌送风帆再奋进!"

2002年,恰逢"中国首届民间艺术节"在宁举办,原山歌剧团团长朱志新力荐《声声山歌颂家乡》参赛,并有幸荣获银奖。2005年,在沪的伟功老兄电告我,他刚从网上发现,《声声山歌颂家乡》喜获十年来南通市文艺特别奖。

2007年年底,正值海门声势浩大、热火朝天奔小康之际,市广电局收到了市文化局推荐的多首曲目,供挑选热播,为海门达小康服务。但钱逸鑫局长都看不中,却反而看中了不在推荐之列的《声声山歌颂家乡》,并对原有的MTV画面来了番重新制作,一丝不苟,精雕细刻,然后在黄金时间连续热播多天,收视率特高,深受青睐,密切地配合了家乡的达小康中心工作,起到了推波助澜的作用。

春花秋月,斗转星移。2008年,海门山歌荣幸地被列入国家级"非遗",并成为全国特色文化品牌。2010年5月,海门山歌应邀进入上海世博会演出,《声声山歌颂家乡》亦是其中之一的佳作,深受国内外人士欢迎,令我这年逾古稀的山歌音乐人格外欣慰。

四、一首感赋

行文至此,意犹未尽,最后我想以老同学张祖禹等组成的一首感赋来结束本文。

赞颂永康学兄三章
——喜读所作《踏歌行》感赋

一

海门山歌甜透心,奇葩盛开水淋淋。
朗朗隽永江海风,高歌家乡小康景。

二

高人指点取真经,程门立雪函授生[①]。
文化建设树新功,自学成才"海中"魂[②]。

三

麦笛竹韵清悠悠,乡音无改乐终生。
惊人毅力"环球"跑[3],晚唱老夫亦爱听[4]。

注:
① 虚心诚恳地向名家求教,学习为山歌谱曲。
② 毕业于海中57届初中,发扬传统精神,为学校增光添彩。
③ 坚持每日晨练长跑的累积总里程。
④《麦笛》、《乡音》、《晚唱》均为该书内的篇目名。首篇中嵌入作者姓名。

(壬辰早春张祖禹贺于沪上,2014年12月)

101. 深切缅怀陆秀章

（2015年撰稿）

　　年长的海门人也许知晓陆秀章,他是海门山歌剧团的创始人之一,也是南通地区较有名声的国家派团干部（1958—1971年担任山歌剧团指导员）,接着,这位勇挑重担的指导员被县政府直接提升为文化局长。2011年,无情的病魔导致他逝世。但是,他给人留下了刻骨铭心的印象。

　　在那海门山歌剧团创办初期,很有胆识的陆指导带领剧团坚持以演现代戏为主,直接为政治服务,密切配合党的中心工作,这在南通地区是没有先例的。那时,陆秀章隔三岔五相约县委倪汉民书记等来到剧团,嘘寒问暖,关爱备至。如1959年,为克服天寒地冻照常上河堤慰问演出的困境,他决定亲自为全团同志定制棉衣,唯独他本人婉拒了此待遇。那时,他还顶风冒雪、翻山越岭慰问在句容的海门籍开矿工人,奔赴东海舰队慰问演出,带去了江苏人民的真情厚谊。在东海舰队演出期间,指导员似"警卫员"般周详地为演员服务,尤其于部队盛情接待时,他总与演员们如影随形,叮嘱大家谨慎饮酒,决不能耽误演出任务（以往在句容慰问演出曾发生过酒醉事故）。他的工作作风就是这样地认认真真,来不得半点草率马虎。

　　陆指导员善于担当细致的思想工作,这点也非常令人佩服。在上世纪60年代三年困难时期,剧团的经济体制由地方国营改变为大集体"自负盈亏"。他不仅要带领全团拧成一股绳,艰苦奋斗,共渡难关,而且要确保主要赏拥有相当的工资水平,这难免造成舞台工作人员思想情绪很大,棘手问题摆在眼前,怎么办？善于学习是他的特点,他认真学习了不少经典著作,从武装自己的头脑着手,然后,他紧密联手剧团的实际,将赏比作"修钟表",舞台工作比作"锻磨子",通俗易懂,道理实地,春风拂面,工作到位,终于化解了一场不小的风波。

　　还有,他与人为善的崇高品德也是有目共睹的,从而很好地保护了艺术人才。当时,团里有位艺术水准不一般的男演员,历史上有一般"不规"行为的问题,那时剧团正在紧锣密鼓地开展打击下流的政治运动。如何对待这位演员的"边缘"问题呢？"推一推"还是"拉一拉"呢？他严格区分两类矛盾,认为此人的错误性质尚未达到"不可救药"的地步,还有挽回的希望。然后,他一方面在党内统一思想,严把"分寸"；另一方面在群众那头尽量做细致的思想工作,一分为二地正确对待,教育从严,处理从宽。最后,他果断决定给予"开除留用"的处分。以后,此人深刻接受教训,痛改前非,重新做人,积极利用了"留用"的最佳时机,起初担当好服饰工作,后来逐步重返舞台,并塑造了"小船板主"、"座山雕"、"刁德一"、"王孝和"等不少正、反面人物形象,立功赎罪,成绩显著。换言之,是陆秀章挽救了这位"边缘"演员,着实体现了党的政策的英明。这亦可用"爱才如子"来赞颂陆秀章。

对此,我感同身受。那是1973年,《金银山上歌声脆》唱红了南京人民大会堂。接着,为筹备华东歌舞调演,陆秀章特指定我作为作品的原创之一,前往南艺黄瓜园重点加工。此时,全省众多行家集中在那里,相互切磋,研讨琢磨,此乃难得的学习良机,而且,省文化厅音乐专家程茹萍还面对面地助我一臂之力,透析作品,热心指导,精益求精,开阔视野,让我的创作水平得以升华。我真切体会到,这全都离不开陆指导员的良苦用心,令人感激不尽。其实讲到底,我之所以能有所进步,应归功于"爱才如子"的陆秀章。后来,因作品中有"金山哥银山妹"之类唱词,而那时的"四人帮"下令禁唱情歌,此作竟被打入冷宫,直至"四人帮"倒台后才让作品重见天日。

还有,在艺术上他善于倾听各方面的意见,并从观众那里首先做起,一改"出门不认货"的陋习。他的巧妙做法是这样的,每次演出结束散戏后,他习惯地"尾随"观众好长一段路,恰如"私访"一样不露声色地倾听观众的评论,达到一种"千金难买背后言"的真实效果。然后,在翌日上午剧团的"互进会"(是剧团当年为提高演出水平而召开的,是其他剧团所没有的一种会议形式)上,真实地将昨夜的所见所闻在会上传达,大大地有利于演出质量的提高,不断前进。

还有,陆指导员对演职员的关爱无微不至。当年,团里有位常发癫痫的女演员,一发起来就神志不清,两眼上翻,四肢抽搐,口吐白沫,喉咙里发出痰鸣声,甚至大小便也失禁。那时,陆指导员就亲自发动女演员们,似亲姐妹般给予悉心照料,以使她在剧团很不稳定的流动生活中,依然照常吃得好、睡得香,康复很快,并主动给予照顾,让她把剧团当作自己的家,直至安度晚年。还如团里有位退休人员,家庭经济比较拮据,陆指导员就决定聘用其到文化局暂任会计工作(因那时的文化局本单位没人担任会计)。从而,在相当程度上助其一臂之力,使其渡过难关。诸如此类,并非是一时偶然所为,而是他善解人意、助人为乐、坚持不懈、始终如一的高尚品德。

做事先做人,人做不好,什么也做不成。陆秀章的一生实实在在地做了那么多事,特别是兢兢业业地为国家级"非遗"——海门山歌做了不少事,功不可没,值得缅怀!

(2015年2月)

附录二

102. 郁钧剑家的老宅

(2011年《江海晚报》)

常乐镇文明村(原平山公社三大队)有个南村北埭、方圆一带较有名声的郁钧剑家的老宅。据说,此郁氏源于山东,由山东搬崇明,再从崇明来到海门,至著名歌唱家郁钧剑这一代,已是第二十代了。

追溯起来,郁钧剑家的老宅,是郁氏第十八代郁鼎铭所建,盖有大七架头朝南屋五间,其中大房里住东头两间,二房里住西头两间,中间那间为公堂屋。东西两侧各有厢房数间。宅前首先映入眼帘的是两扇墨墨黑的墙门,宅中有个大"场心",此乃沙地一种四厅宅沟的建筑模式。为防御强盗抢劫,前宅沟置有吊桥,白日将吊桥放下,晚上收起。老宅西南角造有一座小楼,此楼于新中国成立后因老宅改为坚决校,坚决校扩建时而被拆除。现如今,此宅基地已被一位老板建造成别墅了。

当年的老宅,围以竹园,四方周正,绿蔓绕宅,碧翠欲滴。虽无豪华之姿,却有灵气之感。宅院桂树团团,玉兰巍巍,海棠相映,含笑宜人。四时变化,鲜果更迭,夏有蜜桃透红、石榴高挂,秋有柿子压枝、柑橘飘香。树上鸟啾啾、鸡唧唧,白猫眯眼,黄狗侧耳。宅沟清澈,鱼翔浅底;大鱼小虾,活蹦乱跳;金玉满堂,欢声笑语。老宅之美,美在亲近自然,并与天地和谐;美在同感创业之艰辛,美德相传甚于家业传承。

郁钧剑的祖父郁鼎铭,在家乡拥有从老宅的南河头到北河头的不少田地,是个开明地主,不仅没有民愤,而且兴学授教,广施慈善,是地方上较得民心的名流。新中国成立前,他还在上海混得不错,创办了锁厂等企业。郁钧剑的祖母也是知书达理、写算精通的,并嗜好纸牌"老九采"等娱乐。郁钧剑的父亲郁有声,于1938年间在启秀中学求读,心灵手巧,平日还自己动手设计制造落地电风扇与大小不同的船儿等,以供日常生活中采用,或以此逗小孩玩耍。后来,他来到上海的父亲身边,在沪期间特聘家教继续深造,真正成了一个"掷地有声"之人。1948年,他随父迁移桂林。1956年,郁钧剑就是在桂林诞生的。

郁钧剑的叔叔郁足之(又名郁鼎文),是当地的活跃分子,曾于大粮户(大地主)蔡之祥家担当账房先生。当年,蔡之祥在长兴关帝庙内设有一社仓,郁足之就是那个社仓的代理人。

郁钧剑的三叔公郁鼎勋,是位航空方面的学术权威,地方上都尊称他为三先生。上世纪三四十年代,他任东北飞机制造厂厂长,军衔为国民党空军少将,蒋介石也授予尚方宝剑。当年他结婚时,新娘子顾蕴玉送的嫁妆真是不计其数,浩浩荡荡的送嫁妆"队伍"竟有从石家豆腐店至他家两三里路之长,可见结婚场面非同一般。新中国成立前夕,他随军去了台湾,后在美国定居,其子孙后代遍布世界25个国家。新中国成立后,他的那位爱妻生活于上海塘湾。那时,为了夫妻团聚,采取了将顾蕴玉从上海邮寄到美国去的良策。因那时中美尚未建交,人员来往困难重重,故选择了此种良策。邮寄途中,几经周折,甚至她还逗留于某地种植过小菜地呢!终于,历经一年多时间,她才被邮寄到了美国。后来,她于85岁那年在美病故,其"断七"是在台湾的大儿子身边操办的,宴请了军政要员一百多桌人。上世纪70年代中美建交后,郁鼎勋曾想方设法查找大陆的诸亲好友,并委派大儿子前往郁家老宅询访,离别时,带走了极其珍贵的老宅上的一把泥土。最近,郁鼎勋告诉亲戚,适时将夫人移灵大陆祖坟,认祖归宗,中国固有之伦道也。

2011年元月3日,笔者冒着寒风、脚踩自行车前往郁家老宅采风,到达时,耳濡目染了郁鼎勋老宅"火着"而面目全非的景象。原来是2日晚此老宅后宅沟沿焚烧茅草而引发了"火着",幸亏来了两辆"救火"车,才救下了半边宅头。

郁钧剑的外公邓老三,新中国成立前后在常乐镇西街开染布店。

1995年,郁家祖坟修缮一新,其碑文是郁鼎勋从美国传过来的。悠悠墓地,松柏常青。每逢清明时节,郁钧剑常常归来扫墓,并慰问周围村民。如今,郁家的直系亲属尚存故地的已后继无人了。

1996年4月,郁钧剑应邀参加海门首届金花节,曾亲笔题字"人生得意千百会,难比醉在乡音里"。

(2011年《江海晚报》)

103. 千年碰着海瞌玩
——海门民谚撷趣

(2011年《海门日报》)

追溯起来,历史上早就有"句容搬崇明,崇明搬海门"之说。换言之,海门的老祖宗当在江南吴越之地。海门方言也属吴语的范畴,是比较稳重、古老、独特的一种语言。然而,旧时经济滞后决定着一种方言的命运,长期以来,海门话始终处于弱势地位,因海门话中将"啥"字说成"哈"字,又将"螃蟹"说成"哈",以至于误解连连,颠来倒去之后,海门话就有了"哈(蟹)勒螃蜞"的别称。

其实,海门话是种相当精彩的方言,不说别的,就以海门民间谚语(简称民谚)为例,词汇丰富,含蓄不露,优美动听,形式多样,不拘一格。民谚时常牵起我对家乡的情愫,乡情悠悠,乡思缕缕。说家乡民谚,总有一种慰藉与舒坦,总有一种亲切与温馨,总有一种欢乐与魅力,总有一种思念与牵挂。

这里,不妨先来看看有关生活方面的民谚,这可谓内容丰富,形象生动,自由随意,比喻恰当,如民谚云:"吃过黄连苦,方知蜜糖甜。"人们往往习惯以黄连作为苦的代名词,又以蜜糖比作幸福,这让人顺理成章地明白了,唯有经过苦难,才能感到幸福。在那苦难的日子里,人们的穿着是"布衫裤子勿连牵"的窘状,正如民谚说的,"新三年,旧三年,缝缝补补又三年",哪来钞票更换新衣?只好是民谚所说的那样:"大郎着新,二郎着旧,三郎着筋(破烂不堪)。"还如听取人家的所言所语,如何来悟出其中的意思呢?民谚告诉我们:"吃菜要吃鲜头,听话要听音头。"鲜头,即味道也;音头,指话中隐露之意。就是说从人家讲话的内容中,善于体会出这些话的内在含蓄。再如对物品的需求,总是尽量要好的;若然没有好的呢?那只得求其次,将就将就。这在民谚中反映得很精辟:"有盐盐好,呒盐卤也好。"卤,指制盐时剩下的黑色汁液,或整包盐受潮后渗漏下来的液体。以盐与卤来比喻物品的优劣,多么形象生动啊!为讽刺那败坏社会风气、乱搞男女关系的生活腐化现象,民谚做了个确切比喻:"卖脱馄饨买面吃。"真是作孽!还有,如"头顶上一拍,脚底下汪响";"有算有用,一世勿穷";"一艺不通一世穷";"越吃越馋,越白相越懒";"只有懒人,没有懒地";"手脚勤快样样有,好吃懒做样样无";"爷有娘有,勿及自有";"农家勿养鸡,缺东又缺西"等等,不仅说来顺口,而且蕴含着深刻的生活哲理。

民谚中,对于为人处世具有独到的见地,意味隽永。如有些人浮而不实,夸夸其谈,说得天花乱坠,空空洞洞,没有实际内容,纯属吹牛,民谚将其总结得十分幽默:"一马桶粪,半马桶屁"。令人忍俊不禁,把肚皮也笑痛。还如有句富有哲理的民谚:"船到桥,直瞄瞄",指船行至桥孔时,不要恐惧、担忧,船儿自会一直过去的。不是吗?

汶川大地震,事到临头,更要坚强,地震无情人有情,不也就挺过来了吗?而且,如今的汶川已建成为温馨美好的新家园。再如,传说有只猴子活得厌了,恳求阎王让它转世做人。阎王说:"可以,但要拔尽身上的毛。"阎王才给它拔掉一根毛,猴子竟"哇"的一声大叫起来。阎王说:"你一毛不拔,怎能做人?"由此就出现了"一毛不拔"这句民谚,也可以将它当作慷慨相助的反语词。还有句经久不衰的民谚:"不上台盘。"这原本是指大庭广众之下摆不出去的物品,如今多用作比喻那种辜负众望、无法重用的人。还有,处世准则要做到为人坦荡,从不为非作歹,当然也绝不怕别人怀疑,依然如故,无忧无虑地安度一生。对此,民谚说得无比透彻:"日里不做亏心事,半夜敲门不吃惊。"还有句民谚"千年碰着海瞌玩"。海潮受日月吸引力的影响,一昼间出现两次涨潮现象,周而复始,永不停息。但是,据说千百年中,潮水也偶然发生短暂的停留,犹如人们打了一会儿瞌玩。意思是说,若遇机会难得之事,切莫错失。连摆地摊的小商小贩,也会不失时机地招揽生意:"走过路过不要错过。"有首名曲也叫《千年等一回》,这不是民谚"千年碰着海瞌玩"的翻版吗?再如民谚"过桥莫卵子";"浪子回头金不换";"邻舍好,赛金宝";"痒要自己搔,好要别人讲";"人在苦中练,刀在石上磨";"三好搭一好,三坏搭一坏"等等,语言朴实,甚意隽永回味无穷。

民谚诙谐幽默,生动俏皮,快意淋漓,汪洋恣意,如:"卫生口罩——嘴上一套";"飞机上钓蟹——悬空八只脚";"石头上掼乌龟——硬碰硬";"冬瓜藤到茄树树田里——瞎串";"海滩头开店——外行";"羊头爿钻在篱笆里——不进不出";"弄堂里拔木头——直来直去";"穿钉鞋走路——步步扎实";"药店里的揩布——甜酸苦辣都尝过"等等,诙谐幽默,讲究音韵,如同歇后语。

民谚是地域文化的重要载体,是劳动人民智慧的结晶,也是极其珍贵的文化遗产。随着海门经济的繁荣昌盛,人们势必对精神需求更为迫切,作为独特的文化门类民谚,必将代代流传,生生不息,焕发出新的活力。

(2011年《海门日报》)

104. 又到芦苇青青时

(2011年《海门日报》)

又到芦苇青青时,我不禁想起海门山歌中的一首盘歌:"啥个尖尖在沟沿?啥个尖尖在中天?啥个尖尖在佛前?啥个尖尖在胸前?""芦牙尖尖在沟沿,月牙尖尖在中天,蜡烛尖尖在佛前,两奶尖尖在胸前。"由此可见,那沙地芦苇青青的情景,在世代流传的山歌中,早已有精彩的描绘了。

每逢早春,芦芽尖尖一个劲地向上、向上。到了春末夏初,芦芽便长成了亭亭玉立的芦青,在悠悠然的微风中,苇叶是芦青善舞的长袖,苇秆是芦青纤细的身姿,可谓苗条。但它能抵御风潮的侵袭,护佑人们的平安。正是依靠芦根的羁绊,才滞留了江海的泥沙,使那江海滩涂日长夜大。

追溯起来,沙地人祖先居住的房屋,四面围的是芦壁,屋顶上铺的是芦笆,还被幽默地称为斜角网板。从最早的"芦柴周"到后来的"环洞舍",再到更后的茅草屋,数百年来,芦苇一贯是沙地人建造居所的主要材料。在芦苇构建成的住处内,他们用芦柴煮饭烧菜,用芦苇推笆躺卧休憩。家人头痛脑热生毛病,采用芦根熬汤清火。"拼死吃河豚,要命吃芦根",芦根便是一种特效药,甚至还有抗癌作用。端午节祭祀,以芦叶包裹粽子。天冷了,脚上穿芦花靴御寒保暖。打扫卫生用的是芦花扫帚。以芦蔑编制畚箕、箩筐、芦箧和帘子等,还以芦苇搭成棚舍圈栏,美其名曰:"篱笆遮仔好人家。"

作为我这个农家子弟,还亲记得幼时用芦叶卷成喇叭,把芦秆削成芦笛,欢乐地吹着《小放牛》之类的小曲。我还用芦叶折成小船,放入沟河驶向远处。还以芦叶折叠成风车,在空中转动着童年的快乐。我们将粗芦秆劈成细蔑,做成笼子喂养捉来的鸣虫,还以长长的芦秆黏捉不倦鸣叫的知了。用芦秆扎成纸鸢放鸢子,难怪西汉时的文学家毛苌会对芦苇发出"苇者,伟大也"这样由衷的赞誉。

文友李德龙在他的《小沙芦苇》里对芦苇写有这样的赞语:"芦苇日夜守卫在江边滩涂,抵御台风的侵袭,抗击着怪潮的吞噬。狂风狠狠地将它摁倒在地,它宁可断,也不肯屈,风一过,又直挺挺地站着,一身昂然正气;浪涛一口口撕扯着江边的土地,它以根茎拼命护卫着,与土地共存亡,即使被扯下江去,也要跟激流漩涡拼搏,飘流到远方去开辟新的'居民区'。"芦苇又青青,那根赞美芦苇的能思想的芦苇(李德龙),却已不在了,多么令人惋惜!

(2011年《海门日报》)

105. 难忘的广电情谊

（2012年《海门视听》）

3月18日凌晨醒来，脑海里思索着翌日"广电"座谈会的发言问题，该讲些什么心里话呢？想啊想啊，灵感来了，广电在我心中不是有不少难忘之事吗？

追溯起来，15年前香港回归之际，那时，为表达我们海门人民的心声，我谱写了草根之作海门山歌《山歌一曲飘香港》。然后，我赶往海门文化部门解决演唱问题。巧得很，碰到了陈桂英，但她因嗓子沙哑不能演唱。于是，我迅速往文化局找人帮忙，但因多方面原因也没有如愿。无奈之下，我只得回家，但我并不灰心，所以急忙去找平山广播电视站的范仁山商量，他满口答应大力支持，给我助上一臂之力。紧接着，我与平山小学的一位音乐教师取得联系，我吹笛子她演唱，一拍即合。然后，广电人范仁山肩扛摄像机在寒舍里倾情采录，并赶在香港回归之日送往电视台与电台同时热播，得到了相当不错的反应。但我并未就此罢休，而是马上将此作品寄给香港首任行政长官董建华先生，以表海门人民的一片祝贺之情。不日，董建华委托秘书给我传来感谢信，令人欢欣鼓舞。

此事虽已经过去15年之久了，但至今仍然令人记忆犹新。试想，倘若没有广电人给我的支持和厚爱，倘若没有广电这块平台让我施展拙作，好端端的事儿不就石沉大海了吗？此情此景，怎能叫人忘怀呢？

无独有偶，令我情不自禁地回想起广电热心人洪娟的一段往事。

那是2006年夏，当我得悉"青歌大赛"圆满结束的消息时，觉得时已晚，因无缘观赏而深感遗憾。但幸运的是，我的这种心情被广电人洪娟知晓了，她当即来电，将今晚要举行青歌大赛颁奖暨演出活动的喜讯转告我，令我着实兴奋。接着，我从老远的30里外的长兴赶至文化广场，广场上人山人海，不要说好位子了，就是站立之处也难以找寻。此时，洪娟从远处发现了我，于是热心地招呼我，并让给我一个既舒服视角又好的座位，还笑逐颜开地递与节目单和纯净水，犹如贵宾一样接待了我，真叫人不知该说什么感激话才好。

当演出接近尾声时，两位广电记者过来采访了我，这又是怎么回事呢？细想下来，事前我发觉洪娟曾与两位广电人交头接耳，原来是她出的点子，真把人弄得不好意思，只得东拉西扯地聊了些感悟。此时，洪娟又热心地向我预告，明晚广电将举行第二场庆祝演出，节目是广电人自编自导自演的，邀我前去观赏，甚是热情。

做事先做人，人做不好，什么也做不成。而洪娟就做到了，她真是位广电的热心人，值得点赞，她是当之无愧的国家一级播音员。

（2012年《海门视听》）

106. 骑行江海二等车

(2012年《江海晚报》)

提起二等车,上了点年纪的人也许还记忆犹新,那是一种用作搭乘旅客的搭运货物的载重自行车,尤其是我们江海大地,当年是一种不可或缺的相当便捷的交通运输工具。笔者已过世的兄长,年轻时曾多年踏二等车,故对此情有独钟。

二等车,即在那种载重自行车的衣包架上,另加一块木板用螺丝固定着,板上铺有棉絮垫子(后来发展成铺海绵,甚至弹簧坐垫),设计成一个平平软软的舒适座位。此种车三脚架中的空档处,特制着一个与三脚架相应尺寸的花纹布袋(俗称车袋),供踏二等车人放置饭盒、茶水瓶等杂物。自行车的后天心两侧,以毛竹片连至衣包架,设有供旅客踏脚的板块,后改为铁板踏脚。

那时交通运输比较落后,农村公共汽车尤其少见,而且道路又以小道居多,外地人过来办事或走亲访友,大多唯有乘坐二等车才能到达目的地。于是,港口码头及各处集镇皆设立二等车站。但见旅客到来,踏二等车人马上笑脸相迎,谈妥价格后,便驮载着旅客上路。其中,亦有心灵嘴巧、善解人意的踏二等车人,还犹似如今的"导游"那样热情待客、指点迷津,其经济效益亦相应好得多。

踏二等车人的车技可是响当当的。他们必须经过严格考试,难度好比如今的考摩托车驾照,尤其是转弯抹角要非常熟练,方可领到公安部门颁发的证件——搭客证,准予运载。乡间小道坎坷多,狭窄,间或还会遇有几步宽的田缺及排水沟上架设着窄窄石条的"旱桥",照样能不摇不晃、如履平地般通过。此时,乘客难免吓得心惊肉跳,想想有点后怕,但踏二等车人却若无其事地谈笑风生。不过,千万别以为这是个轻松之活,一旦碰上顶着大风和上坡行驶时,那就吃苦头了。所以,时有乘客遇见行驶至高高的桥塄,立刻主动跳下车来步行,待到桥顶时才坐车下桥。

踏二等车人的生活亦很艰辛,土话说:"车脚一顿,就要脱顿。"意指踏二等车是周而复始、不可停歇的,否则,吃饭就会成问题。

二等车除载人外,还用以替代人力运输货物。我们镇上有几位专为商店运载海鲜的人,清晨空车赶往吕四渔港,每车装载着三大袋海鲜(衣包架两侧各1袋加上衣包架上1袋),每袋重达200多斤,600多斤重量把车头也压得翘了起来,于是就在两个车把上各吊一些砖块,以使车子前后保持平衡,然后有惊无险地上车赶路。踏这样的重车没有把好力气是绝对不行的。

在那二等车盛行的年代,亦将此车当作婚嫁时的"花车"使用。崭新的自行车,龙头上统一系着红领巾,车座上统一铺着花毛巾,运载着新郎、新娘、媒人、伴娘及各式各样的繁多嫁妆,浩浩荡荡地穿过大路小道,吹吹打打,喜气洋洋,引来众人一睹风采,可谓是我们江海农村独有的一道风景线。

当时还有个不成文的规定,只要踏二等车的人每月上交生产队一二十元钱,便有了合法身份,就不属于走资本主义道路,也就不会有人找麻烦。只要一到四夏等大忙时节,务必回队参加集体生产劳动。

更值得一提的是,海门全境解放时的第一任副县长沈计达(现已过世),新中国成立前夕也曾踏过二等车,以此身份作为掩护,领导着全县的地下革命活动。对此,踏二等车人也往往引以为自豪。还有,当年的越南抗美战争中,越南人民军的运输部队,就是骑着这种车子,满载六七百重的物资,沿胡志明小道运输给养。那些中国援助的二等车真是功不可没。

如今,即使是骑自行车的亦已比较少见,更不用说踏二等车这苦差事了。取而代之的是摩托车、电动车以及五花八门的汽车等。不过,从健身和环保及缓解城市交通负担的角度看,我觉得还是自行车比较好,你说呢?

(2012年《江海晚报》)

107. 葱姜田螺香喷喷

(2012年《海门潮》)

民谚云:"春天螺,抵只鹅。"尤其是我们沙地一带,春天里的田螺没有子,肉质细嫩鲜美,挺有特色,而且是最便宜的荤菜,比萝卜青菜还不值钱,但其口感可以与任何山珍海味媲美,鲜得使人掉眉毛,真可谓"七样八样,不如田螺头炖酱"。医圣李时珍早在《本草纲目》中描述田螺:"春月,人采置锅中蒸之,其肉自出,酒烹糟食之……"不过,虽能明目,但其性凉,气寒胃弱者慎用。所以,人们喜欢以韭菜炒田螺,韭菜性温健胃,田螺气寒性凉,两者中和,妙极。至于用咸菜汁来烧田螺,还是一道名菜哩。

对那田螺,是"心急喝不了热粥"的,即不能马上就烧着吃,而要养在清水里"洗"上一二天,一来去泥味,二来去蚂蟥。因为田螺钻在泥里,"胃"里免不了有泥,养上两天就能把"胃"里的泥土洗掉。那时,田里的蚂蟥较多,这些血吸虫还喜欢寄生到田螺壳中去,养上两天后,有蚂蟥的话,就会游出来。

烹煮田螺时,务必将铁锅烧得通红,起油锅,再倒入田螺,加进葱头姜丝,喷酒加糖,"哗啦哗啦"一番爆炒,然后倒些抽油宽汤,一会儿工夫,一盘呱呱叫的田螺端上桌子,浓烈的鲜香扑鼻而来,着实也是一种口福!

吃田螺是用嘴吸吮的,这得有一点点小窍门。拈一颗田螺放进唇间,用舌头抵着螺口,使劲一吸,吸时发出啧啧之声,所以田螺又被称作"响菜"。有时,隔壁邻居几家恰巧同时吃田螺,街头巷尾是一片"唧唧复唧唧"之声,可谓另一道风景线。

还记得,那时我们村子里一对无儿无女的老夫妻,都已年逾古稀了。老爷爷腿脚不便,白天晚上躺在床上。老婆婆每到下午掮着耥网(家乡的一种长竹竿顶上置有小鱼网的捕螺工具),去沟河边耥田螺。翌日清早,她把耥到的一竹篮田螺,均匀地分成两个半篮,挑到市场上去卖。回转时,给老伴拷点黄酒,买些豆腐干、猪头肉之类的下酒菜,生活过得有滋有味,左邻右舍见了皆十分感动。价廉物美的田螺,在那个老人家里,支撑了多么厚重的夕阳深情啊!

但是,好景不长,到了上世纪六七十年代,农田普遍施用化肥农药,沟河皆遭受严重污染,田螺也就一下子稀少了,集市上一改田螺独领风骚的局面。后来到了80年代,乡镇市场上也随之出现了一种福寿螺,体形浑圆,样子与田螺一模一样,说是人工养殖的,硕大得有鸡蛋那么大,据说是从阿根廷引进的,味道怎么样?没有品尝过,不敢妄加评说。

如今,新农村建设日新月异,整治沟河成绩显著。天蓝蓝,水清清,随之,河蚌、田螺重新渐渐繁衍起来,此种美味亦很自然地重返餐桌,好吃得来打巴掌也不肯放。

(2012《海门潮》)

108. 金花与春天
——写在海门金花节之际

（2012年《海门视听》）

金花,乃海门之春的象征也。源于康熙十三年(1705年),由祖居崇明的陈朝玉即"海门田祖",携妻来海垦荒,并将播种油菜传入海门。

老来怀旧,不禁令我回归浓浓的金花之中。田埂上下,沟河两岸,野野豁豁的金花林立,触目可及。或粗或细,或壮或弱,悄悄、黯然,是那样的生生不息,勃勃不已。儿时我就发现,当寒风与严霜使茫茫大地变得光秃秃时,唯油菜顶端缀满暗绿的叶儿,飘飘欲飞,诡秘奇幻,其姿其色,令人蹈奋励志。那与大自然相生的气势别具一格,有风格则立,则格外惹人喜爱。

当寒意料峭,那些不声不响的油菜,摇曳温馨最先报春了。油菜的枝叶渐变青柔,并悄悄生出幼芽,精灵般小巧玲珑,煞是好看。那青,很淡,淡得纯朴安然;那柔,很静,静得悄无声息;那黄,很浅,浅得娇嫩新鲜。有几缕风蓦地吹过,溅起油菜的声音,如微笑,似交流,像轻叹,若吟咏,美妙至极。如此泄露春光的景致,房人之情,俘人之喜,夺人之爱,让生命进入另一番境界。油菜地的里里外外,繁枝闹暖,芽叶暗香,虫鸟悠鸣,真叫人心旷神怡。倘徉其间,恰如携春而行,自己也不知不觉灿烂起来,久久不肯离去,只想把春天留在苍老的生命里。在那清澈见底的沟河里,油菜花的倒影清晰靓丽,碧波映金花,花在水中开,水在花中流,烟雨蒙蒙,影影绰绰,让家乡在灵秀中更增添了魅力。这也恰如杨万里所描写的那样:"篱落疏疏一茎深,树头花落未成荫,儿童急走追黄蝶,飞入菜花无处寻。"

金花早早报春,生命旺盛,风貌天然,乃本色所在。其挺立之态,繁茂之容,无畏之势,导之以情理哲思,遂随岁月、风雨衍化,为海门人的图腾崇拜。这样的图腾崇拜,也很自然而然地形成了油菜闹春的金花节,而且这节越来越闹猛了。这一特殊节日,可见金花之风情民俗,尽得一片好春光。此乃海门独有的节日,想之,盼之,多么令人神往。金花节是在一片充满灵气的海门举行。金花依依,春风亦依依,阳光多么明媚。情真真,意切切,人们的激情使海门的春天更活跃、更美丽、更繁荣了。

(2012年4月8日《海门视听》)

109. 接 港

（2012年《青山》）

本文所说的"接港"，并非是原先那种赶往青龙港码头，去迎接从轮船上由上海等地归来的客人，而是指每逢大潮汛，海边的守家女人都事先对镜画眉，披红戴绿打扮一番，然后一窝蜂地涌至渔港，去迎接归帆，迎接丈夫，迎接满筐满担的海鲜。记得，笔者在海门山歌剧团时，多次前往吕四、东灶港、寅阳、栟茶、崇明、舟山等沿海之地巡回演出。从而，对"接港"的情景略知一二。

天空晴朗，万里无云，火辣辣的太阳当空照，恣情铺洒在赤裸裸的渔港，海风扑面而来，紧密而粗重。不多一会儿，耳畔传来"轰隆隆"的声音，那是涨潮的涛声。因夏日的大汛，大涛震天，大家的眼光齐刷刷地向海中聚集。海风潮水从远方而来，势如破竹。人们叫着、喊着、跑着、笑着，欢呼雀跃，好像迎接凯旋的威武将士。约个把时辰，潮水浸至脚下，犹凶猛的雄狮完成百米奔跑和追猎喘息而定。此时风平浪静，远远地看见一片风帆向海边驶来，人们指手画脚。女人们把脖子伸长到极限，像一只只海鹭曲颈看着那远方的海面。"那是我家的船！"一个女人在惊叫。别人还在茫然远眺，她却识得男人驾船而归，是心灵感应，抑或是天地传情？一艘，两艘，三艘，船帆顺风而下，直逼渔港滩地，船上挂着的旗不是红的就是绿的，迎风招展。

落帆、熄机、挑篙、抛锚。一块油光闪亮的跳板让船儿与渔港牵手，亦连着船上男人与留守女人两颗渴望的心。于是，泡沫方箱、竹篾圆篷、塑料桶、蛇皮袋，或搓或抬，或拎或挑，或背或扛，各种海鲜从船上运抵港口。阳光下，无数的幼蟹在泥汀滩地上爬行，左奔右夺，似顽童在大人间穿梭。我辈游人涉足捕捉，眨眼间它们就钻进地穴，"潜伏"得无踪无影。从船头到港口，男人女人边运货边叙谈，不知所云，但那兴奋红红的脸庞好比燃烧的晚霞。

转眼间，虾、蟹满筐，但最多的是各种白亮的海鱼，一箱子、一筐子、一字排开，把女人和客户分成两边。客户讨价还价，女人们灌袋掌秤，把一沓沓钞票塞入系在胯上牛皮腰包。空气中弥漫着浓烈的腥味，和着交易的忙碌和嘈杂声，顺风飘进海边苍翠的丛林。

听说过"拾海朽"吗？一日，我们剧团在吕四演出时，我等数人前往大洋港观赏那"接港"的情景，在港口首先观赏到这相当精彩的一幕。只见"拾海朽"之人已早早待在那里，其中有位"眼快"者发现远处有支大木头随潮水涌进来，他立即纵身跳入海里，抢先游泳至大木头处，拾得了价格不菲的"海朽"。

当一箱箱海鲜几近售罄时，泊于港湾的渔船又将返海作业。离别的时刻就在眼前，女人对自己男人的那份叮嘱，那份牵挂，以"比天高比海深"来作比喻恐怕一点也不过分,渔港舞台霎时上演了一出充满缠绵悱恻的言情剧。"带好孩子,把爸妈照应好。"男人的话像电报一样急促而洗练。"家里没事,你不用担心。风大,多穿点。吃不要省……"女人好像有许多话袭上心头,显得有点哽咽的样子。说着,把带来的一盒香气扑鼻的菜肴递给男人。皇天后土,此刻,整个世界似乎都交给了这一对对离别之人。

天空灿烂,海风劲吹,喧嚷与繁华如烟散尽,渔港周而复始地归于深寂。人们转身返家,只有渔港还在静静地眺望与等待,等待下次涨潮,等待"接港",更等待恢宏的沿海大开发,将万吨巨轮拥入怀中……

(2012年6月《青山》)

110. 珍贵的《乡村音乐老师王叶》

(2012年《海门视听》)

时下,农村学校对于音乐课,一般来说都不是很重视,有的还到了可有可无的地步。为了点什么小原因,就往往将音乐课干脆取消;也有的上音乐课时,放任自流,不成体统;什么简谱知识之类,也就任意不教,待到毕业时,送个及格了事。诸如此类,举不胜举。但是,2月25日,从海门电台的"新闻故事"中却传来了有声有色的佳音,描绘了王浩初中音乐老师王叶,执着地热衷于音乐教育事业的生动故事。这与上面所述的情景成了鲜明对比,显得格外难得。因为难得,也就属于物以稀为贵了。为此,记者钮春花采访的《乡村音乐老师王叶》,就很受听众的喜爱。而且,不仅是珍贵,还格外新鲜。因为关于音乐教育方面的内容很少有人问津,而钮春花却很有见地地抓住了这个无人问津的冷门题材,这就恰如其分地体现了"新闻故事"的真谛,这是此节目的优点之一。

其次,《乡村音乐老师王叶》的内容丰富又生动,从而达到了感化人的艺术效果。王叶老师刚到校时,在音乐教育上遇到种种困难,甚至让她产生了不想干下去的念头,但她最终挺住了,倾心尽力地一步步干下去,这是一种锲而不舍的精神,多么值得弘扬。接着,她善于做好感化工作,包括善于开导校长,课堂里逐渐添置了录音机、乐器等音乐课必备工具,把音乐气氛营造起来。这是一种有条件固然要上,没有条件就得创造条件也要上的闯劲,这种闯劲充分体现了创新精神。而创新精神正是一种时代精神,对受众具有相当大的启迪作用。王老师为了培养下一代,特别是为了培养尖子,不仅晓之以理,动之以情,而且还自掏腰包,从当时自己微薄的300元工资中节约再节约资助学生,此种无私奉献精神,确属很了不起。其实,这也属雷锋精神的一种体现。"新闻故事"紧跟时代潮流是那样的及时,怎不叫人拍手叫好?

2007年,王叶当上了市人大代表,在荣誉面前,她不傲不躁,从不自满,不断进取,精益求精。为农村音乐教育得到进一步发展,让农村学生与城里学生一样更多地感受音乐与爱,如今她正在大踏步地勇往直前。这样的时代先锋,为我们广大受众树立了光辉榜样,让人欣慰,深受鼓舞。

听完《乡村音乐老师王叶》后,笔者总觉得,这么好的一档节目,怎么没有音乐加于衬托呢?何况,王叶是位很有才华的音乐老师,这就更加自然而然了,让人有滋有味地尝尝音乐的魅力,哪怕是穿插上这么一二首王老师演唱的歌曲或演奏的乐曲也好,点缀一下,更使人心满意足。此乃这个节目的美中不足了。

(2012年3月《海门视听》)

111. 沙地"寄亲"习俗探寻

(2013 年《江海文化研究》)

说起沙地的亲属关系,可谓相当错综复杂,仅宗族成员中,就有个"祖宗十八代",此乃沙地人常常挂在嘴上的。那么,这"祖宗十八代"的详尽称呼又是怎样的呢?看来,一般人可能都弄不大清楚,只不过是一知半解而已。最近,笔者为了尽可能地撰写好本篇拙作,化了一番心血,深入下去探寻,终于将此全貌搞清楚了。概述如下:

所谓祖宗十八代,是指自己上下九代的宗族成员。上按次序称谓:生己者为父亲,父之父为祖父,祖父之父为曾祖,曾祖之父为高祖,高祖之父为天祖,天祖之父为列祖,列祖之父为太祖,太祖之父为远祖,远祖之父为鼻祖。即父、祖、曾、高、天、列、太、远、鼻。有史书称:固人怀胎,鼻先受形,故鼻祖为始祖。下按次序称谓:父之子为子,子之子为孙,孙之子为曾孙,曾孙之子为玄孙,玄孙之子为来孙,来孙之子为昆孙,昆孙之子为仍孙,仍孙之子为云孙,云孙之子为耳孙。即孙、曾、玄、来、昆、仍、云、耳。耳孙者,辈分甚远,仅耳闻之也。

其实,除宗族成员外,沙地的亲亲眷眷关系还是很多很多,对此本文就不阐述了,只就颇具沙地特色的"寄亲"习俗,在此略作探寻。这虽比祖宗十八代更为错综复杂,但也并不是说不清道不明的。

沙地寄亲习俗的由来,原先是从江南吴地流传而来。那里,陈朝玉自崇明来到海门,带领移民从围田开荒,生活条件与自然条件十分恶劣,父母为解除孩子的"关煞",避免孩子蒙受夭折,于是将孩子寄亲,相认父母的同辈为寄爷娘,从此结成了有相当安全因素的社会关系网。换言之,此种寄亲关系含有十分深刻的"寄托"情意,此乃一种最早的沙地寄亲习俗。

第二种沙地寄亲习俗,是生肖相宜的寄亲关系。旧时,由于医疗落后,容易生病,所以小孩出生以后,家长便请算命先生排八字算命,认为要做到八字齐全,五行不缺,才能保证孩子健康成长。还认为,因有的孩子生肖与父母相克,故导致不利,必须设法将孩子另寄给生肖相宜的人,从而形成了一种沙地特有的寄生肖习俗。如属猴的小孩寄给属蛇的人,属兔的寄给属狗的——至于牛马相克,当然不可寄生肖,正如顺口溜也说"白马怕春牛,鸡狗不到头"。

第三种沙地寄亲习俗,指"寄名出姓"(即改掉原来生父的姓而重新取姓)的寄亲关系,其中包括寄名给有财有势的人和因子女太多而寄名出姓给他人,以及家庭之间原本格外投缘、关系密切、为"通家之好"而寄名出姓等。

曾记得,我的哥哥在小时候磨难多,往往会生小毛小病什么的,弄得父母经常半夜三更还要带他去诊所。不过诊所医生看了几次,疗效却不怎么样显著。后来,父母亲听了算命先生如此这般说法,决定将他寄名出去。不过,寄名出姓也有些"潜规则":找寄名出姓的人时,应找邻里关系较好的,不可找常与人家争吵的,要找相互比较投缘的,不该找陌生的等。但关键还在于人家肯不肯,并不是人家都会愿意让你寄名出姓的。一旦寄名后,两家就攀上了一门寄亲关系,随之人情来往就多起来。这对于生活拮据的人家,也是个负担。若是这种情况,人家当然就不愿让你寄名出姓了。

哥哥寄名的这家人家姓张,与我家也靠得较近,关系本来处得也好,故很顺利地说成功了。那时,是寄名给此张家女儿的,是位年轻小姑娘,她不懂这回事,由其父母做主操办的。这样,哥哥就随了张家的姓,并取名为"永年",含义就是但愿永远年轻,百病消灾。说来也怪,自从寄名出姓后,哥哥的身体就好起来了。

我们两家原来就靠得近,又攀上了"寄亲",人情往来自然也频繁起来。那时候,人情世故反正全由父母张罗,小孩子只晓得与寄爷常来常往,亲亲热热,零食水果那是当然不会少的,过年还有压岁钱等。

后来,哥哥长成大人,还恢复了自家的姓,不过,"永年"这个寄名没有更改,至于礼尚往来、关系密切依旧延续。

第四种沙地寄亲习俗,指双方原来是牌友或吃酒朋友或一般朋友的寄亲关系,此属比较少见的一种。

第五种沙地寄亲习俗,那就是以寄亲称呼替代亲戚关系,此乃为最多又不大容易搞得清的一种。其起初的范围只局限于母亲的妹妹、妹夫、姐姐、姐夫以及父亲的妹夫和姐夫,还有姑丈、舅父和姨父都可直呼为"寄爷"。姑母、姨母则既可以称为"寄爷"又可以称为"寄娘"(舅母可称"寄娘",却不可称"寄爷")。后来,还出现了不成文的规范,则"寄爷"不仅包括亲戚中的女性长辈,而且还将"寄爷"称呼扩大至"面称结拜的父亲、舅父、姑父、姨父及未婚的姑母、姨母"。相应地,"寄娘"就扩大到"结拜的母亲、舅母与已婚的姑母、姨母"等。

这里,还有个语言习惯问题。由于语言(特别是口语)既有顽强的生命力,并有丰富的可塑性,加之语言规则也会随着时间的推移而发生潜移默化的变动。如姑母或姨母结婚与否,反映在称呼上的微妙区别,已经变为失去意义。还如有种人别开生面地从来就直呼大姨为"大姆娘"、大姨夫为"大寄爷",往往弄得别人搞不清其中的寄亲关系,但有人却反而认为这是最自然、最亲热的称呼,真叫人弄得丈二和尚摸不着头脑。

沙地寄亲习俗,还有不少传统做法。如幼时拜认的寄爷娘,需为寄儿女送上一只长命富贵碗,红筷一双,而且碗里不可空着,至少放只馒头什么的,并送一红包作见面礼。端午节送粽子及锁片、肚兜等,中秋节送月饼,还要请吃饭。反之,作为寄儿女一方,当然应为寄爷娘回赠礼物和举办酒席,作为礼尚往来。至于有财有势的,那就很讲究排场了。选择黄道吉日,举办丰盛的"送女儿帖"、"拜义父"等喜庆,故有"寄爷娘相等于半个亲父母"之说。但其中亦有只是象征性的情形,并不礼尚往来,真所谓"远亲不如近邻,老死不相往来"。至于"东南风爽急悠悠,寄爷要睏寄丫头"之说,那是纯属谣传了。

写到此,请允许我聊一下由通东传入沙地的"寄亲赎身"。何谓"寄亲赎身",就是等到寄儿、寄女长大成人后,在结婚前,必须亲自带上寄媳妇或寄女婿,携带鱼、肉、红糖、茶叶、糕、粽子及大小鞭炮等到寄爷娘身边送礼,这就叫作"寄亲赎身"。

那时,沙地有个姓黄的人家,弟兄五家都生勿到儿子,后来老五终于生了一个儿子,五房合一子,令人格外欢喜。可是,经算命先生八字一排、五行一排、缺这少那,还有三"关"四"煞",父亲好不忧虑。于是,按算命先生指点"寄生肖"拜了一位近邻的女士做女寄爷。后来,这位女寄爷出嫁到上海,虽然旧时交通不便,寄亲来往少些,但是这位寄爷每年还是托人带给寄儿子节礼,使寄儿子的生活一帆风顺,平安无事。不知不觉寄儿子长大成人,而且到了结婚时间,但这时那位姓黄的人,把呵护儿子成长的"寄爷"忘掉了。这样,哪知婚后生下了一个有发又无发的花斑癞痢头。再请算命先生,先生头一句话就问有没有"寄亲赎身"?

再举一个例子。一刘姓人家因寄爷就住在对门,平时里跑得很亲热。结婚时,认为反正门对门的,就省去了"寄亲赎身"这道手续。可到后来生的是哑巴。到媳妇又有身孕时,有人提醒他这回去补"寄亲赎身",可老刘坚决不信这个邪,结果生下的却是个开眼瞎子。

这些例子虽是无稽之谈,但里面包含着感恩的传统美德,这种美德值得弘扬。

(2013年8月《江海文化研究》)

112. 沙地家筵礼仪

(2013年《海门日报》)

在餐桌上,我们沙地人的祖上十分注重礼仪。"或饮食、或出走,长者先,幼者后",此乃起码的规矩。祖辈凡事都讲礼仪,容固宜度,言尤贵有章。吃饭时老人家最看重规矩,不能驼背哈腰,不能边嚼边说,长辈没动筷之前晚辈只能坐等,晚辈为长辈端饭要用双手,吃饭不能出声,不许当众打嗝,咳嗽时必须转身低头捂嘴,夹菜不准如鸡头啄米,吃完时碗内应该干干净净,粒米不剩。

待到祖辈那一代逝去后,沙地的这些礼仪就逐渐荒废或被抛弃,因为父母那一代人不是自顾不暇,就是在家庭教育里缺失了文明礼仪这一项,而且整个社会好像还在背道而驰。孩子是看着学着长辈的,一代或两代一旦断裂,再恢复起来恐怕很难了。

现时,我们沙地人的一些吃相,看来与生活陋习也有因果关系。尤其是傍晚7点左右,一家老小坐在沙发上,如蚱蜢那样支着双肘,叉开腿,哈着腰,抬起头,边吃边盯着电视机。久而久之,无论房子换成多大,这副模样却永远定格了。

如今,特别突出的是,我们沙地亦有为数不少的少年儿童(美其名曰"小皇帝"),在餐桌礼仪上更为惨不忍睹。如一日三餐的"菜单",反常得首先听从"小皇帝"做主。按此"菜单"烧好了,开饭时他们却出尔反尔不愿吃,哭哭啼啼,大吵大闹,心血来潮地立刻要吃十三香龙虾什么的,或者忽然想去餐馆吃肯德基之类,弄得父母啼笑皆非,不知所措。餐桌上,"小皇帝"常将嗜好菜肴往自己面前一端,谁也不许动一筷,只顾自个儿吧嗒吧嗒地吃个精光,或者饭碗上的模样总像是在囤积菜肴,每顿吃饭就没有不浪费的。放学时边走边吃烧烤食品更为司空见惯——我们的接班人的餐桌礼仪竟成了这副样子,多么令人痛心啊!

但是,追溯起来沙地家筵礼仪原先是非常讲究的。沙地家筵产生于久远的封建社会,这里不妨先从"筵席"的由来说起。那时,沙地饮宴都席地而坐,"筵"与"席"都是铺于地上的坐具,"筵"是用蒲草或苇子等粗糙材料编成的坐具,面积比"席"要更大一些。"席"是用萑草等较细致材料编成的坐具,面积比"筵"要小些。沙地的做法是,先将"筵"铺于地上,然后根据人们的不同身份加上"席","筵席"由此得名。

稍后,沙地的较富有者或身份较高者,则采用在"筵席"边上加一种矮腿案子来摆放酒馔。这种方式比起在"筵席"上饮宴要方便和卫生多了,但只有年岁大的家长才有资格使用,家庭一般成员是不加案子的。并且,饮宴时家庭妇女是不能入座的,其任务是把盏斟酒和献食。这一封建礼仪,至今在少数落后地区仍有存在。

不久,沙地的坐席方式发生了一些变化,官僚、士族、富户开始使用一种专供坐用的榻。此榻很矮,腿粗短,有一定的承受力。榻有两人坐的,也有专供一人独坐的。

与榻相配套的是食案,上面摆酒和菜肴等。有个典故"举案齐眉"中,妻子就是举着这种食案给丈夫献食的。主人在坐榻上凭食案宴饮,其他辈分低者却无享用的资格。

沙地民风淳朴,一般人家喜庆婚丧宴请礼仪均十分严谨,入席要按长幼尊卑排座次,如果是八仙桌,沙地规矩是:朝南屋时,由东而面西的北座为"头位",其南座为"三位";头位对面的两座为"二、四位";朝南座由东而西为"五、六位";朝北座为"七位、末位"。但是,排座次桌子安放首先要看房屋的方向。如朝南屋的话,敬神或祭祖时,桌应按桌面板缝横着放;宴客则要竖着放,排座次就如同以上所说的那样。

尊贵之客坐头位,主人末位奉陪。官场上,即以职位高低分座次,乡间筵席以年龄分座次,但亲戚、宗族又要讲究辈分了,晚辈不能越位,同族一般坐七位、末位。大户人家逢喜庆婚宴等大事,主人与账房先生预先拟定座次,并以红纸条写上姓名贴好,以免临时谦让。

如厅堂上安放两桌或四桌、六桌,以两边靠壁为尊。如朝南屋,两边桌上则以朝东而北座的一席为头位。

清代康熙、乾隆年间,沙地随之出现了圆桌,更适合合家团聚饮宴,倍受欢迎。圆桌的座次是:朝南层,东面中一席为头位;头位之北为三位,南为五位;西面由北向南为四、二、六位;朝外为七、八位;朝里为九位及末位。

"非酒无以成礼,非酒无以成欢。"酒的这一特殊功能,决定了沙地家筵举办的时间。概括来说,一是人生礼俗日(生子、成亲、丧葬等),二是岁时节日(春节、上元节、端午节、中秋节、重阳节等),三是某些家庆日(中举、官职升迁、长辈升迁等),四是亲朋远来接风洗尘及家里人出远门饯行等,常是举办家筵的良辰节日。还有,沙地除夕守岁饮宴之举,历代皆沿袭。

沙地家筵礼仪还有一些旧习惯,如"尊人立莫坐",是说头位没有入座前,其他人只能等候待坐。"尊人共席饮,不问莫多言",筵席上长辈不问话,晚辈不能多言。"尊人与酒饮,即把莫推辞",长辈敬酒,晚辈不能推辞。"坐见来人时,尊亲尽远迎",席间如有客人到来,要离席远迎。还有,"男女不同席"、"敬三杯酒"、"干三杯酒"、"罚三杯酒"等陋习。

沙地家筵的菜肴规格十分讲究。这里,仅举小孩的周岁为例。现时,沙地待客菜肴相当丰盛,一般而言,冷盆有:醉虾、葱油红头子、拆烧麻雀、三黄鸡、夏威夷果、糖醋猪排、醉香泥螺、牛肉、卤翅、鸭舌等。热炒有:红烧羊肉、椒盐蛇肉、板栗乌龟肉、清蒸甲鱼、黄鳝烧肉、脆皮乳鸽、清水河蟹、黄油澳龙、文蛤炖蛋、脆皮鸭等。汤两道:鸽子汤、香菜河虾汤。点心两道:龙凤奶黄包及不可或缺的"期过圆子"。还有哈密瓜、提子。此种酒水,大大地超过了旧时那种了不得的"十碗头"、"十二碗头"。但也有不办酒的,父母携带小孩去外婆家,当然仪式很简单。甚至也有干脆不操办什么仪式的,这叫"偷期过",自己家里下点长条,做点"期过圆子"吃吃而已。

综上所述,我们要一分为二地对待沙地家筵礼仪,与一切旧文化一样,既存在着封建糟粕,但亦蕴含着尊老爱幼、文明礼仪等传统美德。

(2013 年 9 月《海门日报》)

113. 沙地人盖房上梁仪式

(2014年《江海文化研究》)

一、择地定向

沙地有句俗语说得好:"选宅勿好一世苦。"因此,民间盖房选择宅基地作为一项头等大事办理,主家恳请风水先生勘察地理形势,挑选"三元吉地",俗称"看风水"。

风水谓之"堪舆"。堪者,天文之意,舆者,地理之谓。系指宅基地周围的风向水流等形势,能招致住户的祸福。所以,原先选择宅基,都要请风水先生择吉而定。

（一）择地

风水先生在主家的陪同下,踏田勘察地理形势。沙地水网交织,人们注重水的流向,凡水之来者,欲其屈曲,横者欲其绕抱,去者欲其盘桓,汇聚者欲其悠扬,不射不割,溪水潺潺,这便是好风水。人们认为宇宙中弥漫着一种"气",它"遇风则散,遇水则止"。凡能聚"气"的地方,风水很好,凡是散"气"之地,风水不好。沙地群众信仰"环抱水",即宅基周围有绕宅河,称之"活水",谓之"环抱水必有气","环抱水必有大发者"。东南角搭桥梁,谓之青龙头,寓意"财水进门",住房居河之右(西)为吉,居河之左(东)为凶。其实,自然形成"环抱水"极少,一般均是人工开凿。地势高低亦有讲究,如宅后田高,称之"交椅田",稳坐太师椅,便会升官发财。风水先生千方百计寻觅所谓富地,沙地民间流传着一首《富地歌》:"一富青龙双拥,二富龙虎高耸,三富嫦娥清秀,四富双鹰盘旋,五富砚前笔架,六富降龙伏虎,七富九曲回环,八富四水归朝,九富屏风走马,十富水口环抱。"

沙地人如遇天灾人祸,往往被视作风水不好之故,所以选择宅基地有一套禁忌:一是宅前忌高田,谓之"高田地,像灵台,寡妇痛哭无夫在"之语,招致死人;二是宅前忌茫茫河水,谓之"子午水",多灾多难;三是忌大水直冲客堂,谓之"三煞水",遇煞招病不吉利;四是宅前忌臭水,谓之"阎王水",生病死人;五是宅左右直冲的水,谓之"拳头水",遭拳挨打;六是忌宅基左右两角直冲的水,谓之"反弓水",像弓射人,遭殃;七是房屋沿河在水中留下倒影,倒霉;八是宅前忌阴宅或祠堂,"宅前阴宅常疾病,魔鬼缠身病相连"。

但是,习俗以为即使路与水冲之,有距离界限,即五百米以内有冲,须避之,五百米以内无冲则不避,百米以内有路或水直冲,则用石头井圈放在壁脚跟上镇邪,口念

"井圈落地,百无禁忌",就可免灾。若宅后五百米以内有路或水直冲,则宅后将粪坑摆在冲点上镇之,口念"粪坑落地,百无禁忌",就可辟邪。若宅前大树对着大门,门上挂一镜子,俗称"照妖镜",就可辟邪。

（二）定向

宅基选中后,风水先生从主家手中接过红漆方盘,盘中铺层白米,将指南针放入盘中,然后放在地上定向。房屋以面南为尊,谓之"万物负阴而抱阳",冬暖夏凉。方向定后,由风水先生打中心桩,口中念念有词:"金棍落地,状元出在此地。""新房定个好方向,八宝地上砌华堂。东砌三间金银库,西砌三间积谷仓。"

接着,进行"暖土",即祭祀土地菩萨,俗称"斋土地"。祭奉土地是祈求这位既通神又通鬼的社神保护。祭祀方式与众不同,正中放八仙桌,桌上设"土地神码",供品有肉有鱼,"肉"与"玉"谐音,寓意金玉满堂；"鱼"与"余"谐音,寓意年年有余。但是,一不烧香,二不叩头。祭后"土地神码",以及锡箔拆成的"元宝",以示虔诚。祭毕,风水先生去主家喝酒,称之"定向酒"。从此,就可破土动工。

二、上梁仪式

沙地的上梁仪式十分隆重。上梁必择"吉日良辰",日子由风水先生择定黄道吉日,时辰由风水先生择定涨潮时刻。沙地濒江临海,潮涨潮落,涨,增高也,涨潮谓之"涨财水"。上梁习惯选定初涨时分,涨势猛,后劲足,意思是旺财源源不断而来。上梁由领班师傅主持,其仪式依次如下。

（一）祭祀祖师

工匠为了祈祷神灵保佑,祝愿上梁顺利,一切平安,必须祭祀木匠师傅的老祖宗——鲁班。摆一张八仙桌,按中轴线排在居中偏前,桌前地上铺一条长方形红毡,作叩头之用。桌上靠北边摆两位神像,一为鲁班,放上首；一为张班（泥瓦匠的祖师爷）,在下首。其时领班师傅唱《请神歌》:"新造房子朝南开,堂中摆起鲁班台,红烛登台三星高,金银台上降八仙。一眨眼鲁班云头过,二眨眼张班下凡来,银壶倒出高梁酒,金浆玉液敬神仙。第一杯美酒先敬天,第二杯美酒来敬地,第三杯美酒敬神仙,第四杯美酒敬亲朋,第五杯美酒五子登科,第六杯美酒六畜兴旺,第七杯美酒七子团圆,第八杯美酒八仙过海,第九杯美酒九龙珠,第十杯美酒敬请鲁班张班登台。"唱毕,说是神仙降临了。请神虽很有趣,但请神者不得笑出声,否则,是对祖师的不尊重,恳请不到。随后点香烛,上祭品。祭品上毕,再上两只红漆方盘,一盘中放红包（喜钿）,一盘中放酒壶,领班师傅随口吟唱:"红盘上台,发财发财。"同时,领班师傅斟酒,表示请祖师开怀畅饮。接着叩头,首先是穿红着绿的东家夫妻双双跪下,接连四叩头。其次,泥木匠领班双双跪下,四个叩头。再次是其余工匠成双作对,一一下跪叩头。祭过祖师,意思在上梁时不会发生意外事故,定会太平无事。

（二）讨口彩

盖新房是件大喜事,忌说不吉利的话,均宜出口喜话,这是吉祥之语,沙地称为

"口彩",或叫"讨吉利"。上梁那天,工匠将忌讳的工具名字,改叫吉利的名称。如"斧头","斧"与"火"谐音,直呼"斧头",今年新房会遭火灾,故将斧头改叫"开山",寓意"开出金山"。"榔头"的"榔"与"郎"谐音,"榔头"误传之"汉郎头",不吉利,往后东家的女儿会偷汉子,因此"榔头"改叫"兴隆"。又如"木尺"叫作"曲龙","凿子"叫作"夸口","泥刀"叫作"银片","铁钉"叫作"金条"或"出秀","绳索"叫作"金带","柱磉石"称"金饼","扶梯"称"步步高"。干活儿的有些名称也以吉利话取而代之,如"锯木"叫作"圆木","扛"叫作"涨","敲"叫作"钉(金)","砌墙"唤作"堆金块"。届时,东家故意说句不吉利话询问工匠,工匠即以吉利话回答,俗称"讨口彩"。如东家问木匠领班师傅:"这扇大门口太小了,棺材能扛得出吗?"领班答:"东家,保证官(棺)出财(材)进!官出财进!"东家讨到了口彩,喜得眉开眼笑,马上给予喜钿。东家又问泥匠领班师傅:"喔唷!这块砖头要跌下来了,危险!"领班接口说道:"金砖跌进东家门,得喜得喜。"自然给予喜钿一包。如果东家出的反题使工匠答不上来,即讨不到口彩,由东家的妻子急忙补上(事前东家夫妻商议好的口彩),但东家十分生气,对工匠非但不给喜钿,而且四处宣扬败坏声誉。一般不会难答,因几句熟套的口彩都在当地民间流传。如果东家和工匠发生矛盾,那当然讨不到好口彩。笔者调查到两个实例:清末,沙地有位姓高的首富,建造七开间瓦屋一幢,木匠在正梁上按铜制饰物时,东家问道:"师傅,铜制饰物会生锈吗?"木匠应该回答:"生秀(锈)生秀。"意指生出秀才。然而木匠却并不奉承,不贪喜钿,随口而出:"永不生锈(秀)。"东家弄得哭笑不得,气得病了一场。又如一富户李正兴造房子,他在大梁上挂了装有大米的荷包袋,喜气洋洋地问工匠:"大梁上的袋(同音代)多吗?"木匠应答:"大梁许多代,代代相传。"但木匠却答:"这些米倒在一只袋里,不满一代,不满一代。"喻东家不满一代就会败。东家气得瘫倒在地。

综上所述,东家对工匠不得怠慢,一怕磨洋工,二怕捣鬼,三要讨口彩。因此,烟酒佳肴,热情招待,平时八样荤菜,两三天加餐一次,俗称"待匠"。其待匠酒有开工酒、上梁酒、满工酒等。俗话说:"没有三年陈油酱,不能动用泥木匠。"除此之外,按照风俗,东家还要塞红纸包给工匠,俗称喜钿,讨口彩之意。其规矩十足,名目繁多,如以下几种喜。

1. 锯"八字头"喜

开工那日,木匠领班师傅锯下大梁和东本柱的"八字头"。并用红纸把它封好,然后恭恭敬敬地双手交给东家,曰:"八仙临门!"东家接"八字头",高兴地付出喜钿。锯大梁的"八字头",木头不能搁在三脚木架上,因为木架俗称"木马",说会碰上"马煞"的,所以要用两袋大米垫木头。锯毕,这两袋大米(百斤左右)由领班所得,这叫大喜钿。领班连声致谢:"大喜!大喜!"

2. 定磉喜

砖木结构的房屋,在柱子下面需垫圆圆的一块基石,俗称"柱磉石"。泥水匠将"柱磉石"固定于按柱子的位置,称之"定磉"。其时,泥水匠叫作"叠金饼"。东家听后十分高兴,即付喜钿。泥水匠将一部分喜钿转让给木匠,目的是向木匠要立柱的尺寸。

3. 立柱喜

房屋立柱,木匠唤之"立金柱",东家付出喜钿。木匠将一部分喜钿转让给泥水匠,目的是所立之柱,请泥匠用竹架固定。

4. 东南脊喜

房屋东南角的一根角梁,俗称"青龙角梁"。木匠在架梁时吟道:"金龙飞舞,财气进门。"东家当然高兴地付喜钿。

5. 满椽喜

大梁南边两根椽子,一般是空着的。如东家付了喜钿,木匠方才将椽子钉上,俗称"满椽喜"。并且木匠边钉椽子边说口彩:"满才(椽)之喜!"

6. 满瓦喜

泥匠故意在大梁前侧空两块"旺砖"。如东家付了喜钿,泥匠才去补满,俗称"满瓦喜"。并且泥匠边铺望砖边说口彩:"满屋之喜!"

7. 上梁喜

上大梁,东家重发喜钿,如搭抛梁台喜,唱抛梁歌喜,扎凤凰笼喜等,总称"上梁喜"。它在各种喜钿中是最重要的一种。

8. 门框喜

立大门框,东家付喜钿,俗称"门框喜"。木匠的口彩是:"大门敞开,财神进来。"

9. 窗框喜

立后窗框,东家付喜钿,俗称"窗框喜"。木匠的口彩唱道:"扇扇门窗扇扇开,金银财宝滚进来。"

10. 龙腰喜

泥匠在屋脊正中塑造古代戏文,东家付喜钿,俗称"龙腰喜"。并于龙腰中种上一根葱,谓之"郁郁葱葱"。

(三)贴对联和挂红布

破土动工之后,东家邀请当地有名望的书生撰写对联,红纸黑字,其内容有"立柱喜逢黄道日,上梁巧逢紫薇星";"柱子圆梁屋架全,福星高照在中间";"长命富贵,代代幸福"。横匾上书"福星高照"或"五子登科"或"状元及第"。届时东家夫妻站在客堂中间,将对联慢慢展开,男取上联,女取下联,先由木匠领班高声念一遍,双手接着上联,恭恭敬敬地贴在东边中柱上,而后泥匠领班,双手接着下联,恭恭敬敬地贴上西边中柱上。然后高声朗读横匾,并贴在大梁正中,祈求生活美满幸福。

与此同时,在正梁当中挂块大红布,上面贴个"福"字。开始工匠把福字颠倒挂着,"倒"与"到"谐音,这时东家明知故问:"咦!这福字怎么转了?"工匠祝愿东家一句好口彩:"东家福到了,福到了。"

(四)上大梁

上大梁时最怕围观者说不吉利话,故上梁前领班师傅就向群众打招呼:"风吹竹叶闹稠稠,闲人不要多开口,若是闲人多开口,鲁班张班分左右……"闲人观而不语,即使说话,尽讲些吉利话。

上梁前,领班师傅一次又一次询问东家,是否到了最好的时辰,东家一次又一次推迟。当吉时良辰一到,由东家宣布开始,大声高呼:"登——科!"工匠立即动手,此时炮仗鞭炮齐鸣,群众欢笑,孩子取闹,一片喜气洋洋。其时如遇下雨,东家狂欢,认为下雨是吉利之事,有道是"有财有势(水)"。工匠将一张扶梯靠在东柱,一张扶梯靠在西柱,上梁师傅手提系住大梁的金带,脚踩扶梯,逐步跨上,爬上一步,唱句口彩。工匠轮流对唱。东家立在中间,频频点头微笑,连声称赞。同心移梁,平衡而上,至顶端,将梁同时镶入中柱榫头。登梯口彩,内容丰富,各显身手,即兴表演,胜如比赛,情绪高涨,欢快热烈。

上梁仪式中一个重要的内容是抛金钿和糕饼。即将糕饼从梁上抛下,让观众抢拾。抛金钿和糕饼要唱吉利歌,所谓《抛梁歌》,以讨口彩。《抛梁歌》中最精彩的是对歌,一唱一和,对来答去,类似唱对台戏,经久不息,热闹非凡。

尤其当登梯上台时,踏一步,唱一句:"第一步金梯一品当朝,第二步金梯两朵金花,第三步金梯三元及第,第四步金梯四方平安,第五步金梯五福拜寿,第六步金梯禄爵封侯,第七步金梯七层宝塔,第八步金梯八仙过海,第九步金梯九龙抢珠,第十步金梯日进斗金,第十一步金梯步步高升。"

"抛金钿",即随手抓起一把铜板,抛向天空,撒落在地,让围观者哄抢。边抛边唱:"一把金钿抛到东,东家出得金玲珑;一把金钿抛到西,金玉满堂福寿齐。东家田地买仔东三千、西三千、南三千、北三千、前三千、后三千、左三千、右三千,当中一千步自宅田。一把金钿抛到南,财神老爷送财来;一把金钿抛到北,东家有寿又有福。"

接着抛馒头和糕饼,亦边抛边唱。

抛毕,工匠从抛梁台上沿梯而下,双脚落地,随手"叮叮当当"地抛下一把铜板,随口唱道:"金钿落地,状元出在此地。"而这些铜板均被泥木匠学徒拾去。因为他们是知情人,群众是不得而知的。工匠将抛剩的一些馒头糕饼退回给东家,此谓"回根"。此时工匠吟道:"重重喜,叠叠喜,喜上加喜心里甜,邀请东家开包封,描金喜事满天飞。"东家递给一包喜钿,以示酬谢。由领班师傅分发给全体工匠。与此同时,东西大柱系上一对新鲜竹竿,顶端留着竹叶,挂上筛子、鸟笼,高高地耸入上空,意思避灾驱邪。至此,抛糕师傅至鲁班台前,手执快刀猛劈猪头,边劈边唱:"一刀劈来百无禁忌,二刀劈来称心满意,三刀劈来鱼肉荤腥,四刀劈来东家脚手轻捷。"以示求福避邪之意。到此,上梁仪式才算结束,工匠们歇工喝"上梁酒"。木匠领班在东北角"坐大椅"(头位),东家敬上一杯酒。

上梁那天,东家认真接待好两种特殊人物,马虎不得。一是乞丐,按当地风俗,凡是乞丐上新宅,东家毫不吝惜地捧出馒头糕饼,甚至塞个红包,乞丐说些好口彩谢东家。倘若不给或少给,乞丐捣蛋,说些触霉头话,如:"一把金钿抛到东,东家卖田卖屋一场空;一把金钿抛到西,东家生个小倌不偷鸭来便偷鸡;一把金钿抛到南,要想发财难上难;一把金钿抛到北,东家日后不吃饭来便喝粥。"二是贺礼者,亲朋好友登门送礼,东家必须夫妻双双接礼。按俗,凡是贺礼者,东家均邀其喝"上梁酒",或者于乔迁之日邀喝"进宅酒",以示酬谢。

"口彩"属民间口头文学的范畴,亦称"吉语"。据考证,吉语始见于古代的占卜词。周代"掌占蓍龟之卦兆吉凶",用火烧龟甲看其裂纹的开关,定其吉凶。《庄子》上说:"虚室生白,吉祥止止。"据唐成玄英注疏说:"吉者,福善之事;祥者,嘉庄之征。"吉语充分反映着人们对幸福生活的渴望,对美好前程的追求,经千百年的延续应用,适合社会需要的便流传下来,并不断创新。陶冶了人们的情操,丰富了人们的生活,带给了人们希望。

综上所述,沙地盖房习俗具有很高的文化底蕴和价值。因此,是值得我们进一步调查和加以研究的。

(2014年4月《江海文化研究》)

114. 沙地庙会

(2014年《江海晚报》)

据史载,海门建治当在五代后周显德五年(958年)。那时,因潮水冲击长江北侧泥沙年长日久大量淤积,从而涨成了海门(那时称东布洲)这块地方,因是泥沙淤积涨起来的,故名沙地。诸如此类的沙地,就苏北而言,还有崇明(原属南通管辖)、启东的大部分区域,以及如东、通州、大丰、东台、射阳等地的一部分,都属沙地的范围。苏南地区的江阴、常熟、太仓、句容等的一部分亦属沙地。居住在这些沙地的人们,称为沙地人,沙地人的根在江南吴越之地,正如俗话说"句容搬崇明,崇明迁海门"。沙地人讲话的口音,称作沙地话,属吴语系统。日常生活习俗叫沙地习俗,其文化称沙地文化,亦属吴文化的范畴。顺便说一下,海门的南部区域属沙地,而北部属通东地区,其习俗、语言和文化有别沙地,不可混淆。

所谓庙会,正如《辞海》所说:"庙会亦称庙市,是我国的集市形式之一,唐代已存在,在庙宇节日或规定日期举行,一般设在寺庙内或其附近,故名。"旧时的沙地庙会,如海门茅家镇的城隍庙、关帝庙,麒麟镇及启东汇龙镇等皆有庙会活动。

沙地庙会大致可以分为四类:以祭祀神仙菩萨为主的,如城隍、关帝、观音等;以鼓励农业生产为内容的,如春牛会、十月朝、龙王会等;以文体娱乐为内容的,如哨船会等。还有一类是沙地海边、江边的渔民、盐民祈祷出海安宁、风调雨顺的祭祀盐灶菩萨等等。其中以第一类居多数。

从沙地庙会的活动规模看,有一年举行一次的,有一年举行两次的,有单独一庙举行的,有靠近的数庙联合举行的,有以地方为主的,如茅家镇在民间二十五年就有一次大型庙会,还有室内室外之别,大部分是相互结合的。随着历史的发展,庙会的规模、内容越来越扩大。

笔者家乡长兴镇那座关帝庙的庙会,尤其是关帝诞辰——农历五月十三日的庙会活动,内容丰富,形式繁多,盛况空前。每年逢到此日,首先燃放烟花爆竹,随后队伍出发,也就是"出会"。红、黄、绿、白、黑五色旗(象征五色云彩)开道,南货店拿红旗,米店人员举黄旗,竹行、烟纸店、煤炭店分别拿绿、白、黑旗。接下来是威武的"龙虎将";由绸缎庄店员做向导,抬着关帝老爷的大轿;豆腐店雇工高举护卫旗,队伍整齐,锣鼓喧喧,和尚吹奏乐器,从各处来的关老爷的信徒紧跟后面。他们穿着红衣红裤,象征着替关帝受罪,有的还赤膊上阵,以示自己是重犯。数位青壮年手执藤条,藤条上装着响铃,发出阵阵叮呤当郎之声。有的青年左臂上以数只钩子穿于皮肉里,钩子上挂着大锣,右手拿着棒敲打,以表诚心诚意替关帝受罪,也有为自己过去无意中犯的过错赎罪。当地镇上沿街搭起了社棚,整夜灯火通明。出会队伍来到社棚停下来,鼓乐齐鸣,演戏唱曲,这就叫"迎会"。

翌日近中午时才全部通过所有社棚,然后队伍回庙上堂。首先举行祈福、上供、献艺及送神等例行程序。接着,关帝庙戏楼开始演剧(其中有的是专业戏班,也有是的民间艺人)谢神,所演内容大多数以歌颂关公英雄业绩为主,如《十里单骑》、《单刀赴会》、《华容道》等,但禁演《走麦城》,切忌再现英雄的悲惨结局。庙会上,各种杂耍游艺,大显身手,热闹数日,竟出现里三层外三层、人山人海的景象。此种庙会亦是文人墨客消闲聊天、吟诗作对的好去处。可见,庙会具有广泛的群众性,是旧时当地的盛大节日。

庙会活动是因地制宜举行的,每次一般两至三天,最长不超过七天。举行庙会的日期是根据农时季节而确定的,大多安排于农闲时,如农历的正月至四月以及七至九月等。反之,在农忙的五、六、十、十一月极少举行庙会。

其中,春牛会也是沙地较大型的庙会。原先是从祭农坛开始,后来才固定于立春之日。一到这天,四乡农民一早就把所养耕牛牵出来,并选拔健壮的耕牛洗刷干净,披挂上彩绸缎带,两只牛角间扎起大红绣球。待到卯时,庙场上排列全副硬牌执事、三班衙役、六科司事,及地方上士农工商的代表人物。镇上各行各业分别承担"打莲湘"、"扮地戏"和民间杂耍活动,诸事齐备后,总管就传报上司,上司率领当地有名绅士,手拈长香,簇拥在春牛后面。出发时,鸣炮三响,锣鼓班敲起了"将军令"锣鼓,细乐班奏响乐曲《朝天子》,鼓乐喧天,震耳欲聋。打头是"肃静"、"回避"的头马牌,随后队伍依次行进,无数民众立于庙场四周。牛倌将全身披挂的耕牛牵往中央,摆开香案、素食,有绅士们向春牛行礼;于是一只只壮牛绕场一周,供众人评赏。接着,又一阵鞭炮巨响,才算结束,按次回去。这样的春牛会,是对养息了一冬的耕牛举行一次检阅,是对即将来临的春耕夏忙的一次誓师,寄托了人们求神保丰收的愿望,是最直接地鼓励农民养好耕牛,促进春耕生产。

沙地庙会还是民间文艺的大会串,为民间文艺的继承发展提供了良机。那时,乡间差不多都有自己特色的民间文艺来到庙会表演,其中包括唱歌、舞蹈、演戏、武术、民乐、杂技以及工艺美术等。诸如走马灯、踏高跷、打花鼓、扭秧歌、打莲湘、舞龙灯、大头娃娃、旱船、贝壳舞、叠罗汉、坐唱班、小热昏、敲鼓亭、锣鼓龙舟、年画、剪纸等不一而足。所以说,沙地庙会亦是旧时群众文化娱乐活动的盛会。

在沙地庙会活动中,还传播了一定的文化知识。那时老百姓的文化程度普遍处于文盲、半文盲状态,文化娱乐极端贫乏,不能不说庙会的活动一定程度上推动了文化的发展。庙会期间,民间文艺队伍带着具有特色、具有竞赛性的节目,汇集在庙宇广场上表演,蔚为壮观,让群众欣赏评论。根据当时的历史条件,如果没有这种庙会,也就没有那样规模宏大的表演交流民间文艺的时间、场所。没有世代相传的庙会,肯定有许多民间文艺不能得以保存。所以,沙地庙会对繁荣、交流、保存、发展民间文艺有推波助澜的独特作用。

庙会期间,商家云集,茶坊酒肆林立,一片叫卖之声不绝于耳,糖制小鸟、纸糊"风车"、摇糖鼓、大饼油条、糕点茶食、花布绸缎应有尽有,服饰鲜艳,琳琅满目,杂货繁多,要啥有啥,五花八门,不一而足,真好比现时的"展销会"那样闹猛至极,也犹如前些时候的海门金花节那样精彩纷呈。这样,在一定程度上起到了改善当时那种物质匮乏、经济落后、文化生活贫乏的作用。

沙地庙会糟粕的主要方面是宣扬唯心主义。马克思说:"宗教里的苦难既是现实的苦难的表现,又是对这种现实的苦难的抗议。宗教是被压迫生灵的叹息,是无情世界的感情,正像它是没有精神的制度的精神一样。宗教是人民的鸦片。"沙地庙会活动亦属宗教的组成部分。一座庙宇,一个个锦袍玉带的王侯和并肩坐着凤冠霞帔的诰命夫人,两侧皂隶差役配备齐全,与人世官衙无异。一座庙宇就相等于一座衙门,不仅接受老百姓顶礼膜拜,而且许多老百姓在庙会时穿着罪衣罪裙,充当犯人,跪拜叩头,更有甚者,要用十二只细钢钩扎入手臂肌肉里,下悬三五斤到十来斤重的铜锡香炉,名曰"扎肉提香",其残酷程度亦与人世官衙无异。这就是对老百姓的愚弄、奴役和压迫啊!

沙地庙会伴随的文艺活动,如民间艺人的说唱、民间年画、剪纸、音乐、舞蹈等,其中无疑有许多封建迷信的东西,应属糟粕一类。

但是,老百姓对神仙也颇有大不敬之处,这正如鲁迅议论"灶司菩萨上天用饴糖堵嘴"一样,亦有把龙王甩在太阳底下暴晒三天的情景出现,这是人们对于疏于职守的菩萨老爷的惩罚。

话得说回来,沙地庙会毕竟也有其积极的一面。从庙会中不难发现,其中大多有动人的传说。不妨还以我家乡长兴关帝庙为例,因为关公一生为民,忠心耿耿,办事公道,让人铭记不忘,所以为他塑像造庙。据传,一日,关公曾在两条巨龙身上猛砍数刀,因他们坑害百姓而然。后来,老百姓为了赞颂弘扬关公诸如此大无畏精神,不仅建造金碧辉煌的关帝庙,而且特定在他的诞辰日——农历五月十三举行隆重的祭祀庙会。

沙地庙会还寄托着老百姓对美好生活的向往,对真诚爱情的追求,对深受封建压迫的劳苦大众的同情。据传,沙地有位小姑娘爱上村里的一个小伙子,但受到父母和亲属的阻挠,小姑娘不能如愿,含冤投河自尽。她死后,冤魂不散,夜夜到村里作怪,弄得家族中不得安宁。这使村里那个小伙子十分感动,结果亦自尽身亡。村里人感慨万千,既为了求太平,又为了成全他们死后有情人终成眷属,就造了座妹妹庙。庙里塑了小姑娘的像,旁边塑造了小伙子的像,庙宇正殿后,还布置了一间新房。从此,村里安宁了。那些追求自由恋爱的青年,暗自祈求他们保护,后来竟发展到祈求他们保佑人口太平、年景丰收。故每年在那小姑娘的忌日举行庙会。

在全国第四届文代会上邓小平说:"我国历史悠久,地域辽阔,人口众多,不同民族、不同职业、不同经历和不同教育程度的人们,有多样的生活习俗、文化传统和艺术爱好。雄伟和细腻、严肃和诙谐、抒情和哲理,只要能够使人们得到教育和启发,得到娱乐和美的享受,都应该在我们的文艺园地里占有自己的位置。"所以,对待一切文化传统,应取其精华,除其糟粕,有所继承,有所改造和借鉴,在社会主义新农村建设中,使其成为"健康、愉快、生动活泼、丰富多彩的群众性娱乐活动,使人们在紧张劳动之后的休息中得到高尚趣味的精神上的享受"。

　　沙地庙会,实际上是旧时农村文化活动集中的表现形式之一,如今,我们在建设社会主义新农村文化事业中,已经远远超过旧时那种庙会并做到适应新形势的需要,而创造了许多新形式,从而更好地促进民间文艺的继承和发展。

　　总之,沙地庙会亦属一种文化遗产,而保护文化遗产,就是保护我们民族的根。我们要因势利导,借鉴和改革庙会的传统形式,并充实到群众文化活动中,推动社会主义新农村建设。

（2014年《江海晚报》）

115. 悠悠长兴石桥

(2014 年撰稿)

  长兴石桥原名长安桥,先前是上至狼山下到吕四小有名声的一座石桥。此桥位于海门中部的百年老镇长兴,横跨在青龙河上。那是由造桥和尚施艮六于道光三十年(1850)出资建造,将河东、河西两条300多米长的石街融为一体。从此,交通更加便捷,四通八达,市井繁荣,长久兴旺。

  当年的长安桥是一座三接石桥,中间一接为平台式桥面,两侧两接呈八字式桥面,每接桥面由 5 块一模一样的长方形巨石构成,每块的体积为 470cm × 60cm × 25cm。桥两端各置两对威武的石狮子,两侧为花纹石栏杆。桥墩上凿刻着两副浩气长存、意蕴悠长的对联,冲击着人们的视觉和心灵。桥墩南侧一副对联是:长此虹霓环活水,安然车马达康衢。桥墩北侧一副对联是:恬浪锁大河南北,欢声达孔道东西。

  新中国成立后,因兴修水利加宽青龙河而扩建长安桥,在保持原有桥墩的基础上,加长了两端桥面,并在正中石栏杆上醒目地刻着"长兴石桥1955年建"的字样。从此,"长安桥"这一名称便成为历史。据说,扩建时桥上原有的两对石狮子竟不翼而飞。

  当年,石桥由南往北相当长的青龙河两侧,建有悠长的"河房"(一种以木支架搭建的部分靠岸部分倚水的房屋),人们枕河而眠,犹似来到江南水乡同里。河房及石桥桥堍头摆设着琳琅满目、五花八门的杂货摊、店,贴缸月饼、煎油条、蒸糕做圆子之类早饭店各具特色,叫卖之声不绝于耳。糖制小鸟、纸糊风车、摇荡鼓等不一而足。亦有人家专营粮油,修脚踏车,以及泰州一带从小船游荡而来自制烂斩糖之类的小生意等,人头攒动,闹猛极了。夏日黄昏,此桥便是老百姓乘凉白相的好去处,三伏天,时有铺张草席枕石而睡的人,直睏到东天发白才罢休(因桥上特有一种"河风",没有蚊虫而然)。那种站在桥头看风景的亦不乏其人。还有件稀奇事,我的耄耋挚友说,桥面上还是当年小偷小摸被示众的场所,示众后还给小偷加一种称作"上吹筒"的民间刑罚(即把小偷锁于人把高的竹毛筒上,然后再将其牢牢地与石狮子捆绑在一起,罚其左右、上下丝毫动弹不得,忍无可忍地活受罪,逼迫其改邪归正)。

  那时,因为桥底下既遮阳又有桥墩相依,所以当地不少孩子包括本人在内于这清清的河水中便捷地学会了游泳。潜泳时,河底的河蚌、田螺、海狮等全都看得一清二楚。桥墩恰好还可当作跳水的"跳台",入水后可在桥脚上触摸到活蹦乱跳的野生河虾,随即剥壳生吃,味道鲜美悠长。桥底下还叠有石脚塌,那是附近百姓淘米、洗菜、汰衣裳的优选之地,而且还挑水饮用,因是通潮活水,水质上乘。

长兴石桥承载了160多年日复一日的潮流冲击,也见证了百年老镇长兴的沧桑岁月,近年,被海门市列为文物。如今,此桥因历经风雨破烂不堪,桥两端由交通部门搭建了护栏,只供行人与脚踏车之类临时通行,把石桥保护了起来。并且,还在桥南不远处特造了一条相当不错的"如意桥",便于其他机动车绕道通行,当然也为石桥"减负",更使那保护工作做到位。我想,当年的造桥和尚在天有灵的话,或许也会觉得格外欣慰!

(2014年)

116. 沙地稻作生产及其习俗

(2014年撰稿)

追溯往事,在那上世纪五六十年代,家乡灌溉稻田的大小水渠纵横交错,多得好似蜘蛛网一般,电灌站遍地林立,数不胜数,好一派稻谷丰收的景象。那时,我辈文艺工作者,为了体验生活,下乡插秧种稻,车水号子此起彼伏,不绝于耳,还有那蚂蟥叮咬的"滋味",至今还嵌在记忆的长河里……老人喜怀旧,不仅令我往日那种稻作情结的灵感油然而生,进而寻觅采访了稻作生产的老前辈,还捕捉民间有关此类资料,试探沙地稻作生产及其习俗。

一、沙地稻作生产概述

据典籍载,五谷由神农氏发明,光绪年间的《历代王纪》中说,炎帝、神农氏姜姓嫁教穑始艺五谷,民间相传伏羲、神农传播五谷(亦称百谷)。故而,海门山歌是这样唱的:"伏羲神龙架金龙,踏遍天下五谷种,传下五谷救万民,万民万代谢羲农。"这里更值得一提的是,陈朝玉于康熙四十四年(1705)来海垦殖,随之将稻作生产传于海门沙地。

从此,沙地以种稻、麦为主,"沙地人终岁树艺一麦一稻,麦毕割,田始除,秧于夏,秀于秋,乃冬乃获"。那时,沙地不仅大面积种稻,而且十分重视稻作栽培,科学地"种之于时"、"择地得宜"和"用粪得理"。清末时沙地一带已根据水稻的生产特点,非常讲究基、追肥的不同施用方法,并创造了用河泥、水草作沤肥的草塘泥。沙地一带的稻作生产,史上是"家家为业"、"代代为职"的大业、主业,关系到每家每户的饥饱和生存。"稻谷为百谷之首,粥饭为百姓之命"的农谚,是对稻谷生产极为重要地位的真实写照。海门山歌中这样唱道:"汗水嗒嗒稻田里流,背对晴天来叩头,南海南头庙里和尚勿种稻田口口吃的真白米,北海北头张天师丫头勿养丝蚕身上穿着寸寸绸。"沙地稻作产区因地理上的优势,加上"民勤本业"产量高、质量优而驰名大江南北。

沙地稻作生产,在品种、工具、耕作制度和方法上均有从劣到优、从粗到细、从低到高的演变过程。其中的一个重大变革——由籼到粳、以粳稻为主,是特别突出的优点所在。历史记载:徐淮地区经多次水灾破坏,终究从一个产稻区变成基本纯作物的早稻区。里下河稻区,为避开洪泽河秋水猛涨而带来两熟稻之威胁,从而形成历史上的籼稻区。沙地稻区的演变,不仅与水利关系密切,并且与自然温度光照的变化关系极大,由于气温渐变,促使了耐低温的粳稻不断发展,并逐步形成以粳稻为主的水稻产区。

沙地种稻"以粳为主"的形成,除了自然、水利等优越条件外,人的因素也是不可或缺的,稻农"民勤本业"不怕灾害,不惧严寒,并根据气温变化,出外调换品种,研制改革工具和种植方法,主观的努力适应了客观的变化,使坏事变成好事。"以粳为主"形成后,还不断为粳稻品种"劣中选优"、"优中选良"而不断努力,为改革种植制度艰辛探索和创造,依靠优质的长江水源,造就高产稻区。

二、沙地稻作生产民间信仰与习俗

(一) 岁时节庆

1. 春节

春节处于"秋收冬藏"和"春播夏耘"之间的农闲季节,自古以来人们利用这段时间回顾去岁喜庆丰收、计划来年、祈盼吉利,充分享受劳动成果。沙地稻作区在这节日里更显得隆重闹猛,反映出稻作生产习俗。

年初一,沙地人非常重视"开早门,迎好运","说好话,讨吉利",清晨头等大事是燃放开门爆竹,连放三次,"三爆六声,五谷丰登";也有放两次(一对),"双爆双响,稻麦两旺"。有时爆竹失效,只有"泼涕"之声,"泼涕泼涕,多麦多米"(或说"得田得地"),以示吉利。放爆竹后,在堂前焚香点烛开始"三祭"(天、地、祖宗),由家长边叩头边祈求,求天"上天保佑",求地"田盛蚕兴",求祖宗"四季平安"。"三祭"毕,小辈向长辈拜年,长辈给孩子发"压岁钱",以示"压邪"、"压灾"。老人边发边说:"压岁,压岁,人畜平安,稻麦无灾。"

此日早上,有吃面、团圆和"甜水年糕"的习俗。"甜水年糕"是必不可少的,甜谐田,甜水以示稻田不缺水,年糕以示稻作产量年年高。吃米做的"酒板圆子"年初一吃中饭称"岁朝饭",忌浇汤,传说吃了浇汤要遭"三雨"(即谷雨、芒种、白露三时节下雨)。沙地农谚:"谷雨三朝蚕白头"(蚕吃潮湿桑叶不结茧),"芒种三日乱割麦"(麦穗常遭雨淋要出芽),"白露日子的雨到一处坏一处"(从白露到秋分水稻孕穗季节,雨水过多会影响产量)。

2. 元宵节

元宵节,又称灯节。旧时,沙地农户有扎灯、挂灯、看灯、赛歌的习俗。除了各家自扎自玩外,各方人士还在这天夜晚集中于寺庙或镇上赛灯,"挂灯赛灯,五谷丰登"。花灯形状各种各样,花灯的糊纸(糊布)五颜六色,花灯上除画有各种人物、花草、动物外,一般均写有"五谷丰登"、"六畜兴旺"等字样。赛灯时还有赛歌习俗,"赛歌赛歌,开花结果"。赛歌前,首先由海门山歌的"闹元宵"开场,"正月十五闹元宵,家家户户挂红灯……"赛歌时赛《花灯歌》最盛,有轮唱、对唱,如:

女:一颗明珠灯,明珠灯闪闪放光影;
　　金光射到龙宫中,引来金龙飞呀腾。
男:二龙戏珠灯,海水滚滚接彩云;
　　彩云飘舞飞满天,欢得凤凰戏彩灯。
女:三凤飞舞灯,飞上飞下炽眼睛;
　　落到宝地旺旺叫,唤出花王"四美人"。
男:四季鲜花灯,贵妃牡丹西施呈;
　　秋菊貂蝉王昭君,"四美人"催得五谷登。

女：五谷丰收灯，稻谷如珍豆似金；
山岳欢笑水也腾，六畜蹦跳庆太平。
男：六畜兴旺灯，猪兄领头五弟跟；
摇摇摆摆多神气，天上巧云笑盈盈。……

赛灯赛歌将结束时，由村中老歌手唱《闹春歌》，如"拜年拜到正半月，开开橱门给你看，酒也完，菜也完，闹过元宵加田岸"（又称"加天埂"，以防稻田漏水，每年必加，正月最宜，泥土不易松塌，"正月金，二月银，三月白费劲"）。

元宵节家家户户要做大团圆，称"稻稞团"，祈祷大丰收。是晚，稻农把花灯插于天埂，叫"祭田灯"，灯下放着"稻稞团"，口中默念："田神田神，请看花灯，保佑我家，亩亩稻兴。"祭田神毕还有"走三桥"、"走五桥"的习俗，"走过三桥，谷满三廒"。

还有，孩子们都高举点燃的"稻草把"在自己的田头奔跑，同时点燃田埂四周的野茅草，火越旺稻越兴。此后，在田头、田埂拣些稻根、稻叶等包在衣兜里，"兜田财"回家，以示"田财"请回家来了。

二月初一为"斋春牛"。耕牛最怕春寒，"春冷冻死老牛精"，"添精料喂牛，备香烛斋牛"。斋毕，全家人与牧童、犁把手一起吃"斋宫酒"。

二月十二为"百花生日"，稻农把一长条红纸围贴在家前屋后的树木上，同时将方块红纸贴在稻种的瓮、缸等盖子上，祈求果木花盛叶茂、稻苗扬花结实。

三月初一斋犁，"犁犁顺利，事事顺利"。斋犁较为隆重，事先要将犁修整、洗净，供于厅堂中间或晒谷场上，犁头包扎红纸或红布，犁柄上扎红绣球，两犁柄张贴"一犁（利）万利，大吉大利（犁）"的红对联，三叩首后饮"斋犁酒"。

五月廿为"斋龙日"，斋时有族长发起"凑百家钱、百家米"办供品、祭斋，合村吃"斋龙酒"，企盼风调雨顺，有利稻作生产。

旧时"立夏"至"小满"间育秧，选用优良品种，常年受益，由"爱良种"流变成"敬谷神"、"斋谷神"。

夏至前后水稻移栽，移栽前先在秧田拔秧，俗称"开秧门"。拔秧一般有妇女担当，她们手拿一束用来扎秧把的"秧婆柴"（稻草），右脚先下秧田，口呼一声"嘘"，意在驱鬼神，可以不烂手脚。拔秧人手拿秧婆柴扎结第一把"秧把"时，口念"稻结秧，母抱子，母子安，多结子（籽）"，祈求秧壮稻兴、谷饱米大。

移栽（莳秧）俗称排石脚。沙地稻农将"秧把"从秧田挑到大田时，"秧把"不可手传，手传称"传秧"不吉利，只可抛秧，由挑秧人将"秧把"散抛田间。莳秧时勒下秧把上成小圆形的"秧婆柴"时，必须把勒下的秧婆塞进泥里，如塞进泥里，说插秧时手指伸入"秧婆柴"圆圈内，双手便会腐烂。"莳秧轧在馒头里"，大、中人家均雇工，开莳第一天要吃"开莳酒"，最后一天"封秧门"时要请吃"封门酒"，一是"庆贺黄秧落地、石脚打好"；二是说"吃了封门酒，寒气湿气全赶走"；三是"吃了封门酒，稻稞长过头"。

沙地稻区还有个唱"耘耥山歌"的习俗，说"耘耥勿唱歌，稻田勿发棵"。这里，不妨选取两首"耘耥山歌"，其一，"耘耥要唱耘耥歌，手捏耘耥像赵子龙战长坂坡；前三后四全耥到,耥尽草芽稻发棵"。其二,"两腿弯弯泥里拖,两手弯弯捏六棵;背朝太阳面朝水,除尽草子草孙谷穗多"。

收货时,稻农有"拾穗头"的习俗。因收割期间田里难免掉下一些稻穗,故须逐垄捡清,"叩一百头,增一岁寿","勿拾稻穗头,吃苦在后头","稻穗拾得不干净,死后棺材吭得进"。还有一俗,稻农家灶后放个小瓮,称"积谷瓮",专贮烧火时从稻草上捋下残留的谷稻谷粒,海门俗话说:"烧谷作孽,积谷积德","一月满一瓮,一年派大用"。

秋收后要冬藏,冬藏先要牵砻(把谷粒外表一层硬壳剥去)。"砻"(即磨),旧时是石砻(上下两爿石磨,中等蚕匾那么大),后来改成木砻,"千块朴木合成砻,万根竹篾捆砻床"。牵砻是为冬藏一年饭粮的重要事。一首"牵砻山歌"的歌头是:"吃你酒来唱谢歌,谢你东家好酒炖得多。唐明皇吃酒传天下,我哩牵砻人吃酒唱山歌。"其歌尾是:"今朝牵砻喜洋洋,金黄糙米堆满仓,狮子头黄狗守廒门,花狸斑猫咪看仓房。"

3. 除夕节

(1) 办年货,搬年马。年货中鱼、肉、喜果、甘蔗等是必备的,鱼"余"同音,肉谐(福),"年年有余"、"人人有福";喜果,意五谷开花结果;甘蔗,意稻麦产量节节高。年马即神模像,有12张、24张不等,大多人家只购12张,其中有田神、谷神、蚕神、河神、井神、财神、门神、灶神、天官、地官、水官、土地菩萨等。

追根溯源,不妨讲个谷神的传说。原先,沙地尽是野果野草,百姓吃不饱肚皮,天官听说仙山有仙谷,便冒着生命危险到仙山借谷种,谷神念他为民办事,便借给他一包种子,但叮嘱收获后要归还,天官答应了。可是稻谷在田地传开后,乐得天官把还种的事忘了。三年后,谷神向玉帝告状说:"天官言而无信,要把稻谷收回。"玉帝说:"稻谷不要收回了,就罚天官讨饭过日子吧。"从此,民间便有背驮天官佛像口念"三官经"的乞丐出现在农村和街头。

(2) 画弓箭、蒸年糕。除夕前,沙地农村家家户户场心上,都要用石灰水画上各种各样吉祥和避邪的图像,其大小灵活而定,当场一个大米囤是必画的,并写有"五谷丰登"或"万年余粮"。如果场面大,在大米囤两边画两张梯子,梯子空格内,一边写"脚踏扶梯步步高";另一边写"五谷兴旺岁岁熟"。米囤前面一般画一张大弓,弓上画三支待发的箭,向三只飞虫射去,俗称射邪神、魔鬼等三害,祈求稻麦丰收、人畜平安。

蒸年糕是沙地稻作区的一大习俗,因"糕"谐"高",故而家家蒸糕。蒸好后,将圆桶内的熟米粉倒在长凳上,这时的米粉叫长(读涨)粉。糕须先取出拳头那么大三块,以作祭田神等供品之用。同时。长辈将糕做成一条三寸左右盘身翘头瞪眼的神虫,俗称米蛇,放在米囤内,说能使米粮不蛀,并保佑粮食永远吃不完。

(3) 斋神祭祖,吃团圆年夜饭。"掸檐尘"一般在腊月十七、十八日进行,"十七、十八,越掸越发"。沙地习俗必须将清除的垃圾撒入田间,"撒到哪里发哪里"。腊月廿三斋灶神,将一块糖年糕贴在灶神像口上,将两只纸银锭粘在灶神像手上,祈求他"上天言好事、说好话,下界保平安、保丰收"。并许愿:"明年再斋年糕、银锭。"接着,将灶神火化,俗称"送灶"。到除夕夜"接灶"。祭灶神后于除夕前斋田神、河神(水神)等各神,斋时由家长把神马一个个供在靠墙的长供桌上,紧靠供桌的是放供品的八仙桌。最后,焚香点烛,鸣炮谢神,全家人马一一跪拜,各有目的而求福、求子、求财等。

祭祖一般在祭神后,祭祖比祭神简便些,"自己老祖宗不会计较自己儿孙的"。沙地通常是"三荤"、"三素",但"五年"(年糕、年团、年夜饭、年萝卜、年米酒)是必备的,说老祖宗会保佑稻麦丰收、瓜果兴旺。

吃年夜饭,有些穷人家为了"躲债"和"逃债",不得不很晚甚至过半夜才能吃上。还有少数单身汉和懒汉,无力办年货,好在沙地有个习俗,凡过不起年的人,大多被亲戚、同族人或左邻右舍邀去吃年夜饭,俗称"带过年"。沙地旧时流传着一种习俗观念,人到走投无路时,对神灵许许愿,对老祖宗讲些急话,会得到同情和原谅,并能转祸为福。为赞颂神灵,民间流传歌谣:"八十大板惩土豪,造福万代一张弓(丈量田亩的一张大弓),高处疏道引禾水,低处筑堤排水洪。"

沙地稻作生产、生活的民间习俗及其信仰多得来"交交关",这里,摘首《稻家谣》以作结束本文。

《稻家谣》(又称"稻家十二月半"):"正月半,照罢田财吃团圆;二月半,搓好绳团加田岸;三月半,割草罱泥搪灰潭(草搪泥);四月半,浸种落谷修猪圈;五月半,耥田莳秧夺机船;六月半,耘稻拔草捉黄鳝;七月半,拾得猛将田头转;八月半,搁田搁到湿又干;九月半,探尽稗头拆车盘;十月半,收稻飏谷风车转;十一月半,牵磨舂米满囤圈;十二月半,新米团圆斋罗汉。"

(2014年10月)

117. 秋夜簖蟹

(2014年《江海晚报》)

一方水土养一方蟹。如今,海门大闸蟹喜获丰收,而且内在品质优异突出,味道鲜中带甜,海门山歌是如此赞美的:"三兴河里犟黄泥,盛产壮蟹肉鳗鲡。蟹脚金黄蟹肉鲜,蟹黄流油不肥腻。"此乃海门大闸蟹在与阳澄湖大闸蟹叫板。老人喜怀旧,油然回眸起海门的捕蟹方法。

海门的捕蟹方法交关多,如撑着竹筏或木筏,提着网篓,缓缓拉网,一只只个大、乌青发亮的大闸蟹便"自投罗网"。还有,跑蟹、听蟹、拖蟹、簖蟹、钓蟹、丝蟹、罾蟹、忽蟹、摸蟹等不一而足。这里,我想聊聊很有趣味的秋夜簖蟹。

簖蟹是我们海门特有的一种捕蟹方法。所谓簖,就是插在沟河里阻拦鱼蟹通行的栅栏,这种栅栏亦称簖帘,以竹或苇编成。攀搭簖帘前,需寻觅一处避风向阳的河滩。然后,丈量一下河滩至对岸的间距,以便决定簖帘的长度。再挑来一担新稻草,以及备好棕绳、榔头等。

秋风送爽,搭簖准备工作就绪。只见张华、祥祥和兴德三位蟹农,赤膊上阵,齐声高呼"一、二、三"纵身跃入河中。首先就是抓紧打桩,张华水性好,吸足了气息,潜入河底定位木桩,兴德在水中扶正木桩,祥祥踩在张华肩上挥舞榔头迅猛打桩。哪知,张华在河底实在憋不住气了,似热水瓶塞子般一下子反弹起来,祥祥猝不及防,从肩上翻了个跟斗栽入河中,引得一片笑声荡漾水面。

打好桩,急速将簖帘竖起,以软硬功夫将其插入河底淤泥中。难插的是中间那段簖帘,因这段一定要插得恰如其分的活络,若逢船只来往,簖帘可自如让道,让船顺利通过。还有,簖帘的两端各置一个只进不出的网笼,与簖帘混合一体。

后续事中最讲究的是搪蟹路。所谓蟹路,即蟹在河底被簖帘挡住后沿着簖壁爬行的通路,此路直通网笼。那蟹路搪得越光滑,蟹就越麻痹,就爬得越起劲,就很快爬入网笼而只进不出,自投罗网。他们三人从岸边挖来特有糯性的青紫沙泥,粘贴于簖帘脚,使劲抹平,仔细搪出凹槽(蟹路)。

紧接着,在此河滩旁边搭盖棚舍。棚舍就是稻草盖头加铺塑料薄膜的"环洞舍",供秋夜守蟹之用。按理说守蟹一人即可,但一到秋夜,兴致高涨,他们三人自会不约而同聚到棚舍。

夜深深,静悄悄,油灯在簖帘高处闪烁。不经意间,簖帘上发出吐泡声,是蟹悄悄而出,登上蟹路,朝着灯火爬来。说时迟,那时快,兴德轻轻将网兜伸出去一扣,神不知,鬼不觉地逮个正着。不过,也有的蟹不走蟹路,好在兴德夜间格外警觉,即便在梦中,依然能听到籪帘上的丝毫动静。一有动静,跃身而起,但见蟹已爬上籪帘,吐着泡沫,正想翻过去,猝不及防而落网。那油灯周围也总见趴着蟹,还用蟹爪玩火,一伸一缩的,样子很是警觉。原来,蟹不唯趋光,而且还亲火呢!

(2014年11月《江海晚报》)

118. 老白酒味道悠悠长

(2015年《海门日报》)

本文所说的老白酒,是指海门著名的土特产老白酒(亦称米白酒),并非北方的那种烧酒——老白干。

追溯往事,海门民间砌屋造船也好,喜庆办事也好,家家户户皆先酿制几缸老白酒,到时供工匠、亲友饮宴。如今,此种老白酒早已滤尽了当年的土腥,颜色多崇尚青玉爽朗,盈盈而不夸张,看得出自然朴实的本色;淡淡而不浮躁,更能想见其源远流长的内涵。绵长而后发的酒劲的特征,温润而口感上乘的甜糯的优点。这件酒不同于绍兴黄酒的腻口而花哨,也有别于晋川乃至北方"二锅头"的强悍与霸道。

时下,天寒地冻正是酿制海门老白酒的最佳时机。首先,将优质糯米洗净,然后用蒸笼蒸煮。现时村子里似乎处处都飘荡着蒸糯米的浓香。接着,就是把蒸熟的糯米端离蒸锅,倒入洗干净的竹匾里,摊成两三寸厚的一层,凉透。在冷却好的糯米上洒少许凉开水,并将糯米弄散摊匀。接着,把白酒药均匀地撒在糯米上,并稍微留下一点酒药备作最后用。然后把糯米分区翻动,上下层拌在一起,尽量混得均匀。拌匀后,糯米转移至酒缸里,边放边用手掌轻轻压实。最后,将留下来的一点酒药撒在上面,再用手把糯米压一压,抹一抹,以使表层光滑,包好盖好,压上一只沙袋,酿制老白酒的工艺就算完毕。

如此这般后一个月光景,老白酒即可品尝了。此种开缸老白酒,香味醇厚,微酸微甜微苦,后劲很足,味道悠悠长,冬天喝上几口,浑身暖乎乎。这酒中性而柔顺,口感舒爽。即使多喝了一点,也不过如古书中的蒙汗药状,倒也倒也,沉沉睡去。及至醒后,略觉不适,有点儿头疼是难免的,此乃是老白酒具有"恼头"的副作用而造成的。对此,智者反省自身,来日举杯定当谨慎;唯忠勇憨直之性情中人,全然不在乎"教训",绝不"痛定思痛",嗜酒如故,依旧贪杯:"不就是老白酒吗,再来一杯!"

(2015年1月26日《海门日报》)

后 记

如今的海门山歌,已属国家级"非遗",令我这年逾古稀的海门山歌音乐人格外欣慰。去年 12 月 14 日,我偶然在《人民日报》上发现,文化部"非遗"负责人曾如此说:"非遗保护的源头在基层和民众,鲜活经验和创新智慧潜藏于社会街巷,关键是怎样发掘民众的潜力,怎样调动普通人参与非遗保护的热情。民间的力量不会小于政府的力量,这一理念既体现联合国公约要求,也是中国非遗传承保护实践的重要经验。"这些话语对我触动很大,我也应把自己的微薄潜力发掘出来,以作引玉之砖,尽力传承海门山歌,从而生发了结集出书的梦想。这是我的肺腑之言,也是我编著此作的初衷。

于是,我就不顾"视神经萎缩,不允许写作"的医嘱,坚持不懈,勤奋努力,将自己六十年来从事海门山歌创作的点点滴滴,其中包括 1958—1976 年在山歌剧团期间谱写的音乐唱腔,1976 年调离剧团后断断续续谱的山歌韵律,还有一些散落于各地刊物上的"茶干块"、"豆腐块"等拙文,搜集整理,精心筛选,分门别类,按时排列,粗略地归纳为:原创海门山歌选曲、笔谈海门山歌选萃及附录。

在梦想成真的编纂过程中,我有幸得到了方方面面的大力支持和热诚关怀,如中共海门市委、市文广新局、市老年大学、海门山歌剧团、东洲画院、市依科过滤设备有限公司、水龙江山集团等。在此,特向所有关心我的人,爱护我的人,一并表示深深的衷心感谢!

同时,我还深切缅怀那些曾为山歌事业做出杰出贡献的陆秀章、陆行白、梁学平等,尤其是他们对我的提携、关心和帮助,我将永远铭记在心。

由于时间仓促及我身体原因,辑录本书的一些曲目的词作者、演唱者的名字来不及署上,草根之作中不妥之处勿少,敬请雅鉴并谅解。

愿国家级"非遗"——海门山歌更上一层楼!

盛永康
2015 年 2 月于海门长兴镇